魅丽文化
心晴坊
女性新阅读

明队总是想谈恋爱2

深井冰的冰 著

江苏凤凰文艺出版社
JIANGSU PHOENIX LITERATURE AND ART PUBLISHING

图书在版编目（CIP）数据

明队总是想谈恋爱 . 2 / 深井冰的冰著 . -- 南京：江苏凤凰文艺出版社，2023.6
ISBN 978-7-5594-6552-8

Ⅰ . ①明… Ⅱ . ①深… Ⅲ . ①长篇小说 - 中国 - 当代 Ⅳ . ① I247.5

中国版本图书馆 CIP 数据核字 (2022) 第 004325 号

明队总是想谈恋爱 . 2

深井冰的冰 著

责任编辑 张 倩
出版统筹 曾英姿
选题策划 石 颖
特约编辑 张昊楠
封面设计 黄 梅
插画绘制 柠檬漫游
出版发行 江苏凤凰文艺出版社
南京市中央路 165 号，邮编：210009
网 址 http://www.jswenyi.com
印 刷 长沙金鹰印务有限公司
开 本 880mm × 1230mm 1/32
印 张 9
字 数 220 千字
版 次 2023 年 6 月第 1 版
印 次 2023 年 6 月第 1 次印刷
书 号 ISBN 978-7-5594-6552-8
定 价 46.80 元

CONTENTS

目录

love

第一章 · 001

第二章 · 032

第三章 · 054

第四章 · 077

第五章 · 105

第六章 · 128

目录

love

第七章 · 153

第八章 · 184

第九章 · 206

第十章 · 235

第十一章 · 259

番外 · 280

CONTENTS

第一章

明礼拨了个电话：“钱进，你现在在哪里？”

钱进气喘吁吁地说：“老大，正在上山。”

“别上山了，就地向后转加速度跑回来。给你五分钟。”明礼果断挂掉电话。

简意被他的大嗓门吼得回了一点神，她吸着鼻子揉了下眼，这才意识到自己正以一种暧昧的姿势坐在他大腿上。她垂眸，默默抬腿往副驾驶位上爬。

明礼揽住她的腰重新把她按回去，目光黏在她脸上：“简意。”

简意低着头执着地往副驾驶位上爬。明礼没再管她，任由她爬过去。简意缩在副驾驶位上，脸朝窗外看，咽了咽唾液，问：“死的是莫小茹吗？”

“还没确定。”明礼下意识撒了谎，“你先在车里待着缓一缓，我要上去一趟，刚叫了一个小子过来陪着你壮壮胆。”

没过一会儿，就见路口跑出来一个虎背熊腰的男人。

“瞧见没，壮得跟头熊一样的那个就是。有他当门神，没人敢靠近。”明礼说。

钱进呼哧呼哧地跑过来。明礼下车关门，绕过车头来到副驾门前，敲了敲车窗。简意嘴唇抿成一条直线降下车窗。

明礼从裤兜里掏出一把薄荷糖，弯腰伸胳膊进来，直接把糖放在她并拢的大腿上：“乖乖等着，有什么事给我打电话。”大掌盖在她脑袋上揉了下，转身阔步离开。

“老大，什么事？”钱进问。

“给你个任务。”明礼向吉普车方向偏了偏头，“车里的人，瞧见没？那是你准嫂子。你的任务就是，我回来前，不能让一只蚊子靠近她。”

钱进双脚并拢立正，抬手就给了明礼一个标准的敬礼：“保证完成任务。”

“午饭给你加两个鸡腿。”明礼抬长腿快步上山。

简意看着他的身影消失在山林里，这才抬起手背擦了擦嘴。他刚才弯腰给她糖时，他左脸颊上的抓痕依旧清晰可见。只要眼睛不瞎，就能看出来抓痕是女人指甲划出来的。简意迎上钱进的视线，默默握紧双拳，藏起该修剪的指甲。

钱进声如洪钟：“嫂子好。”

简意不好意思地坐回车里，把大腿上的薄荷糖全捡起来放到衣兜里，拧开一瓶矿泉水灌了一口，脑袋伸出窗外，正要往外吐水时，一眼瞥见五米远处坐在一辆警车引擎盖上的钱进，简意秒ㄙ。钱进看起来比较死板和严肃，行事说话一板一眼。等明礼回来，他一准会事无巨细把她的事都汇报给自己老大。明礼那个脑子，肯定会猜到她用矿泉水漱口的用意。简意想，以明礼的性子，他可能会做出点什么事来。

简意最终把漱口水咽进肚子里，她一边鄙视着自己，一边剥开一颗薄荷糖放进嘴里，僵麻沁凉的触觉，让她想起了刚才的吻。第二次的时候她居然回应了。

简意回想明礼在第二次吻她前，看着她说：“你什么也想，忘了刚才看到的东西。看着我，记住现在的滋味。”这句话有魔性。

事实证明，不但在等待刑警队下山来的这段时间里，甚至是以后相当长的一段时间内，每每想起万华山，第一个钻进她脑子里的固有印象是明礼的吻，而不是山顶上吊着的那个红衣女人。

万华山，山顶。

两人环抱才能圈过来的一棵枫树，树冠如一柄染了血的伞遮住枝叶里的人。

莫小茹一身红衣，悬挂在枫叶里。画面静谧，整个人嵌进火焰般的枫叶里，远远看过去，透着一股诡异的仪式美，像是在进行一场行为艺术。

稍稍走近，就能清晰地看到她裸露在外的皮肤上布满着干涸的血，身下面泥土里的枫叶，要比其他地方的枫叶颜色深一些，身上的红衣也有隐隐的血迹。

枫树底部，盘根错节的树根上，放着一杯清酒。除此以外，附近没有任何遗物。

刑警队组员带着警犬搜山回来，带回来一个相机和一部破损的手机。机身和电池分离，没有手机卡，但是手机壳上贴着一张莫小茹的大头贴。

一个同事把证物袋里的手机放进证物箱里，接着放相机时，陆天枪戴着手套凑过来：“老大，相机电池很满，要打开看一下吗？”

明礼点了下头，陆天枪打开翻看着照片，神色越来越复杂，一脸的难言之隐。他看一眼相片，再抬头看一眼明礼。如此反复几次后，正在和现场勘测的队员们交流的明礼走过来：“发现什么了？”

“是嫂子的相机。”陆天枪举着相机面向明礼，“老大，这张不能够是摆拍吧？”

明礼凑近眯眼看了看，挑了下眉——照片上的明礼嘴里叼着油条，双手正在系皮带。

“还有视频。”陆天枪不等明礼回应，就点开了视频。

视频只有短短两分钟，但是内容极其的丰富。反正在陆天枪看来，就是老大背着嫂子去外面鬼混，结果还被嫂子给逮个正着。

夸张，刺激。

“老大，这女的是谁？还有我怎么看着这地方像咱们去过的湖畔别苑。”陆天枪一脸鄙夷的表情，“嫂子偷拍的？”

“什么偷拍？”明礼大掌呼在他脑袋上，“她们认识，昨晚刚见过。”

“老大，厉害了，和平相处？”陆天枪盯着明礼左脸颊上的抓痕，啧啧了几声，“两位打起来了？下手这么狠，肯定不是外人抓的。”

“起开。”明礼把陆天枪推搡到证物箱前，“麻溜收拾好，过来搭把手。”

怪不得昨晚气性那么大，原来是吃醋了。逆推——因为喜欢，所以才会吃醋。就说她喜欢我，还不承认？明礼胸口一阵汹涌澎湃，激动地原地转了一圈，枫叶中悬挂着的莫小茹映入眼帘，瞬即把他所有情绪都压了回去。

“这相机不是嫂子的吗？还要带回去？”陆天枪问。

法医过来着手去检查莫小茹的尸体，明礼跟过去，朝陆天枪吆喝道：“队里规矩，今天回去抄写一千遍。”

队里规矩，凡是在现场找到的东西，不论是否跟案件有关系，不管是谁的，都要统一妥善封存好带回去，等技术组筛查后，再做决定怎么处置。当场销毁证物，等同犯罪。

陆天枪嘟囔着把相机装进证物袋封存好，连同莫小茹的手机一起放回证物箱里。

这个小插曲冲淡了不少莫小茹带给他的惊悚感。

法医根据莫小茹身上血液凝固的状态，空气湿度以及土壤成分等诸多综合条件，做出了初步判断——莫小茹的死亡时间大概在三天前。

三天前，也就是十月二十九日，她第二次直播的当天。死亡原因系失血过多。死前有过剧烈挣扎，是在意识残存的情况下慢慢死去的，也就是说，她极有可能是听着自己血一滴滴流失的声音，一秒秒煎熬到最后的。而那个凶手，或许还坐在枫树下喝着酒观看整个过程。

凶手虽然变态，却不聪明。现场来看，他不是匆忙之中离开的，却没有清理好现场，或者说不懂清理现场。枫树下的那杯清酒，普通玻璃酒杯，杯身上有残留的指纹。山顶有三个人的脚印，离枫树最远的那处清晰的脚印是今早刚留下来的，目测来自简意。剩下两种脚印遍布整个山顶，枫树下面最为杂乱和清晰。

这几天湖城没有下雨，加上山顶土壤潮湿松软，就算已经过去三天了，脚印依然清晰，技术组勘测起来极其方便。其中一个三十七码的女士平底靴印，和莫小茹脚上穿的平底靴花纹一致。另外一个脚印，来自男士四十二码皮鞋，鞋底光滑，没有花纹，前半部有一个椭圆形印迹，应该是为了防滑，加了个前掌。

技术组的黄克说："纯皮底，橡胶防滑前掌，据我所知好几个奢侈品大牌都有这款鞋卖。这样来判断的话，嫌疑人至少不穷。"

从脚印形状和深浅可以判断出此人身高大概一米七五，体重七十公斤左右，穿奢侈品皮鞋。身高和体重，加上附加条件，肖广平全部符合。肖广平会蠢到亲自动手杀人，并留下诸多指向自己的不利证据？

"也有可能不是他蠢，"陆天枪幽幽地说，"这种心理变态的人，不定享受的是什么，没准他就是享受这种在杀人现场留下自己气味和痕迹的刺激。"

明礼拧眉："肖广平今天几点的飞机？"

“不晚点的情况下，今晚十点三十五分落地湖城机场。”陆天枪说。

“你和小昭他们几个在机场蹲着，下机就把他逮进局里。”明礼又对黄克说：“我去弄张搜捕令，你带人去肖广平家里挖地三尺搜一遍。”

黄克趴在枫树根上答应了声，鼻子凑到地上嗅了嗅，又用戴着手套的手捏起一小撮土捻了捻，若有所思地说：“老大，我觉得这片的土好像和别的地方不一样。”

明礼走过来蹲下，有大概一个脸盆大小的一块地，土质要比其他地方的新，上面一层土壤摸起来很松软。

“刨了一些土？是要埋什么东西？”

黄克扒开最上面一层土，再往下扒了扒，挺硬的：“不像是要埋东西，埋东西起码得挖个坑吧，这浅得连坑都算不上。”

陆天枪跟过来蹲下，挠头说：“你们是不是忘了那杯清酒就是在枫树根上放着，有死人有酒，就差贡品了，上贡品不都是要烧香？”

明礼和黄克对视了眼：“烧香？烧东西！”

黄克又捏了点儿土放在鼻子前嗅了嗅：“好像是有那么点儿味道，我要把这层土带回去做成分分析。”黄克开始装土。

明礼眉头拧成一个疙瘩。嫌疑人烧了一些东西，然后又把灰烬带走或者散进了山里，也许是怕烧东西的痕迹太过明显，他又抓了些土覆盖住这片痕迹。

明礼的视线落在枫树上，为了最大程度地保护尸体，没有办法，只有砍掉枫树的四根树杈，一起运回局里做进一步的尸检。

所有工作和程序做好，一队人下山，已近中午。

明礼从山路口出来，远远看见简意顶着毛茸茸的脑袋趴在车窗上，正拿着指甲剪在剪指甲。他摸了下左脸颊上的抓痕，阔步向简意走来。

“老大，嫂子一切都好。”钱进从警车引擎盖上跳下来说。

“今天午饭我请。”明礼从他身边走过，没有一秒停留，“鸡腿随便加。”

“一盆，可以吗？”

“十盆都行。”

“谢谢老大和嫂子。”钱进抓着头“嘿嘿”笑了两声。

又一个傻子。傻归傻，还挺可爱，不过再可爱也没有我的女人可爱。明礼这么想着。

简意听到明礼和钱进的声音，慌忙把指甲刀藏起来。

明礼几步走到车前，一只大掌搭在车窗上，眼睛半眯：“指甲剪好了？我看看。”

“待着无聊。”简意双手抄在外套兜里，声音低低的，“我本来是要回去，但是钱进拦着不让我走。”

“我带你回去。”明礼斜倚在车门上睨着她，思忖怎么告诉她莫小茹的事情，“小甜心。”哑哑的一声。

简意抖了下耳朵，头垂得更低。

“我是说，”明礼笑出声，“被我承包的那些‘小甜心’再不喝就该变质过期了，今天午饭去那儿吃。”

小湖弯弯的调酒师一眼就认出了明礼，动作流畅地给他调了一杯“小甜心”。明礼很豪气地包了个最贵的情侣包厢，坐在少女粉的椅子上吃饭的那种。

简意坐上去的那一刻脸都绿了。饭刚吃了一口，她就尴尬地起身去洗手间，想骂人。糙汉子的品位简直俗不可耐。

简意刚溜出包厢，明礼眼角扫到简意的手机就搁在饭桌上，他顿了顿，拿起手机在里面装了个定位软件。每天到处乱跑，能安全活到现在就是个奇迹。哦，差点儿忘了她还有个变态哥哥，一般人还真不敢招惹她。哎，我不还是照样招惹上了。

明礼刚装好定位软件把手机放回原处，简意就推门进来。他大咧咧靠在椅子上往嘴里塞着菜，一脸享受的样子。反正在简意看来，享受两字写满了他的脸。

明礼看了她一眼，瞥见她脸颊上的两抹红晕，他收回视线，拿着筷子又往嘴里塞了一大口菜。

简意坐在他对面，闷头吃了几口米饭，为了缓和尴尬，开口问："死的人是莫小茹吗？"

"我正要跟你说这个。"明礼把嘴里的菜嚼吧嚼吧咽进去。

这个事情瞒也瞒不住，再者关于万华山的线索，按规矩，是要给简意做笔录的。

简意握着筷子的手颤了下，抬头看他。

明礼斟酌着用词问道："你说的那个什么化妆品的塑料封，在哪里？"

"真是莫小茹？"回想起山顶火红枫叶里的那个红衣女人，简意胃里一阵不适。

"她的死和你无关，你不用自责。"明礼看着她，"法医初步认定，莫小茹死于二十九日，具体死亡时间待尸检以后才能确定。也就是说，二十九日第二次直播结束后她就遭到了不测，就算没有发生过第一次直播的事件，你在收到她的微信求助后立即报警，等警察找到她，找到的也是具尸体。"

明礼不打算告诉她莫小茹的死因，尤其是现在这种情况。假设简意在收到莫小茹那条"帮帮我"的微信后立即报警，警方在足够重视的前提下迅速出警，就有可能在当天找到莫小茹，以莫小茹的处境，她能活下来的概率也不是没有。

明礼知道简意会这样想，所以他隐瞒了莫小茹的这些细节。

简意沉默了一会儿，说："二十八日我去采访她时，她给了我一支遮瑕笔。如果我早点儿拆开，或者二十九日她向我微信求助后想起来这支遮瑕笔，顺着找到万华山的线索，她也许就不会死了。”

“莫小茹二十八日给你的遮瑕笔，你说上面有给你留下万华山这个线索，但她是在二十九日去的万华山。”明礼皱眉，“她知道自己会在万华山出事？”

“有人约她去万华山？会是肖广平吗？”简意问。

“肖广平三十日离开湖城，有作案时间。”明礼又简单告诉了她现场脚印和酒杯的事情，还说了肖广平的情况。

因着莫小茹的死，简意胃口不太大，两人草草吃过饭，明礼和她一起回家去取那支遮瑕笔。

“这谁能看出来？”明礼拿着那截透明塑料封举到眼前瞅了瞅，“莫小茹电视看多了吧，真把你当福尔摩斯了？”

简意抠着手指头内疚：“我今早才想起来，我以为她躲起来了。”

“除了你，也没人会看出来，我就是把这玩意儿吞了也找不出万华山这个线索。”明礼把简意拆零散的遮瑕笔装进证物袋里，真心实意宽慰她道。

“顾哲就可以。”简意小声说。

明礼把证物袋塞进裤兜里：“顾哲以前干过这种事？”

“没有，他就是从小对这些东西比较敏感。”简意抬脸看了眼明礼，犹豫着说，“顾哲一直不喜欢警察是因为……他九岁那年被绑匪绑架过，因为当时警察的错误指挥，他差点儿被撕票，最后还是他自己想办法逃出来的。”

明礼诧异，九岁就能从绑匪手里逃走，看来从小就是个天才。九岁，小学三年级。李灿是小学四年级时去的南城，这才死里逃生一年就把人炸一身污秽物，如果没被绑架过，不定能炸一身啥玩意出来。

“当时顾叔叔怕他有心理阴影，在心理医生的建议下给他换个环境，就让他在我家住了一段时间。”简意叹了口气说，“他本来就很聪明，那件事以后，他对这些东西就格外关注。”

明礼腹诽：他有心理阴影？难道不应该是绑架他的绑匪有心理阴影吗？

简意总觉得和明礼在一起是对顾哲的一种背叛。即使是背叛，她还是和他……亲都亲过了，而且今天亲的时候她居然回应了。回应，是身体自然本能吧？本能不应该是甩他一个耳光吗？

“我会让他改变对警察的偏见。作为你的……男人，我以后不会再和他起冲突了。”明礼稍稍欠身，手伸进简意外套口袋里，摸出那个被她藏起来的指甲剪。他右腿一抬，一屁股坐在书桌上，眼角夹笑，捞过简意的右手，粗糙的指肚摩挲着她尚未来得及修剪好的指甲盖：“我给你剪指甲。”

简意红着耳尖想甩开他的手，反被他攥紧。

“老实点儿，我又不会剪掉你一块肉。”明礼右手拿着指甲剪卡着她的一片指甲上来就是一刀。

“我自己剪。”简意垂死坚持。

“我不放心。”明礼掀了她一个眼皮，“今天陆天枪说他奶奶告诉他一个偏方可以消毒。”

简意疑惑地看了他一眼。

明礼自觉地把左脸挪到她眼前：“抓痕破皮，虽然是小伤，但是运气背的话，破伤风什么的各种病都能来一套，上面毒素多着呢，要不你亲一下？给我消消毒。”

简意的脸一秒爆红。

明礼盯着她看了会儿，确定她不会再挣脱，这才埋头继续剪指甲事业。小手太软了，让他分心，严重影响剪指甲。虽然小心再小心，好几次都差点儿削掉她一块皮肉。

自己剪指甲从来没这么费劲过，拿把菜刀也能咔吧咔吧剪了。

糙老爷们儿不用剪那么仔细。

除了自己亲妈，这世上还没人亲密到给自己剪指甲。简意垂首，脑袋弯成个标准的九十度，感觉从后面看过来就是个无头尸体。尸体？简意的手猛地往后一缩，好在明礼手里的指甲剪刚离开她的食指，没有伤到她。

明礼攥着她的手不放："怎么了？没剪着肉啊。"

"我想起了莫小茹。"简意垂眸，小声问，"莫小茹是怎么死的？"

"吃饭的时候不是跟你说过？"明礼面色平静，"就是吊死的。"

"她那个姿势，是怎么被吊起来的？"简意问。

"铁链，特制的。"明礼一本正经，"我瞅着像特定器具，当然究竟是不是还要请专家鉴定，连同具体死亡原因一起，如果你想知道，结果出来后我可以告诉你。"

明礼继续笨手笨脚地给她剪指甲："还有你的相机，等检查确定归档后再还给你。"

简意这会儿才想起相机被她丢在山上这档子事，她蹙了下眉："你怎么知道是我的相机？"

"我看见里面的照片了。"明礼睇了她一眼，笑了，"你就那么喜欢偷拍我？又不是不给你拍。你想怎么拍都没问题。"

简意："我不是偷拍你，我是在拍李灿。"

明礼终于把她的指甲剪好，把指甲剪拿到嘴边吹了吹，手柄杠转回原位，随手搁在桌上，想要抓着她的手送到嘴边吹一吹时，被简意猛甩开。

明礼丝毫不觉得尴尬，他好整以暇地看着羞恼的简意："顾哲没跟你说？"

"说什么？"

"李灿。"

"没说太多。"

“你想不想听我说？”明礼眯缝着眼问。

简意抬脸瞧了他一眼，觉得他眼神里没啥好内容，她迅疾垂眸，咬住嘴唇没说话。

“来，你过来，我告诉你。”明礼促狭笑着哄道。

简意垂脑袋抠着手指，往前走了两步，乖乖到他跟前。

太可爱了，不逗她一下都对不起她的这种可爱。明礼睨了她一会儿，屁股粘在桌上没抬一下，只是稍稍往前欠身，嘴巴凑到她耳朵尖尖处，往里面送了口气，说：“无可奉告。”

简意气到昏厥，转身就走。手腕被明礼握住，沉稳有力。

“你吃醋了？”明礼笑着问。

“她是我家一亲戚。”在她暴走前，明礼声音放柔，眯缝着眼又特地加了句，“有血缘关系的那种，不像你和顾哲。”

简意抬眸。明礼握着她的手腕往前一带，把她带到怀里：“一年都见不着两回，而且我和她的感情比不上你和顾哲。”

两句话都离不开顾哲，不知道是谁在吃醋。

明礼把她抱在怀里，顺便在她额头亲了下：“昨天你问的时候我没告诉你，一来是有陆天枪在，二来李灿好歹算是个明星，你又是个娱乐记者。”

简意使着小性子想要挣脱他的怀抱。

明礼声音微沉：“差不多得了，你不是懂微表情心理学？你看着我和她在一起时的样子，你会分析不出来我对她是什么感情？”

简意在他胸口闷了会儿，闷声说：“我不想分析你，我想听你自己说。”

明礼心再大、再不懂小姑娘心思，也听出了这句话的含义。他猛地抱起简意放在桌上，眼神灼热，简意觉得他下一瞬就能把她的衣服烫化了。

突兀的电话铃声再一次恰到好处地响起。明礼置之不理，贴着简意凑过来。简意涨红着脸扭了下脑袋，明礼的嘴巴吻上她的脖颈。

电话响过一通，只隔了两秒，再一次执着地响起。

简意曲起胳膊推他，小声说：“可能是莫小茹的案子。”

明礼这才腾出手从裤兜里掏出手机，来电显示——黄克。明礼直起身来，坐在桌上滑开接听键。

黄克在电话那头激动道：“老大，指纹比对结果出来了，酒杯上的指纹和肖广平的一致。”

明礼刚挂断电话，就见简意一骨碌从桌上跳下来，兔子一样溜出去。他在桌上坐了一会儿，看见简意垂头倚在大门口，房门大开。

“这么想撵我走？”明礼走过去。

“是找到杀害莫小茹的凶手了吗？”简意避开他的问题反问道。

明礼敛下神色：“现场酒杯上的指纹，比对出来属于肖广平。”

“就这样破案了？”简意吃惊。

“目前来看，所有证据都指向肖广平。”明礼抬手关上门，“我要去局里一趟。”

简意看着关上的门，和背靠门板的他。你要给我来个穿门表演？

明礼俯身，左脸凑过来：“你先来给我消下毒。”

“家里有芦荟胶，我去给你拿。”

简意缩着脑袋刚走了半步，就被明礼一把拽了回去：“用不着舍近求远。”

简意：“脏！”

明礼：“我又不嫌弃你。”

简意：“我是说你的脸脏。”

明礼手掌按着她的后脑勺箍住她的脑袋，捏了下她的脸：“等这个案子结了，我再好好收拾你。”随即拉开门走了出去，还贴心地给她带上了门。

简意在原地凌乱了会儿，毫无顾忌地去洗手间洗手、洗脸。其实，好像也没有那么嫌弃。简意看着镜子里的自己，使劲儿拍了拍脸，刚才如果不是有电话突然进来，在他的强烈攻势下，她就真有可能守不住最后一道防线了。

总感觉两人的发展太快，像是缺了点儿什么。别人也都是这样谈恋爱吗？他刚说的收拾她，是指哪方面的收拾？

简意面红耳赤靠着墙发了会儿呆，再想起莫小茹，心情瞬间沉郁到不行。她给顾哲打电话，向他简单说了莫小茹的事情，最后她说，如果她早点跟顾哲说这件事或者请顾哲帮忙，莫小茹可能就不会死。

顾哲一贯慵懒的腔调说："简意，我觉得你应该知道，我这个人没有崇高的正义感，更不会有使命感，即使你第一时间告诉我莫小茹的事情，我也不会帮忙。"

"我知道你这是在安慰我。"

"不是。"顾哲说话干脆，"别人我懒得管，如果是你有生命危险，我才会管。懂？"

顾哲挂断电话。

李灿坐在餐桌前切着鹅肝，问："谁的电话？"

"你表嫂。"顾哲把手机撂在桌上，理所当然把李灿刚刚切好的那碟鹅肝端到自己面前，礼貌优雅地朝她颔首微笑，"谢谢。"

李灿耸了耸肩："那么这位绅士，能否请您高抬贵手，把你面前的那个碟子赏赐给我？"

"求赏赐还要我来动手？"顾哲叉着一块鹅肝塞进嘴里，一脸无辜和讶异。

李灿看着他，冷静地说："打一架吧。"

顾哲"呵"了声。

李灿："你呵什么？"

顾哲慢悠悠地说："你和你那个表哥一模一样，你们有钱人都这样？"

“我和他不一样。”

“哦。”

“你什么意思？”

“吃饭请闭嘴的意思。”

“确定酒杯上的指纹属于肖广平？”明礼问。

“确定，酒杯上只有莫小茹和肖广平两个人的指纹。肖广平有洁癖，如果家里来了客人，等客人一走，保姆就会把客人坐过的地方用消毒液擦洗干净。”黄克说，“肖广平一直单身，据保姆交代，他没有固定的伴侣，有时偶尔带女人回家过夜，但是等女人走后，保姆就会来个大扫除。我们在他家里只提取到了两种指纹，一个属于保姆，另外一个自然就是肖广平的，而且，肖广平的那枚指纹是在他的保险箱上提取到的……”

黄克说着说着就开始跑题，拉着陆天枪向他感慨肖广平家的保险箱，预估里面大概有多少现金和金条。

“出息。”明礼抬腿在他俩屁股上各踹了一脚，“酒杯来源查到了吗？”

“普通的玻璃酒杯，是个大牌子，光是在湖城的销售量每天都要上万，这还不包括全国销售量，至于这个酒杯是谁买来的，基本是大海捞针查不出来。”陆天枪道。

“肖广平家里有这种酒杯吗？”明礼问。

“没见着。”黄克说。

明礼抬手在他脑袋上呼了一巴掌：“你没问保姆？”

“酒杯一直在局里封存着啊。”黄克揉脑袋委屈，“我总不能违反规定带着酒杯去保姆家吧。”

“你不会把保姆带回来吗？”明礼又呼了黄克一巴掌。

陆天枪捂着脑袋条件反射跳开：“老大，我一直在局里，我没有去肖广平家。”

“不要给自己加戏。”明礼骂完陆天枪，又转头去问黄克，“你刚才说客人从肖广平家里走了后，保姆会来个大扫除，什么样的大扫除？往外扔东西吗？”

“扔吧？”黄克躲在三米远，不是太确定道。

“出息。”明礼瞪了他一眼，“还有什么发现？”

“没了。”

“去干活吧。”

明礼去法医鉴定处，陆天枪跟过去：“老大，你刚才说的保姆往外扔东西是什么意思？”

“不是让你去机场蹲肖广平？”

“老大，你可能气糊涂了，肖广平现在还在天上呢，晚上十点三十五分才落地。”陆天枪拿着小本本，一脸八卦的表情，“不是黄克把你气成这样吧？午饭你不是陪嫂子吃的？吃饭时吵架了？”

明礼推开鉴定处的门，对陆天枪一笑：“我和你嫂子好着呢。”

陆天枪看着他左脸颊上的抓痕：“哦，我信。”

法医吴砚正在莫小茹尸体前忙碌，见明礼过来，向他点了点头：“明队。”

“吃过饭了吗？”明礼问。

“还不饿。”吴砚手里拿着镊子，视线落在旁边的文件上，“尸检报告我刚写了一半，虽然有多方面影响，但是她真正的死亡原因还是失血过多。”

明礼拿起写了一半的尸检报告，对一旁的陆天枪说：“你记着待会儿去盯紧黄克，问问保姆能不能认出来那个酒杯。”

“是。”陆天枪在本上快速记下，拿笔猛敲了下自己脑袋，“老大，你的意思是说保姆大扫除丢垃圾有可能扔了酒杯，结果被人捡去放在杀人现场，栽赃给肖广平？”

“脑子终于开窍了一回。”明礼抬手给了他一个爆栗，“不能漏掉每一个可能，不能……”

“不能放过每一个坏人，也不能冤枉每一个好人。”陆天枪把明礼的话茬接过去说完，又皱眉嘀咕，“我就说肖广平不至于这么蠢，照这样说，保姆有最大嫌疑，莫小茹二十九日死的，保姆二十五日到二十七日不在湖城，但是她二十八日就回来了。”

“保姆杀了莫小茹栽赃给雇主肖广平？杀人动机，保姆和莫小茹的关系，还有现场的脚印。”明礼看着尸检报告，对陆天枪摆了下手，“也是个思路，你可以顺着再挖一下。”

尸检报告上写着莫小茹血液里有一百毫升的酒精含量，胃里有安眠药成分的镇静药物残留。

“莫小茹死前喝了二两酒，还吃了安眠药，没有中毒？真正死亡原因是失血过多？”明礼拧眉，“被吊起来之前吃的药，还是失血严重的时候被喂进去的？”

“死亡时间上来看，基本可以判定是先喝酒再吃药。”吴砚说，“理论上来讲，她吃下去的药量是可以抑制呼吸和中枢神经系统的，换句话说，是可以致死的。但是每个人的体质不同，对药效的反应也不尽相同。”

吴砚扯了下堆在一旁的铁链，沉声说：“而且，她被吊上去以后，疼痛刺激了她的大脑神经，在一定程度上减缓了药效的发挥。”

“你的意思是说，她是在意识清醒的状态下慢慢死去的？”

吴砚叹气：“不管意识清不清醒，她在死前都承受了巨大的痛苦和折磨。”

“变态凶手！”陆天枪恨得牙痒痒。

“身上除了铁链留下的伤，还有什么伤？”明礼视线落在莫小茹尸体上，问。

“都是铁链留下来的。”吴砚说，“还有，死前没有被性侵过。”

“铁链有什么讲究？”明礼走到铁链前，戴上手套伸手想要去拽铁链。

吴砚忙拦着说：“上面有各种机关，最好不要动，待会儿物证科的人会过来取走做进一步的鉴定。”

明礼：“各种机关？这是什么玩意儿？”

吴砚抽了抽嘴角。

“凶手把她吊起来却没有侵犯她，”明礼拧眉再看了看铁链，“因为在凶手眼里，这只是个杀人工具而非其他。”

陆天枪在旁边插话说：“会不会是凶手无力侵犯莫小茹，故意用这个把她折磨死。”

吴砚摇头：“以我多年的经验，心理变态的杀人犯，一般会采用凌辱的方式把受害人折磨致死。”

“变态！”陆天枪狠狠地说，“所以莫小茹的死和性无关？”

明礼敲了下他的头：“也是一种思路。”

明礼和陆天枪从鉴定处出来，陆天枪郁闷了好久，一路跟着明礼到办公室，想起晚上要去机场蹲肖广平，问：“老大，肖广平去年入的M国国籍，我们直接把他逮进局里合适吗？”

“他有外交豁免权吗？”明礼问。

陆天枪：“这个倒没有。”

“没有还装个什么蒜？”明礼说，“该审就审，和正常公民没什么两样。”

从万华山带回来的莫小茹的手机，通了电后，能用是能用，但是手机卡和内存卡都不在，手机里存的东西几乎全是她的自拍。明礼看来看去，既没看出什么门道来，也没能从中找出有什么惊天动地的娱乐爆料，就算是有什么见不得光的信息，估计也被凶手删干净了。

莫小茹找简意要爆的料会是什么？不管她要给什么料，肯定和肖广平脱不了关系。

早在莫小茹失踪时，技术组登录了莫小茹的各种社交账号，未能从中找出有价值的东西。她的生活其实挺简单，每天直播化妆和粉丝互动，有时候会接几个单，出去给模特明星或者新娘化妆。

莫小茹的微信状态停留在和简意通话时，换句话说，她在给简意发过去“帮帮我”后就关了机。简意先回了条语音信息，又发了条文字，莫小茹都没有回复。

我的女人，声音就是好听。明礼来回听了五遍，第六遍时，他眼角一跳，连忙翻开技术组送过来的记录报告。第二页第五行，上面明明白白写着登录莫小茹微信号时，简意发给她的那条语音没有显示未读。

莫小茹当时打开过简意的那条语音，听了语音却没有回复，极有可能是来不及回复就被凶手制伏住。明礼揉了揉太阳穴，总感觉哪里不对劲。

陆天枪扛着一桶水进来：“老大，我刚上楼的时候碰见陈局，他问你要不要枸杞，他那里有正宗的宁夏大枸杞。”

明礼从抽屉里找到上次陈局送他的保温杯三两下拆开，再去柜子里拿出一瓶二锅头用牙咬开瓶盖，咕咚咕咚把酒全倒进保温杯里。

“老大，我爸在家喝酒时就是喜欢在酒里泡点儿枸杞，他说补肾。我是说我亲爸。”陆天枪边换桶装水边看着明礼，“要不我现在就去找陈局要点儿枸杞？”

“补什么补，我好着呢！”

“老大，我记得你是不是说过？越是大嗓门急赤白脸吆喝着想要证明自己的，越是在虚张声势掩盖事情真相。”

明礼吼道：“一边儿去吧。”

陆天枪往门口跳：“我这就去找陈局给你要大枸杞。”

“你给我回来。”明礼抬腿坐在办公桌上，拿起保温杯闷了一口，“我问你个问题。”

陆天枪站在门外，拽着门把手开了条门缝：“请问。”

“关于莫小茹的案子。”明礼吧唧了下嘴，够劲，过瘾。

陆天枪这才推开门走了过来：“老大你要问什么？”

“如果有人要杀你，凶手近在咫尺，但是你有条件给一个人发短信，除了报警，你会发给谁？发什么？”明礼问。

“我肯定给老大发短信，反正给你发就等同于报警。”陆天枪挠头，“至于发什么，应该是尽量用最简短的文字来说明我现在所处的情况和具体地点。”

明礼点头，继续问：“如果只能够发三个字呢？”

陆天枪认认真真想了两分钟：“微信还是短信？”

明礼：“微信。”

“我会发定位，然后发两个字，救命。”陆天枪想了想又说，“如果没时间发定位，我会发救命，或者直接发数字 110。只要手机开机，总能有办法找到我，时间早晚而已。”

“救命，110。”明礼念了一遍，“正常人的反应基本都是这两个，莫小茹发的却是帮帮我。”

“老大，你是说莫小茹给嫂子发的那条微信消息吗？”陆天枪挠了挠头又捶了下脑袋，“法医不是说莫小茹喝过酒吗？会不会有人约了莫小茹喝酒，在酒里下了安眠药，然后把她背到万华山。或者干脆就是在万华山山顶喝的酒，毕竟万华山的秋景还是很好看的，可以野炊什么的。”

“这也是个思路。”明礼赞许地冲陆天枪点了点头，然后把保温杯放下，捏了捏眉心，“吴砚说莫小茹饮酒时间和具体死亡时间分别是几点来着？”

陆天枪今天思路异常活跃，接连被老大夸了好几回，他极度兴奋，连忙从兜里掏出随身携带的小本本和笔：“老大，吴砚的尸检报告下午下班之前就会交上来，不过我问了他莫小茹的死亡时间，他当时记了下来。”

明礼：“直接说时间。”

“饮酒吃药时间在二十九日上午九点半左右，死亡时间大概在下午两点左右。”陆天枪从小本本里找到一串数字，说道。

明礼拿起莫小茹的手机，她给简意发微信的时间是在二十九日上午九点二十分。时间接近。他想了想问：“二十九日万华山附近的监控技术组排查得怎么样了？”

“不怎么样，万华山方圆五六里地都没有监控。”陆天枪丧气道，“这两年那片都荒废着，是西林集团旗下的一个项目，说是要开发成旅游景点，不过迟迟没有动工。”

“西林集团，你去查下西林集团就这个项目最近有没有什么动作。”明礼抄起保温杯又吧唧了一口二锅头，“算了，还是我来查吧。说起监控，你调取的湖畔别苑监控里，给莫小茹拍照的那个同伙一直没有进展吗？”

“把那个时间段里出现过的所有人都排查了个遍，技术组现在锁定了三个目标人物。”

“说说看。”

“两个男人，一个女人。不过他们都穿得挺多，捂得严实，看不清脸。”陆天枪翻开小本本中的一页，“c组拿着这三个人的照片去湖畔别苑挨家挨户问了，都说是没见过。”

“这三个人出现时的监控给我一份。”明礼拿出手机刚想要给简意发消息说他有份监控要给她看。通知栏进来一条微信，他点开。简意发来一条文字微信，问他现场酒杯的事情。

明礼翘了下唇角，直接拨电话过去：“没出去继续蹲人？”

简意沉默了一会儿说：“我这几天跟的都是莫小茹。你刚走的时候说现场找到的酒杯上有肖广平的指纹，我想问问，现场找到的那个酒杯里有酒吗？”

明礼神色立即严肃起来：“为什么这么问？”

“有酒？”简意没有解释，接着问，“什么酒？”

明礼没有回答，他觉得，简意找到了莫小茹想要让她爆的那个料，和那杯清酒有关。

简意犹豫着问：“是……清酒吗？”

明礼原本在桌上坐着，听到简意说出清酒这两个字，他站起来，沉声说了一个字：“是。”

简意坐在电脑前，登录电脑端微信，发了条链接在他们三人小群里，继续跟明礼说道：“我在网上搜肖广平，发现他早期的一首歌，算是他的成名曲，歌名是《清酒》。我把链接发到微信小群里了，陆天枪是不是在你身边？你让他点开看看。”

明礼对陆天枪说：“微信群，你嫂子发过来的链接。”

简意拿着手机耳朵泛红。

陆天枪点开，调小音量开始听歌。

“肖广平早期的成名曲？”明礼问，“早期是哪一年？”

“差不多二十年前。你等下，我搜搜看。”简意脖子夹着手机，双手在键盘上敲了几个字，“一九九七年十月正式发行。”

“莫小茹一九九八年五月出生。”明礼翻开莫小茹的档案，“父亲一九六〇年，母亲……”

明礼顿住，档案上写着，莫小茹母亲孟果，出生年月一九八〇年三月二十日。莫小茹出生时，母亲只有十八岁，而莫小茹父亲莫栋梁当时三十八岁。

“怎么了？”简意在电话里问。

“莫小茹母亲一九八〇年出生。”明礼翻着档案说，“已病故，她父亲再婚了。”

简意："我记得肖广平老家是在花城，莫小茹是花城人吗？"

"玉市。"明礼蹙眉，"花城邻市。"

"肖广平会不会和莫小茹的母亲有关系？"简意试探着问。

"你过来一趟吧。"明礼重新坐在桌上，抬起手腕看了下表盘，"两个小时十五分钟没见着你，心里想得慌。"

陆天枪刚刚听完《清酒》这首歌关掉音频，就听到明礼对着电话说了这句话。他连忙丢下手机翻大腿上的小本本，翻到标题为"老大撩妹语录"那一页，然后他在"酒吧里的小甜心全被我承包了"下面加了一行"多少个小时多少分钟没见着你，心里想得慌"。

简意在电话那头默了一会儿，小声道："不说了，我挂了。"

明礼把手机屏幕举到眼前："嘿，怎么挂了？话还没说完。"

陆天枪一脸蒙地把刚刚加上去的那一行划掉，并在旁边批注：小姑娘不喜欢听，慎用！做完批注，陆天枪抬头看明礼，明礼正看着他，两人大眼瞪小眼对视了两秒。

陆天枪："老大，被嫂子撑了？"

"撑个屁。"明礼骂了他一句，"歌听完了？听出来什么没？"

"古早的一首歌，算是校园民谣这个调调，不过还挺好听。"陆天枪拉着手机屏幕里的歌词，"不过其中有一句歌词是'二两清酒祭余生'，看着挺瘆人的，但是听起来觉得还好。"

"这首歌讲什么的？我最讨厌情歌，情情爱爱腻腻歪歪酸掉牙，一听脑袋就疼。"

所以你才单身三十年。

陆天枪默默吐了槽，说："校园民谣都一样，理想、梦想、朦胧、初恋。我听着和九〇年代末其他民谣没什么区别。莫小茹的死真和这首歌有关系？"

"肖广平成名曲。"明礼捏眉心，"词曲作者是谁，还有唱片公司是哪家。"

“词曲演唱都是肖广平，这是他的第一首原创歌曲。”陆天枪上网搜索着，“时代唱片公司，当时前三的唱片公司，二〇〇八年被参天唱片公司收购。”

“这事肯定和肖广平脱不了关系。”明礼起身走到窗前绕了两圈，一屁股坐上沙发，把腿搁在办公桌上，靠着沙发椅背阖眼理了下思路。

“黄克从现场带回来的土分析出来成分没有？”明礼闭着眼问。

“还没有，结果最快也要到晚上才能出来。”

“莫小茹的家庭情况和西林集团我来查。”明礼脑袋枕着椅背，伸手揉着太阳穴说，“你记下你的任务。”

“是，老大，你说。”

“第一，联系时代唱片当时的发行人，问问肖广平那首歌的情况；第二，盯着鉴定科，酒杯来源，里面的清酒成分，铁链，还有带回来的土；第三，晚上去机场逮肖广平。”明礼顿了顿，“第四，把湖畔别苑的监控拷贝给我一份。”

“还有吗？”陆天枪一一记好。

“暂时就这么多，去干活吧。”

明礼睁开眼，晃着桌上的腿给简意发语音微信：“娱乐圈的福尔摩斯，多亏你提供的线索，案子现在有了新的进展，但是这里有份监控，想让你帮忙看看。”

陆天枪拿着小本本默默走开。

明礼盯着手机发功，一分钟过去，简意没有回，明礼再说：“查案阶段，监控视频属于机密物证，不能外带不能外传。”

简意还是没回。明礼“嘿”了声，又发条语音：“这是在办公室，你来了我又不会吃了你。”

简意依旧没回。明礼换了种语气：“好吧，我确实想你了。”

刚从卫生间出来的简意点开语音逐条听完，回了一个：“嗯”。

连个标点符号都没有，明礼把手机撂回桌上。算你有能耐，等着瞧。

十五分钟后，明礼看着手机软件里一个小红点从简意家移动到小区门口，他挑了下眉梢，好乖，想亲。

明礼把存着湖畔别苑监控的U盘揣进裤兜里，点了一根烟，拿出手机拨了个号码。

“明队。”电话那头一个毕恭毕敬的男声。

“嗯。”明礼淡淡应了声，吐出一个烟圈，“西林集团旗下有个万华山的项目，说是要开发成旅游景点，最近有什么动作？”

“没什么大的动作，就是上周新注入了一股资金，数额不大。”

“谁注入的资金？”

“您稍等。”十秒后，那头说：“肖广平，漫天星娱乐公司的股东。”

“知道这件事情的人多吗？”明礼问。

“不是什么保密项目，能接触到这层面的人应该都知道。”

“好，我知道了，先这样。”

“好的明队，有事您再吩咐。”

明礼挂断电话，把手机搁在窗台上点开定位界面，半眯着眼看着上面的红点离市局越来越近。他深吸了两口烟，全吐在手机屏幕上，谈恋爱原来是这种滋味。见缝插针地想念那个人，想时时刻刻掌控她的动向，想把她放在眼皮底下，想把她揉进怀里。明礼的目光再次落在屏幕上的红点上。

钱进拿着一份文件走过来，隔着三米远连着叫了两声老大，明礼都没有听到。钱进纳闷走近，疑惑地看着手机屏幕上的红点：“老大，你这是看什么呢？”

“我的命。”明礼吐出一口缭绕的烟圈，伸手拿过文件。

“老大，其实我对案子也有一些看法。”钱进一副要继续的架势。

明礼把烟头摁灭在窗台上：“说吧。”

“今天上午我在万华山下陪嫂子的时候，观察了下万华山的地形，发现山上植被树木普遍向西南方向倾斜，这就说明万华山常年吹东北风。”钱进说。

明礼：“所以？”

“我听说把死者吊上去的铁链，拴在枫树东北方向的树杈上。”

“那边的树杈最好着力，铁链比较容易稳固。”

“我查了下二十九日上午万华山所在区域的天气预报，晴天，十六度，东北风四级。风力虽然不大，但毕竟是在山顶，风力肯定比平地要大。”

钱进搓着手，继续道：“于是我就在想，有没有一种可能，凶手把她吊上去以后，突然来了一股风，触动了铁链上的某个机关，刚好凶手又不太会用这个铁链，本意是想玩玩，结果越弄越乱，把人给活活弄死了。”

明礼吸着烟回忆着山顶的情景：“虽然你这个假设大胆又漏洞百出，但是很有参考价值，比陆天枪那个强多了。”

钱进不好意思地笑了两声。

“铁链那玩意儿找来制造图纸了吗？机关解开了没？”明礼问。

“请了一个专家，正在来的路上。照片事先给专家发了出去，专家说应该就是施虐器具，一般市面上买不到。有这方面癖好的人购买渠道都是在地下进行，或者是在暗网上买。”

“这样，你去器材室找个和莫小茹体型差不多的假人，再查下这几天的天气，等专家把铁链构造图绘制出来后，挑个和二十九日上午风力差不多的一天，我们去万华山试一试。”明礼咬着烟说着，瞄了下手机屏幕上的红点，简意再有两条街就到市局大门。

“好好好。”钱进见自己的看法被自己老大这么重视和肯定，立马兴奋地去器材室，“我现在就去挑假人。”

简意的身影出现在市局大门口时，明礼咬着烟屁股，心口猛地跳了下。简意穿了件军绿色风衣，柔顺的头发随意散开，发梢扫过领口时，仿若小南风拂过他的心口。

明礼半眯着眼，感觉自己身体有些飘。

简意低头拿着手机，双手在屏幕上按了几个字。三秒后，明礼瞧见自己手机消息栏进来一条微信，他眼角夹笑点开。

简意发过来的一条：“我到了。”

明礼回了条文字：“我在办公室。”

直到简意走进这幢楼，身影完全消失在视野里时，明礼这才拿着文件回办公室。

办公室门虚掩，简意深吸了一口气，刚要抬手敲门，门突然开了一道缝，一只大手把她拽进屋里，随之她跌入一个宽阔结实的胸膛里。简意连叫都没叫，就适应了这种熟悉的感觉。

明礼关背靠着门板，拥简意在怀里，脸埋在她长发里，久久没有说话。

简意轻轻推了他一下。

明礼开口：“简意。”

声音微哑，带着点儿沙。每次听他这种嗓音，简意就会联想起沙漠下大暴雨的震撼场景，她含糊地“嗯”了声。

“我是不是没有对你说过，”明礼说，“我喜欢你。”

简意回忆了下，好像没有说过。记得他说的是——“我看上你了。”

明礼又说了句：“我喜欢你，不仅要做你男朋友，我还要做你男人。”

不给简意反应时间，明礼贴着她的嘴唇，缓缓说道：“我从来没有这么喜欢过一个女人。”

简意整个人被吻得晕乎乎的，全然没有发觉胳膊何时缠在了他脖子上，像根藤蔓缠在一座山上，斧劈刀砍才能把他们分开。

良久，明礼离开她的嘴巴，嗓音喑哑：“简意。”

简意双目有些迷离，她勾着他的脖子，鬼使神差地在他左脸颊抓痕上轻轻亲了下，说：“怕你留疤，我带了芦荟胶过来。”

明礼在沙发椅上坐下：“你来给我涂。”

简意从外套兜里掏出一管芦荟胶拧开，挤一些到手指上再涂到他脸上，全程躲开明礼滚烫似火的视线。她突然觉得，与其被他这样盯着看，还不如他直接对自己说点什么，起码她能反抗。现在这种情况，他一句话不说，就只是一本正经看着她，她就紧张到每次呼吸都要按着节拍来。

芦荟胶很快涂完，简意低头拧上盖子，小声问：“不是让我来看监控吗？”

明礼张嘴就来：“监控没有你好看。”

“不看监控我就回去了。”简意红着脸作势要走。

明礼圈她在怀里：“看看看，现在就看。”

简意看监控的时候，明礼把汇总过来的案情大致给她说了下，然后拆开钱进刚给他的文件，有关玉市莫小茹一家的情况，文件资料里少之又少。

二〇一二年莫小茹母亲病逝，疾病一栏写的是精神病发，去世。莫父二〇一五年再婚另组家庭，现育有一子。

当年莫母死亡，家属没有报案，玉市当地公安局没有此事的资料，面前这份资料还是从莫小茹家所在辖区派出所调出来的，常规的一套，几乎没有参考价值。莫小茹前两年来湖城上了个中专，户籍随迁过来。中专毕业后，户口一直放在湖城，没有再回迁到老家。玉市不归湖城管，再加上莫小茹的案子本就发生在湖城。

“《清酒》那首歌会和莫小茹母亲有关吗？”明礼拳头撑着太阳穴，问正在看监控的简意。

“不管有没有关系，莫小茹的死肯定和肖广平有关系。”简意想了想，“莫小茹想让我爆的那个料应该和《清酒》有关。”

“《清酒》一九九七年十月正式发行，莫小茹父母那年的年底结婚，莫小茹隔年五月出生，时间上来算对不上。”明礼皱眉说，“而且当时莫小茹的母亲只有十八岁，莫小茹的父亲三十八岁，年龄相差有点儿大。”

“你怀疑莫小茹生父是……肖广平？”简意扭头看他。

明礼凑过来在她额头上亲了一口：“我去玉市一趟，现在就走。”

简意懵了一下：“我呢？”

“你就在家好好待着，哪儿也甭去。”明礼拨通陆天枪电话，响一声就挂断。他逼近简意说：“要让我发现你又瞎胡乱跑，我可饶不了你。”

简意的脸一秒爆红：“我是想说，监控我没看出来有什么异常，我回去再慢慢思索吧。”

“好。”明礼伸手捏了下她的脸，手上动作轻柔，脸色却很严肃，“我说话一向算数，你最好给我老实点儿。”

简意刚想说点儿什么，陆天枪就在外面大呼小叫着拍门：“老大，你在里面吗？这么急把我召唤过来又不开门。”

明礼再捏了下简意的脸，这才去开门。

陆天枪继续嚷嚷：“老大，你晚一秒开门，我就去厕所给你送手纸了，我差点儿以为你是在蹲厕所没带纸，所以才这么急着给我打电话。”

只要在市局里待着，明礼有急事召唤手下时，一向都是给他们打电话，响一声就挂断。久而久之，这种响一声就挂断的电话，差不多已成了紧急集结号。

“废什么话。”明礼拍了他一巴掌，“我现在要去玉市一趟，给我订张最早的机票。”

“你要去玉市？莫小茹老家？”陆天枪走进来，瞧见简意，他立马响亮地来了声，“嫂子好。”然后一脸的“我懂”，恍然点头。

简意尴尬地笑笑。

“老大，机票订一张还是两张？要和嫂子一起去吗？”陆天枪拿着手机边查票边问。

明礼：“一张，我自己。”

“你自己去玉市？”陆天枪瞪大眼，一脸为难，“肖广平今晚落地湖城，你不在局里镇着，怕压不住他。”

“肖广平一个犯罪嫌疑人，他有什么资格横？”明礼交代陆天枪，“看他配合态度，有问题押着，问不出问题，也押够他四十八小时。我争取四十八小时内回来。”

陆天枪哭丧着脸：“老大，带上我吧。”

明礼：“我为什么要带你？”

简意别过去脸，默默地想：我是背景板，你们尽管聊，就当我不存在。

“机场那边让钱进去逮肖广平，钱进块头大，一看就没人敢惹，外形上就能压制住肖广平一成。”陆天枪继续卖乖，“老大，你看看我细胳膊细腿，压根震慑不住肖广平。我就是老大的一块砖，老大想怎么使唤怎么搬。”

明礼被他说得头大，身边多一个人也好办事。至于肖广平，杀人现场有他的指纹和脚印，光是这两点就够他喝一壶的。局里少一个陆天枪，确实没什么事。

明礼再呼他一巴掌：“那就甭啰嗦了，赶紧订票。”

“老大最好，老大最大。”陆天枪飞快地登录订票系统，“最早的一个航班在一个半小时后，只剩三张头等舱的票，买不买？”

“买。”

“老大，机票钱局里给报销吗？我记得章程上写的是公务出差最高限额是商务舱，我这种级别的只给报个经济舱。”

“都是去查案，还分什么级别？头等舱，我给你报。”明礼把莫小茹的文件塞进兜里，“黄克那边出结果了吗？”

“好咧，我买上了。”陆天枪边捣鼓着买票边说，“酒杯的事情问过保姆了，保姆说她平时大扫除确实扔过不少客人用过的东西，杯子也扔过。现场带回来的那个酒杯肖广平家里确实有过一套，专门用来招待客人的。”

“专门用来招待客人，那为什么酒杯上只有肖广平的指纹？”

“保姆说如果杯子以前没被用过，免得客人尴尬，肖广平也会和客人用一样的杯子。”

“列一个客人名单，交给钱进去办这个事。”明礼把车钥匙丢给他，“你去找钱进一趟，和他说一下晚上去机场逮肖广平的注意事项。再去找黄克，叮嘱他物证结果一出来就发给我，然后你把车开到楼下。”

“好，我这就去。”陆天枪接过钥匙小跑到门口，又疑惑地回头，“老大，那你干什么？”

“我要和你嫂子告个别。”明礼看着自始至终都乖乖靠在桌角一声不吭的简意，眼底带笑说。

陆天枪默默关上门，顺手从小本本上撕下一张便签纸，贴在门正中，写下“勿扰”两个大字。

第二章

陆天枪一路给明礼说了时代唱片的情况。

几经辗转找到时代唱片当时负责《清酒》这首歌的发行人林茂，他对这首歌印象极深。据林茂回忆，这首歌连同肖广平一起，是他和一个朋友在某个大学的晚会上发掘出来的。

二十世纪九十年代末的大学生普遍浪漫文艺，校园空气里流动的都是诗情画意，唱歌的和写诗的，无疑是校园里最受欢迎的一拨人。背着吉他在校园里走一圈，就相当于现在开着玛莎拉蒂在校园里逛一圈所受欢迎的程度。如果这个人长相还算过得去，那就不得了了，分分钟晋升为全校的男神女神。

肖广平就是这样的男神，甚至可以说是比一般的男神还要男神。长相是当时最流行的奶油小生款，现在叫法是小鲜肉；品学兼优能弹会唱，还会作词作曲；爱慕追求他的人众多，但是他洁身自好，既没有女朋友也不出去乱混。各个方面来看，他都是一个全方位的优质偶像。一九九七年九月湖城中文大学迎新生的晚会上，肖广平作为大二的学生代表，在晚会上弹唱了一首原创歌曲《清酒》，一夜红遍湖城所有大学。

当时文艺氛围空前浓厚，文艺事业势头十足。时代唱片公司求贤若渴，到处征集流行歌曲，林茂身为唱片公司发行人之一，辗转从一个朋友那里听说了肖广平凭借一首原创《清酒》风靡湖城各个大学的事情。林茂亲自找到肖广平，亲耳听到他弹唱了一遍《清酒》，顿时觉得惊为天人，当场决定买下这首歌并签了肖广平为唱片公司的艺人。

这首歌稍加打磨包装发行上市以后，广获好评，拿奖拿到手软。肖广平甚至参加了当年湖城春节晚会，在晚会上自弹自唱了这首歌。自此以后，肖广平一歌成名，一跃成为歌坛当红小生，铺垫了他的演艺之路。之后他越走越远，直到现在成为漫天星娱乐公司大股东。

“老大，莫小茹还真有可能不是肖广平杀的。”陆天枪讲完肖广平的事情，说，“他再怎么笨也不会笨到在现场留下指证自己的东西吧。”

“他都留下脚印和指纹了，还怕差一杯酒？”明礼望了眼玉市昏暗的天空，“你不是说有些凶手专门享受在现场留下自己痕迹的刺激吗？”

“我现在不这样想了，肖广平现在毕竟是娱乐圈的大佬，他不会采用这种自毁声誉的办法。”陆天枪拍了下脑门，“越来越觉得就是莫小茹的那个同伙杀了她，然后栽赃给肖广平。”

“既然是同伙，为什么要杀莫小茹？”明礼引导着问。

“分赃不均，或者是意见不合，再或者是情杀。”陆天枪找了几个常见的杀人理由。

“那你想想，莫小茹和她同伙想让你嫂子爆的料会是什么？”说到嫂子二字时，明礼嘴角压也压不住地往上翘。

陆天枪：“和《清酒》有关？”

明礼：“我们干什么来了？”

“查莫小茹母亲的背景和死亡原因。”

“为什么要查这些？”

“难道是和肖广平有关？”陆天枪不太确定地问。

明礼瞪了他一眼：“和你有关。”

湖城到玉市乘飞机一个半小时，找到莫小茹家所在社区时，天刚擦黑。

玉市西街属于老城区，街道逼仄规划混乱。一眼望过去，建筑灰蒙蒙得像是笼了层落满灰尘的细纱。天刚落黑，正是吃晚饭的时候，好多人家把饭桌摆在巷子口，小孩哭闹声、大人责骂声、狗叫声、老人打牌唱戏声、炒菜声……充斥在街头巷尾，到处都是乱哄哄的。

环境嘈杂，常住人口多，也就意味着这里的街坊邻居大都知根知底。谁家孩子这次考了多少分，谁家里炒菜多放了几勺盐……事无巨细第二天就能传遍整条街。经常走访的警察最喜欢这样的环境，在街头那么一蹲，抽根烟的工夫就能打听出一堆事儿。

“老大，我饿了。”陆天枪摸着肚子说。

“走，我带你去化缘。”明礼朝巷口一个麻将桌走过去。

牌桌上坐着四个大妈，刚结束了一局和牌，其中脖子里系纱巾的一个大妈推推麻将站起来：“不打了不打了，再来一局牌不胡，锅里的玉米糊糊该糊了。”

另外三个大妈不让她走：“俊儿他妈，不能赢了钱就走吧。回回都这样，下回编瞎话也要编个靠谱点儿的，还锅里的玉米糊糊，我坐在这都瞅见你家那位把饭桌搬出来了，锅都上桌了。”

“不能走不能走，这回说啥都不能。怕俊儿他爸骂你的话，晚上多犒劳他啊！”

“我家还剩有药酒，后劲儿大得很。俊儿他爸不行的话，我家的酒给你舀两勺。”

“哈哈哈。”

大妈们说起荤话，也就没男人什么事了。

脖系纱巾的大妈任她们怎么说就是不往牌桌上坐，眼看就要吵起来。

明礼咬着烟一屁股坐过去，从裤兜里掏出一沓钱往桌上一拍，豪气道：“我来和你们搓两局。”

大妈们一起看向他，愣了足足有半分钟，其中一个大妈问：“你谁啊？”

“路过这里，牌瘾犯了。”明礼抬起一只脚踩在牌桌下面的横杠上，偏头看了眼陆天枪。

真不知道老大是怎么练出来的，就这么一个架势一摆，活脱脱一个偷拿家里老婆本出来赌钱的混不吝。

陆天枪被明礼这么一看，瞬时就明白了自个儿老大是什么意思。他立马急赤白脸，着急忙慌跑过去：“爸爸，不能再玩了，就你这个臭手，十局九点半输。”

“滚犊子，老子打牌你废什么话？”明礼不管三个大妈愿不愿意，两只大手抓着麻将就开始洗牌。

他嘴里叼着烟，一脸痞相：“老子今天已经输了九回，现在再来一局就是第十局。该老子赢了，懂不懂啊，我的傻儿子。”

大妈们你看看我，我看看你，不知道这是谁傻。

其中一个大妈问：“九点半输是个什么意思？”

明礼抬头瞥了眼旁边还没有走的纱巾大妈，说：“就像这种情况，半道赢了钱就溜。”

“那不能够。”明礼左边一个穿绿大袄的大妈说，“我们可不像她，来来来，这回保管让你的第十局赢个痛快。”

绿袄大妈手里洗着牌，向另外两个大妈一个劲地递眼色——钱多人傻，速来！明礼配合着抖了下烟灰，嘴里的烟还没吸完，又拿烟盒往外倒第二根。

绿袄大妈探脑袋过来，啧啧了两声：“小伙子，你不光牌瘾大，烟瘾也不小啊。”

明礼：“人生难得几回浪，浪过一浪是一浪。”

陆天枪过来，委屈脸：“爸爸，你光顾着自己浪，都不管我肚子饿不饿。”

“你饿了？”绿袄大妈生怕陆天枪把明礼这个傻财主拖拽走，连忙说，“对面那个大槐树，看到没？饭桌上吃饭的是我家两个孩子，你过去和他们一起吃，添副筷子的事。”

陆天枪往后看了一眼，彩灯下有个石头圆桌，圆桌上有两个小孩正在吃饭。一个扎马尾的小女孩一手拿着馒头，一手拿着笔在写作业。这也行？

绿袄大妈对着大槐树扯了一嗓子：“涛涛，桃桃，去厨房拿副碗筷，这位大哥哥和你们一起吃。”

叫涛涛的男孩应了声，放下筷子进了院子。

“谢谢大姐。”陆天枪摸着肚子过去，还不忘回头，“我吃得多，不过没关系，我爸爸有钱，他会给饭钱。”

“嗐，这孩子，一副筷子的事，还要什么饭钱。”绿袄大妈笑吟吟地看向明礼。

明礼从桌角的一沓钱里抽出一张，放在绿袄大妈面前：“两码事，不差钱。”

其他两个大妈见了，赶紧催着开牌。这人，要么真有钱，要么穷大方。反正不管怎样，此人钱多人傻。果然，两圈下来，桌角的钱已被明礼输掉一半。

绿袄大妈怕明礼不再接着打牌，主动和他拉起了家常：“那个真是你儿子？我看着不像啊，你年龄也不大。”

“结婚早。”明礼咬着烟说。

“结婚再早也生不出这么大个儿子吧。”明礼对面的大妈开始掰着手指算，“看着你满打满算也就三十，你那个儿子有十八？你也不能十二岁就生孩子吧。”

“我今年三十六了。”明礼面不改色道。

“哟，可真看不出来，三十六的人身材还能保持这么好，跟二十七八的小伙子一样。”绿袄大妈一脸羡慕。

明礼对面的大妈掰着手指头再算了算，说：“十八岁生的儿子，虽说也早，但也还说得过去。前街那谁家，老莫他那个疯老婆，不就是十八岁生了一个女儿？”

“小茹，和我家小桂是初中同学。别看她那个妈疯疯癫癫的，小茹这孩子可是聪明伶俐得很，好像听说是考到湖城上大学了。”

“小茹妈也不是天天疯，就是有时候神神叨叨，不过好在不是个武疯子。武疯子动不动就拿刀砍人，那才吓人。”

“小茹妈脑袋虽然不清楚，但是唱歌是真好听。哎，可惜了那把好嗓子。”

“涛涛妈，你懂什么好嗓子不好嗓子？”

“我怎么不懂？那首什么什么歌，小茹妈常唱的那首，我家桃桃就是跟着她学会的。”绿袄大妈朝着大槐树喊：“桃桃，你喜欢的那首歌叫什么？来，给你婶儿唱一遍。”

桃桃八九岁的模样，性子随她妈，不扭捏不做作。她把嘴里的馒头咽进去后，开嗓就唱了起来。坐她对面正在吃饭的陆天枪惊呆了，桃桃唱的正是《清酒》那首歌。

一曲完毕，桃桃坐下，继续一手拿笔写作业，一手拿筷子吃饭的操作。

陆天枪放下筷子给她鼓掌：“桃桃，唱歌好好听。你唱的这是什么歌？我怎么没听过？”

桃桃白了他一眼：“《清酒》。”

“清酒是什么歌？”陆天枪一脸白痴地问。

桃桃："就是我刚才唱的歌。"

陆天枪吞了一口唾液。老大，这是你亲女儿吧，相当有逻辑。

哥哥涛涛说："就天天唱吧，别等以后唱疯了，前街那个疯子就是唱这首歌才疯的。"

"前街的疯子是谁？"陆天枪赶紧问。

"莫大爷死了的那个疯老婆。"涛涛说。

"死了？怎么死了？"陆天枪装作好奇的样子，继续问。

涛涛指了指头顶的槐树，神神秘秘小声说："吊死的。"

陆天枪装作被吓傻的样子，说话都不利索："这……这棵树？"

桃桃翻了陆天枪一个白眼。

涛涛哈哈笑了几声，笑够了后，说："怎么可能？这是我家的老槐树。"

陆天枪一时找不出话来接。涛涛开始滔滔不绝说自家这棵槐树的来历，陆天枪插了好几次嘴都没有插上话，最后还是趁涛涛说口渴开始喝汤时，才问上一句："你说的那个疯子，吊死在哪儿了？"

"她家后院的一棵歪脖子枣树上。那棵枣树第二天就被砍掉了，好可惜，每年都会结好多大枣。"涛涛说。

"自己死的？还是被人吊上去的啊？"陆天枪装作一副怕怕的样子问。

"当然是自己上去然后吊死的。"涛涛哼了声。

"白痴。"桃桃又翻了个白眼。

陆天枪："我没白吃你家饭，我爸爸给你妈钱了。"

桃桃从作业本上撕掉半页，分成两半，每半揉巴揉巴，揉成一个小团团，然后往左右两个耳朵里各塞一个。

麻将桌上，明礼输钱输得越多，三个大妈聊八卦聊得越起劲儿。

由莫母死到莫父再婚，再到莫小茹考上湖城后没再回来过，听说好像是因为莫父再婚的事情，她和莫父断绝了父女关系……讲到后来，其中一个大妈说，莫小茹三四岁的时候，莫母走失过一回，在外流落了大半年，被找回来的时候，肚子大如气球。虽然莫父解释说是吃坏东西生病了，但是过来人都知道，她那是一副孕相……莫母在家卧床休息了一个月，肚子倒是平了下去，但是没见着孩子，她们猜测是把孩子打掉了，毕竟孩子来历不明。一个精神有问题的女人，二十来岁，长相清秀，流落在外会发生什么，大家心知肚明。

明礼把桌上的钱全都输完，该打听的八卦也都听得差不多了，他骂骂咧咧推了麻将牌，叫上陆天枪一起离开。

两人把听来的八卦汇总了一下，直接去了前街莫小茹家。

莫栋梁一个人在家，岳丈家有事，他现在的老婆带着孩子回了娘家。明礼出示证件表明身份之后，说要谈谈莫小茹的情况。莫栋梁很排斥，说他和莫小茹几乎常年不联系，不知道她的情况，如果她犯了什么事儿，他一概不知。

明礼干脆直接告诉他警方在今早发现莫小茹尸体的事情，并强调说是吊死的。莫栋梁先是吃惊，在消化了这一事实后，他脸色悲恸，态度有所缓和。

他喝了一口酒，开场白是："小茹其实不是我亲生的，我娶孟果的时候，她已经怀孕了，她那个时候脑子还是正常的，就是不太爱说话，生了小茹以后脑子才开始出现问题……"

莫栋梁家庭条件和个人条件都很差，一直没讨到老婆，一直到三十七八岁时，有人给他说亲，说的就是莫小茹母亲孟果，只有十八岁，长相清秀文静，刚成年，在和莫栋梁见过面后，孟果说她同意和他处对象。

莫栋梁不敢相信有这样的好事，当即就去祖坟上了三炷香。后来孟果告诉他，她怀孕了，不想打掉孩子，如果他愿意接受她和她的孩子，第二天就可以领证结婚，不愿意她也不强求。莫栋梁想着孟果年龄还小，就算生了孩子，好好养两年身体，也能再给他生个孩子。思前想后，莫栋梁同意接纳孟果和她肚子里的孩子。

结婚以后，孟果和他相处还算融洽，就是有个怪毛病，不能听收音机，尤其是流行歌曲，后来不知道听到什么，当场砸过一台收音机。

一直到莫小茹快出生时，一个夜里，孟果哭哭啼啼告诉他，她自己也不知道肚子里的孩子是谁的。莫栋梁很震惊，可当时月份太大，已不能打掉孩子，只能生下来。

莫栋梁问她曾经的男人是谁，孟果死活不说。不久后莫小茹出生，刚坐完月子，孟果不知道受了什么刺激发了次疯，后来脑子就不太正常，时而清醒，时而糊涂。精神不太正常后，反而听起了收音机，还跟着收音机里的歌哼唱几句，唱得最好听的是那首《清酒》。

后来有一天，她唱着唱着哭了起来，说什么原本应该出现在收音机里唱这首歌的人是她……跟着收音机里学唱了几天歌，每天抱着收音机非要往里面钻，说这是她的歌。

小地方的人，对这些歌曲什么的时髦东西了解得不多，不懂作词作曲这一套说法，加上孟果平时有些疯疯癫癫，大家都当她说的疯话。这样的情况持续到二〇一二年，她精神状态越来越不好。在一个寻常的早晨，莫栋梁起床，发现孟果吊死在自家后院的枣树上。

讲起这段时，莫栋梁一脸悲恸。他闷头把杯子里的酒喝完，说了个细节："孟果上吊的那棵枣树下，放了杯酒，差不多有二两。"

莫栋梁老泪纵横："小茹虽然不是我的亲生孩子，但是我把她从小养大，一直把她当亲生孩子来看待。这两年我又结了婚，她对这个事情不太支持，我说话比较重，告诉了她，她不是我的亲生孩子。之后小茹考上了湖城一个学校，没再回来过。虽然不是亲生，但她毕竟是我的孩子，怎么就突然……警察同志，你们一定要找出凶手，不然我对不起地下的孟果。"

等莫栋梁情绪稳定后，明礼问他孟果曾经走失，回来后怀孕的事情。莫栋梁突然暴怒，他刚开始不承认是怀孕，后来明礼说是要查案，所以才要问清。莫栋梁这才说，孟果走失的这段时间，一直流落街头，身边围绕着的都是和她一样的流浪汉……好在月份不是太大，于是去找了家私人诊所，把孩子打掉了。

至于莫小茹，因从小被身边小朋友指指点点说她有个疯子妈妈，使她非常没有面子，在外人面前，她甚至和小朋友一起向孟果丢过砖头。但是莫栋梁说，其实莫小茹心里还是很心疼妈妈的，她在外面不管怎么样，回家后会给妈妈洗澡搓背，端水喂饭。

莫栋梁说："小茹是个很懂事的孩子。"

辞别了莫栋梁后，陆天枪心情异常沉重。一直到明礼找了一家酒店入住，叫了外卖到房间后，陆天枪还在愤愤不平。

"偷了孟果《清酒》这首歌的人无疑就是肖广平了，无耻。这样的人能判什么刑？"

明礼往嘴里塞饭："先别管判什么刑，我就问你，有证据证明《清酒》这首歌的词曲作者是孟果吗？"

陆天枪张了张嘴，郁闷道："好像是没有，但是人在做天在看。"

"有句话怎么说来着？"明礼叉了个肉丸子，"人在做天在看，老天也只是看看而已，并不打算插手帮忙。"

"可是……"

"别可是了，都这个点儿了，肖广平也该逮进局里了吧？什么情况？"

"哦，钱进说凡是涉及莫小茹命案这一关键问题时，肖广平都拒绝回答，说他有权利保持沉默，还说有什么问题直接问他的律师。"陆天枪汇报道。

明礼嚼着肉丸子："什么玩意儿。"

陆天枪接着说道："钱进还正在审问呢，主要是问他二十九日上午的行程，他还没说出个所以然来。”

“继续审。”明礼停了下，又问：“黄克那边情况怎么样了？”

“哦，是这样。”陆天枪拿出小本本，翻到其中一页，“黄克说从现场带回来的土，做了成分分析，除却土壤本来杂质，发现里面还有二氧化硫和二氧化碳。”

“什么意思？”

“黄克说，有可能是皮革。”

“皮鞋？”明礼抬头，停止咀嚼的动作，“现场留有脚印的那双皮鞋吗？”

“黄克也是这么猜测的，他说他明天就去万华山一趟，”陆天枪小声说，“烧一双皮鞋试试。”

明礼脚蹬在茶几上：“订两张明天的票，明天就回去。”

“老大，这是什么意思？我没太明白。”

“意思就是可以放肖广平出去了。”明礼把筷子摔在桌上，又捡起来，继续吃饭。

“肖广平真是被冤枉的？”陆天枪小声嘀咕，“反正现场有他脚印有他指纹，他又不说二十九日上午的行踪，把罪按他头上算了。”

“我按你头上！”明礼拧眉，“你让黄克给莫小茹和肖广平做下 DNA 亲子鉴定。”

陆天枪有点儿兴奋：“老大，其实我也想到了这一点。”

“那你自个儿想去吧，我要睡觉，忙了一整天，脑袋要炸了。”我要腾出脑袋想自己的女人。

第二天返回湖城时，已近中午。明礼从机场开车回去，下高速进市区，他掏出手机点开 GPS 定位，属于简意的小红点就在市局后门。

他疑惑地蹙眉：“你跟你嫂子说我们现在到湖城了？”

“嫂子？没有啊，我一直跟黄克他们在聊。”陆天枪说，“怎么了？

老大。”

“你嫂子想我了。”明礼翘着唇角稳稳打着方向盘，一脚油门踩到底。

二十分钟后。

“老大，正门离停车的地方近，咱们来后门这里干什么？”陆天枪坐在副驾驶位上问。

明礼一个甩尾把车停在路边灌木丛旁，扯下安全带跨步下车。简意蹲在灌木丛里刚要探头出来，就被明礼一把揪起来。四目相对。

明礼瞪着她：“昨天走之前我说什么了？”

“我没有乱跑。”简意举起DV，“听说肖广平今天会从这个门出去。”

“他什么时候出来你不会问我吗？”明礼吼了她一声。

简意被他吼得肝颤，她认㞞，小声说：“怕耽误你工作，还有，我算着时间你有可能今天会回来。”

其实，她不知道他今天回来，纯粹是临时胡诌了句，约莫他喜欢听这个。

果然，明礼看着她，忽然一笑，嘴巴凑过来，胡茬扎了她一脸。

明礼松开她：“是不是扎着你了？”

简意抿了下唇，低声说：“我……喜欢被你的胡茬扎。”

这句话似火药。明礼猛地抱起她，三两步走回吉普车前，把她压在车上继续亲。

陆天枪从车里探头出来：“我说两位，这车要翻了，翻车了。”

明礼踹了车门一脚，抱着简意不撒手。

简意正被他吻得七颠八倒，一秒清醒，红着脸推他：“你放我下来。”

“我走之前跟你说的什么，你重复一遍，我就放你下来。”明礼箍住她不放手，眼睛微眯看着她。

“我忘了。”

“我提醒你一下，如果让我发现你又乱跑，我会怎样？”明礼有力的手指又捏了下她的脸蛋。

“要让我发现你又瞎胡乱跑，我饶不了你。”明礼的胸膛像堵铜墙，手似钢筋，简意被他架起来，根本动弹不了。她又羞又气，推了他几下后眼圈不由开始泛红。谈个恋爱怎么这么憋屈？

“怎么了？”明礼发现她不对劲，声音放柔。

他一问，简意的眼泪就掉了出来。明礼一下就慌了，连忙腾出一只手抹她的泪：“是哪个王八蛋欺负你了？是不是活腻歪了！”

简意更气：“就是你。”

“我怎么了？”明礼惊讶。

“你不放我下来。”简意的眼泪继续往下掉，“我不想和你谈恋爱了，我要和你分手。”

“放放放，现在就放。”明礼立即把她放下来，“不想说就不说，那句话你不用重复了，好了吧。”

“天天就知道欺负我。”简意呜咽着指责他，“我为什么还要和你在一起？别人的男朋友就不会凶女朋友。”

“怎么欺负你了？”明礼努力压着声音，使自己不显得那么凶。

陆天枪趴在车窗上，往外伸着脑袋：“老大，你刚把嫂子压在车门上时，车都晃了，这还是我这个百来斤的人在里面坐着呢。如果是个空车，以你的力度，你能把这辆吉普车推翻。”

明礼瞪眼吼他：“走开！”

他嗓门太大，简意的身体在他怀里颤了颤。明礼连忙安抚她，边顺她的背，边轻声哄道：“我不是吼你，别害怕。”

陆天枪默默缩回脑袋，坐回车里。老大这画风切换太快。

“我就是担心你乱跑又出事儿。”简意要走，明礼把她拥在怀里，“我以前没谈过恋爱，不知道怎么当男朋友。你要觉得别人的男朋友好，我给你张表格，你把他们的优点都列出来，我照着做。”

简意的脸埋在他胸前，瓮声说：“谁让你照着他们做了？”

“你不列表，那我就自己去网上找了。”明礼说。

自己上网找？迄今为止，简意依旧被他的《霸道总裁追妻一百零八式》带来的恐惧深深支配着。再来一次会死人的。

“不要！”简意急着脱口而出。

明礼：“那你给我列张表。”

“只要你不凶我、不欺负我就行。”简意咬着唇角，小声说。

“好，我答应你。”明礼弓腰俯身，用她喜欢的胡茬扎她脸，“就不分手了，是吧。”

简意被他的胡茬扎笑，明礼终于松了一口气，哄女人笑这个活不是人干的，累死了。幸亏没时间刮胡子，以后再把她弄哭，是不是拿胡子扎一扎就好了？明礼用胡茬扎着扎着，寻到她的嘴巴，又亲了一下。

陆天枪全程拿着小本本，咬着笔杆想了想，最后总结：不凶不吼不欺负，不用上网找别人的方法照做。

他探出脑袋，看见老大又把简意压在车上亲，他默默在小本本上又加了一行字：吵完就亲。

明礼把简意捎带回市局，叮嘱她在办公室老实待着后，直接去了审讯室。

钱进拿着笔录迎出来：“老大，肖广平终于招了。”

明礼接过来笔录翻着：“招什么了？”

“二十九日上午的行踪，口供正在查证中。”钱进说，“他一直不招，原来是没干什么好事，怕说出来毁自己名声。”

关于他的行踪，笔录上记得很详细。

肖广平说因为他上周刚给西林集团的万华山项目注入了一笔资金，订好行程二十九日上午去万华山考察。说是考察，其实就是去登山游玩，现在正值深秋，万华山上的枫树和银杏最为好看。司机开车，肖广平和助理一起坐在车里。车行至万华山附近时，肖广平接到一个电话，临时改了主意，没有去万华山，而是去了景行庄园。至于去景行庄园干什么，他刚开始咬死不说，后来为了彻底洗脱嫌疑，他才吐嘴说见了一个人。

“什么人？”明礼把笔录合上，问。

“肖广平说是他女朋友，但如果是正经女朋友怎么刚开始不说？想来是干什么见不得人的事去了。”钱进把笔录收好，“小张已经过去核实情况了。”

“DNA鉴定结果出来了吗？”明礼问。

“刚出来，肖广平和莫小茹的亲子关系概率值为99.8%，可以确认就是莫小茹的亲生父亲。要把结果告诉肖广平吗？”钱进问。

“先不要说。”明礼捏了捏眉心，“再去给他做个尿检。”

钱进：“老大，肖广平涉嫌吸毒？”

明礼抬腿踹他：“让你去查就去查。”

陆天枪在旁边给钱进解答疑惑：“老大的意思是，如果他尿检有问题，就可以留他几天。”

钱进恍然大悟地转身要走，又被明礼叫住：“那个铁链构造图好了没？”

“好了，昨天我和黄克示范了一遍，基本已经掌握了机关运作模式。”

“假人找到合适的没？”明礼又问。

“啊？找到了。”钱进这次终于理解了老大的意思，他眼睛里透着光，“老大，是要去万华山做试验吗？”

“中午先吃饭，下午过去一趟，你也去吧。”明礼看了眼审讯室单向玻璃后的肖广平，转身往回走，“如果有用，这次功劳都算你，我不光请你吃饭加鸡腿，结案后还给你发奖金。”

“谢谢老大。”钱进嘿嘿笑了声，见明礼要走，急声问：“老大，你不去审肖广平了？”

“他还没资格见着老子本尊。”明礼说，“等他作妖你们收不了他时，我再去会他。”

陆天枪小跑跟上：“老大，案子结了你也给我发奖金吗？”

明礼：“你没有。”

陆天枪哼了声：“下午去万华山我也要去吗？”

“爱去不去。”

“我还是去吧。”陆天枪又问，“我们现在干什么？”

“我要和你嫂子吃饭。”明礼眼里带笑推开门。

简意正坐在办公桌后的沙发椅上无聊着，见他进来，她坐着没动，问：“肖广平放了吗？”

“为什么要放？”明礼走过来，直接坐她对面的办公桌上。

陆天枪探头过来，清了清嗓子：“老大、嫂子，我去食堂吃饭，中午就不和你们一起吃饭了。”

明礼：“甭给自己加戏了，没人让你跟去。”

陆天枪幽幽地带上门。

简意耳朵红了一层：“以后能不能不让他们叫我嫂子？”

“我有一票否决权，这个没得商量。”明礼掷地有声，说完以后，他往前倾了倾身，脸上带着讨好的笑，“我刚不算凶吧？”

简意本来想坚持一下，但是她看见明礼这个样儿，脸上没绷住，扭开脸咬住唇笑了。

明礼见她笑，抬手在下巴撸了把，没用胡茬扎也能把她逗笑？我刚说什么了？明礼在脑子里过了一遍刚才的话，嗯，原来简意喜欢大家叫她嫂子。

明礼笑着过去，故伎重演，又用胡茬扎她脸。笑都笑了，不如多笑会儿。简意被他扎得够多了，万分懊悔为什么要嘴贱告诉他自己喜欢被他胡茬扎。

“我昨天回去又反复回忆了看的监控内容，觉得有个人不太对，想要跟你说说。”简意终于逮着一个空隙，赶紧说。

“关于莫小茹母亲的事情，我也正想跟你说。”明礼贴着她又亲了下，“吃饭的时候说吧。”

十分钟后，市局隔壁锦绣小区。

简意坐在吉普车副驾驶位上，望着面前的一幢居民楼发呆。

明礼先下车，绕过来又拉开副驾门：“怎么着？还想让我抱你下来？”

简意攥着安全带：“不是要吃饭？”

明礼：“回家吃饭。”

“做饭？家里有菜？”简意又摇了下头，“我不给你做饭。”

她才不要第一次上门就做饭！

“谁让你做了？”明礼弯腰过来解开她的安全带，两手一伸来了个公主抱，“我订了餐，万豪酒店最贵的八菜一汤。”

明礼愣是把简意一路抱上了楼，他的说辞是陆天枪的奶奶说，新媳妇第一次上门，脚不能沾地，必须要男人抱到家里。

又是陆天枪奶奶？简意气笑：“你就没有奶奶？”

明礼一脸严肃地说：“如果是我奶奶，她只会让你背我上楼。”

简意有点儿一言难尽：“你奶奶背过你爷爷？”

“背过。”明礼掏钥匙开门进屋，这才把简意放下来，看了她一眼，笑，“真背过。”

“我不信。”简意站在客厅快速扫视了一圈。

简单的小三居，没有女人住过的痕迹。想起上次照片里那个宫廷风的镜子，简意想找借口去洗手间看一看。

明礼把钥匙撂在茶几上：“我奶奶救过我爷爷的命，曾把他从死人堆里扒出来，一口气背了三里地。”

简意上下打量了明礼一眼，很老实地说：“我背不动你。”

“不用你背。”明礼上来在简意脸上吧唧了一口，“现在是和平年代。”

简意这才琢磨出他刚才说那番话的意思：“你爷爷奶奶经历过战争？”

“嗯。”明礼随意应了声，洗杯子倒水。

简意上下打量着他，对他的家庭有了一个基本推测，她岔开话题道：“我去洗手间。”

洗手间简洁朴素，并不是上次照片里的宫廷风，联想起洗手台上的卸甲水，那晚他应该是在李灿家。简意磨蹭着从洗手间出来的时候，八菜一汤已经摆上了桌，除了贵还是贵。

“你家还挺干净。”简意找了个说辞。

“有请人打扫。”

“你很有钱？”简意看着他问。

“那你先说，你是喜欢有钱人还是普通人？”明礼坐在桌对面问她。

简意觉得这个问题是个坑。

“你放心，老婆本管够。”明礼说完这句话，长腿一伸。

简意刚夹起来一个鱼丸，被他伸过来的腿一碰，鱼丸掉在了桌子上。

明礼看着简意的脸色，在她怒起来之前，他连忙收回腿，一本正经道：“桌小、腿长，以前一个人习惯了，我以后注意。”

简意一阵无语。

“时间比较急，我正要跟你说莫小茹母亲的事情。”明礼神色严肃，“和你猜测的一样，确实和《清酒》那首歌有关。”

“真是这首歌的关系？”简意成功被吸引，抛却了他刚才用腿故意剐蹭她的不悦。

好可爱。

明礼绷着脸正色道：“《清酒》这首歌的词曲原作者可能是莫小茹母亲……”

一顿饭下来，明礼向简意叙述了昨天去玉市得来的消息。

“如果真是肖广平窃取了这首歌，我觉得莫小茹想让我爆的料应该就是这个，但不知道她死前知不知道肖广平就是他亲生父亲。”简意沉默了一会儿，问，“我可以发莫小茹的死讯吗？保证不妨碍你们查案。”

明礼：“说说看，你想怎么写。”

“目前为止，网上还没有莫小茹的任何消息，如果周刊爆出来莫小茹其实早已经遇害，这条消息分分钟会登上热搜。”简意看了眼明礼，小声说，“其实我昨晚去了机场，拍了几张肖广平被带走的照片。”

明礼一脸“又瞎胡乱跑”的表情，压着嗓音开口：“所以？”

“我想把这几张照片发布到网上，说肖广平落地就被警方带走，疑似和莫小茹的死有关。等网上发酵得差不多了，我再发布肖广平当年窃取了莫小茹母亲的原创歌曲。”

明礼皱眉看着她，没有说话。

“如果肖广平就是凶手，我这样说妨碍不到你们定他罪。”简意咬了咬唇角，伸出手指戳了下明礼的胳膊，垂着眼眸不敢看他，“如果凶手不是肖广平，我想过了，也妨碍不到你们抓真凶吧。真凶会以为他栽赃嫁祸成功，从而放松警惕，说不定你们还能因此早些抓到他。”

明礼绷着脸，心里清楚简意说得不无道理，但他就是单纯享受被简意用手指戳胳膊时的舒爽通畅，继续戳，不要停。

明礼阴沉着脸不说话的样子很骇人，简意偷偷抬眼看他，又戳了他几下，撇了撇嘴收回手，不打算再求他。大不了你再关我两天，管饭就成。

明礼捋了下袖子，露出一截紧实虬结的手臂，睨了简意一眼。

简意本能地瑟缩了下：“你要干吗？”

我就是想让你直接戳我胳膊，不要隔着衣服，不要隔靴搔痒……明礼咳嗽了声：“文章是以周刊的名义，还是挂你的名字？”

简意听出他话里的意思，大着胆子往前倾了倾身体，再次探出手指，指尖触上他裸露在外的胳膊上按了下，笑着说：“如果你是担心肖广平找我麻烦，我会跟张头儿说，发布的时候隐去我的名字。”

“敢找我女人的麻烦，他是不想活了。”明礼眼底压着笑。

“这么说，你同意了？”简意盘腿坐在沙发上，手指像弹钢琴一样，在他胳膊上轻轻弹着。

明礼闭眼享受了会儿：“你说监控，你思索出什么来了？”

“啊，监控里有个人走路有些奇怪。”简意坐直身体。

明礼心满意足地摸了下被她手指弹过的一截小臂，站起来去拿笔记本：“走路姿势奇怪？莫栋梁前段时间给人帮忙盖房子，伤了右腿。”

“不会是莫栋梁，我记得监控里的人看起来年纪很小。”

“看起来年纪很小？莫小茹不是会化妆吗？”明礼拿过来笔记本打开。

“你见过莫栋梁，你看了就知道不会是他。”

明礼把随身携带的U盘插进去，打开监控视频。

简意看到其中一个画面，让明礼定格：“就是这个人。”

画面上是一个戴着口罩的长发女人，身材纤细，穿着坡跟及膝长筒靴和长款大衣。监控里只出现过两次，一次是侧面，一次是背影。

“她怎么了？”明礼问。

“她走路姿势，像个男人。”简意重复播放监控里出现的两次镜头的画面，“坡跟只有三厘米，就算第一次穿这种鞋，天性使然，也会在一般女人的掌控之下，但是你看她的走路姿势。”

明礼：“男扮女装？”

简意翻了他一个白眼：“莫小茹本身会化妆，她要给一个长相清秀身材纤细的男孩装扮成女人模样，其实不难。”

“你是说这是莫小茹的那个同伙，莫小茹故意把他装扮成女人模样，扰乱警方视线？”明礼皱眉，“只凭这一点，虽然不排除这个可能性，但是也未免超出常理了些。”

“我有推理依据。”简意掏出手机解锁，翻开相册里的一张图片截屏，“这个是莫小茹某次直播时的视频截图，背景是在家里。你看她斜后方一角的衣柜，里面有件大衣，颜色款式和监控里那个人穿的那件一样。”

明礼比对了两分钟，扭头看向简意，目光深邃，说：“简意，我喜欢你。”

突如其来的表白，让简意一时无措。

“我终于知道我为什么一直没有恋爱了。”明礼看着她，极其认真，“因为以前我没有遇见你。”

简意咬唇，垂下眼眸，耳尖一层层变红。

明礼看了下时间，嗓音微哑：“还有二十分钟。”

简意还没来得及问他什么还有二十分钟，就被明礼猛地抱起来压在沙发上。

二十分钟后，两人默默下楼。简意坐在吉普车里，整个人都是蒙的，一直到万华山下，她都没回过神来。

钱进和黄克扛着铁链和假人先行上山，陆天枪绕着明礼和简意叽叽喳喳个不停，简意一个字没听进去，脑袋里全是沙发上的那团慌乱。到山顶的时候，她终于听清陆天枪说了句：“老大，咱们查案，带嫂子来会不会不合规矩？”

明礼抓了下简意的手：“她是案子的关联人，有些细节需要她来协助确认。”

简意甩开他的手，背在身后。

明礼睨着她笑。

简意红着脸垂头，浑身上下写满了尴尬。

明礼感觉到了她的尴尬，他也觉得有些尴尬，本着缓解尴尬的心思，他往前走近了一步，一把抓着她的手捏了捏。

简意的脸红到不能看。

陆天枪靠着枫树，拿着小本本看过来。午饭的时候两位做什么了？他掏出手机看了看时间，挠着头算了遍时间，以老大的饭量和吃饭速度，这个时间，好像有点儿短？

第三章

钱进和黄克蹲在地上往假人手脚套上铁环，拉起铁链拴在枫树上，假人摇晃着上升。假人上升的那瞬间，莫小茹身穿红衣悬在枫叶中的惊悚画面刺入简意大脑，她短促地叫了声，下意识地钻进明礼怀里。

明礼被简意撞得心都快要碎了，胳膊拢住她，真想把她揉进自己的身体里："怕就不要看。"

陆天枪、钱进和黄克六只眼睛，齐刷刷地盯着老大柔声细语哄着怀里的小可人儿。案发现场秀恩爱？这把狗粮我们不想吃。

黄克清了清嗓子，最先开口说："我觉得老大的声音掐一掐吧，可以掐出来二两水。"

钱进眨巴了下眼睛："我觉得我的眼睛有点儿辣。"

陆天枪不屑地说："你们就是少见多怪。"

黄克凑过来问："你天天跟在老大屁股后面，你说说你都见到过啥？"

陆天枪掰着手指头开始数："见过老大用嘴喂嫂子吃糖，见过老大把嫂子压在车上亲，见过……"

钱进晃了晃悬挂起来的假人，一脸憨厚地说："我觉得我们在这里说这个不太妥吧，这凶手还没查出来。"

黄克和陆天枪对视了眼，觉得钱进说得极有道理，然后他们三个再一次齐齐望向抱在一起的两个人。黄克用胳膊肘捣了捣陆天枪。

陆天枪开嗓：“老大，要不要先把嫂子送回去？”

明礼吻了下简意的额头：“我先送你回去。”

简意透过他胳膊的缝隙，看了眼不远处枫叶里的白色假人，定了定心神说：“不用，想留在这里，或许能帮上忙。”

“真要留下来？不害怕？”明礼手掌盖在她脑袋上揉了揉。

简意小声说：“有你在，就还好。”

明礼觉得自己的心再一次化了，他从口袋里掏出一把薄荷糖，塞到简意手里：“来，吃糖。”

简意顺从地剥开一颗糖塞进嘴里，顷刻，口腔里全是沁凉麻麻的，是儿时记忆中的味道，她把剩余的一把糖装进外套口袋里，问：“你从哪儿买的这些糖？我还在幼儿园时吃过这种糖，后来想买但是找不到有卖的。”

“停产了，市面上买不着。”明礼捏了下她的脸，“有个老师傅现在闲着没事干，每个月会自己做个两三斤，吃不完就送人。”

简意明白了，以后再想吃这种糖只有找他。

明礼再捏了下她的脸，扭头瞧向枫叶里的假人，开口就骂：“谁让你们就这样拉上去的？”

钱进不解：“来这里不就是要往上吊这个？”

“往上吊往上吊，”明礼过来瞪了他一眼，“你怎么不自个儿伸脖子套进去。”

钱进抬头看了眼树杈：“我要上去这个树杈撑不住我。”

陆天枪接话茬：“你傻啊，逮着这一根树杈用，你不会换个能撑住你的？”

“都别扯了。”明礼手扶着假人晃了下，“这是谁拉上去的？”

钱进：“我和黄克。”

陆天枪举了举手：“我也跟着搭了把手。”

“一群傻孩子。”明礼推了假人一下，“你们以为是吊床荡秋千？现场只有一个嫌疑人，你们三个人咋呼着都拥上来算怎么回事。”

“我明白了，老大的意思是当时是嫌疑人自己把莫小茹吊上去的。我们现在是模拟现场，最好也按照当时情景来一遍。”陆天枪说着翻开小本本，“根据现场脚印来看，嫌疑人身高一米七五，体重大约七十公斤。”

陆天枪看了看山顶上的几个人，视线最后落在黄克身上：“也就你最符合了，我们把假人卸下来，待会儿你自己……”

悬挂着的假人在枫叶里荡了两个来回，再荡回来时，碰着了一根树杈，沉闷的一声后，胳膊上的铁链突然剧烈收缩，拉拽着假人迅速往上蹿。假人两条腿呈劈叉姿势直立在枫叶里。

画面异常诡异，令人毛骨悚然。所有人都愣住，一时间山顶只有枫叶沙沙响声。

明礼的瞳孔缩了缩，下一秒，他转了个身，朝向简意伸开胳膊。简意盯着枫叶里直立起来的假人，一动不动。

明礼跨步过来，就着胳膊伸展的姿势把简意捂在怀里：“不要怕，就是碰到铁链上的机关了。”

钱进胆子最大，他上前一步走过去，拽着铁链看了看，说：“应该是刚才撞到这个铁疙瘩，铁疙瘩里面有个弹簧，碰着的话会抻着铁链往上走。”

黄克这时也反应了过来，他走过去看了看，从兜里掏出图纸比对了下，点头：“应该就是这里。”

简意的脸被明礼严严实实捂在怀里，喘口气都困难，她费了好大劲才从他怀里挣脱出来：“我没害怕，我是想到了一些东西。”

明礼朝黄克挥了下手：“黄克，把图纸拿过来。”

黄克拿着图纸过来，明礼接过来递给简意，手掌盖在她脑袋上回来揉着，交代黄克："你们去把假人卸下来，然后你自己把它吊上去试试。"

黄克应了声，和陆天枪、钱进一起往下卸假人。

简意就地盘腿坐下，把图纸按在地上摊开，蹙眉看着。明礼随着她蹲下来："你还懂图纸？"

"顾哲懂，有跟着他学过一点点。"

"你什么都跟着他学？摄影、门锁、图纸，还有什么？"明礼话里带着刺。

"我们从小学到大学都一直在一个学校，"简意解释，"会互相帮忙写作业写论文，他懂的东西，我一般也会点皮毛。不过我懂的东西，他好像比我还要懂。"

明礼嗤了声，不屑道："顾哲那么厉害，大学为什么不去清北，却来了湖城大学？不要说高考失利发挥失常。"

"那倒没有，他是南城当年的理科状元。"简意拿了个小石子压在图纸一角，"那年分数出来后，他天天被各个学校的招生老师电话问候，被问烦了，就选了个没派人问他的湖城大学。"

"神经病。"明礼用三个字点评了顾哲的这一随性行为，看着简意，"你念湖城大学，是因为顾哲在这个学校？"

"不是，我当年报的是另一个学校，被顾哲偷改了志愿，改成了湖城大学。"简意笑了下，"刚开始是挺生气，后来顾哲托同学给我录了我想报考的那所大学的课，大学四年，每堂课都录下来，连选修课都有。"

简意说到这里，看了看明礼，羞愧地说："我大学期间很平庸，门门功课踩着及格线惊险过去，如果不是顾哲平时帮我辅导，可能连及格都过不去。唯一获奖的作品，其实是和顾哲合作完成的。所以我就在想，顾哲当年偷改我志愿，有可能是因为他知道我的学习水平也就那样，才想要和我一个学校，帮我顺利大学毕业吧。"

自古青梅竹马敌不过天降，我就是那个天降。明礼这么想着，再看着简意，以开玩笑口吻问：“顾哲该不会是喜欢你吧？”

“不是！”简意很快否定，“他是我哥。”

“他是你哥。”明礼中气十足，“我是你男人。”

简意：话题终结者，我就服你。

“老大，我要开始了，你要不要看着？”黄克喊了句。

明礼在简意头上揉了揉，眯眼小声说：“你男人要去干活了。”

黄克抱着假人慢慢往铁链上套，明礼他们三个人围在旁边看。

简意抬头看过来，等黄克把假人全部套好吊上去，她的视线落回图纸上，眉头越皱越紧。

十分钟后，明礼过来。

简意抬头：“有发现什么吗？”

明礼在她对面蹲下，不怀好意地笑着说：“我发现你一直啃右手的大拇指。”

简意太阳穴一阵乱跳，她迅疾拿开右手背到身后，猛地站起来就走。

明礼追上去，拽她到怀里一个劲儿地道歉，如法炮制用胡茬扎她。简意被他扎得疼，咬了他一口才算作罢。

旁边三个人一脸冷漠从头看到尾。

钱进：“等这个案子结了，我要去相亲。”

黄克：“游戏里认识的那个小妹妹说话声音好温柔，想认识。”

陆天枪捂着小本本：“想找个人来追追看效果。”

简意被明礼哄回来，捡起地上的图纸走到枫树下，抬手刚好够到一个新砍掉的碗口大的疤痕。

明礼走过来解释：“昨天因为不熟悉铁链构造，尸体卸不下来，为了最大程度地保护，就砍掉了几根树杈一起运了回去。”

“砍掉的树杈今天带回来了吗？”简意问。

“带来了。”明礼挥了下手，他们三个抱着树杈过来，各自按在了断口处。

简意退后两步，望着接上去的树杈，习惯性抬右手往嘴里送大拇指，大拇指刚触到唇角，手指像触了电，她速度把手背在身后。明礼靠着枫树朝她笑。

简意咬住唇角，从小到大的毛病就这样被治好了。她避开明礼的视线，走过去抬手够了够树杈的结合处，即使是最高的断口，她踮起脚尖也能够着。心中的那个猜测喷泉一样往外冒。

简意眼神黯淡，吐出一口气说：“你们放下来吧。”

陆天枪收回那截树杈，疑惑地看向她：“嫂子，怎么了？”

“把铁链卸下来，我有用。”简意又问明礼：“有绳索吗？”

钱进抢先说：“有，我这就去拿。”

明礼见简意神色凝重，他走过来，沉声问：“是有什么问题吗？”

简意看了看他，再看了看他那三个帮手，叹了口气：“这几天没有联系顾哲，我有点儿想他了。”

明礼阴沉着脸，往她跟前一杵，“你男人是我。”

简意满脸尴尬：“你别和我说话。”

五分钟后，三人拿着铁链绳索和假人走到简意跟前：“嫂子。”

“你们放在地上。”简意看向明礼，“我不叫你，你别过来。”

简意搬着铁链绕着山顶另一棵枫树走了一圈，挑好四根树杈，小心地把铁链拴好。然后她用绳索把假人的四肢绑在自己胳膊腿上，蹦到铁链下，抬手把假人的两只胳膊放进铁环里，再去套两只腿。

第二条腿还没套好，突然刮过来一阵风，铁链随着树杈一阵摇摆，简意和假人瞬间被提溜上去。

“明礼！”简意尖叫着泪崩，感觉心脏蹿出去甩到了火焰般的枫叶里。

明礼两步蹿过去，一手拖住她的背，一手盖在她眼睛上：“是我，不要怕。”

一旁的三人连忙奔过来，拿着工具刀利落地割断绳索。简意和假人脱离开，落进明礼怀里。假人失去简意的重量，箭一样往上蹿，四肢展开悬挂在枫叶里，铁链上的铁钉从机关里钻出来，扎进假人里。假人瞬间千疮百孔。

明礼出了一头冷汗，他抱起简意就开始吼：“你能耐了是吧！每天除了瞎胡乱跑就知道送死！”

简意“哇”的一声哭了出来。

明礼本来还想继续吼她，听她哭得实在是伤心，心里软得稀巴烂，再也不舍得凶她，叹了口气，声音放轻解释：“我吼你是因为你刚才差点儿伤到自己。”

简意继续哭。

明礼改用哄的语气：“不用怕，现在没事了。”

简意不理，一直哭了十多分钟，最后渐渐平静下来。

“好了好了。”明礼顺着她的背说。

“我哭不是因为你吼我，也不是因为我害怕。”简意哽咽着说，“我想，我知道莫小茹是怎么死的了。”

明礼擦去她脸上的泪，抬头看了眼枫叶里被铁钉扎满身的假人，吸了口冷气。

简意捞着明礼前襟的衣服擦了擦眼泪鼻涕，说：“我来验证给你们看。”

简意红着眼睛在山顶捡了十多块石头堆在一起，再去拿袋子里试验用的皮鞋。她看了眼明礼，脱掉外套铺在地上，把石头捡起来兜住。简意弯腰把脚上的鞋脱掉，捡起皮鞋套在脚上，然后背上那堆石头，手里拎着自己的鞋，在他们愕然的目光中在山顶来回走了两趟。最后来到山顶边缘，她放下背上的石头，再脱掉脚上的皮鞋，换上自己的鞋，把石头一块块丢向山下，再捡起地上的外套拍掉上面的土穿回身上。

做完这些后，简意提着那双皮鞋来到枫树下，半瓶酒浇在鞋上，用打火机点着。一股刺鼻味道弥散开来，皮鞋燃成灰烬。连同下面烧焦的土一起，简意搓起来再次走到山顶边缘，扬手随风撒向山里。

简意望着山林彼此起伏的火红枫叶看了两分钟，平静下心绪，再次回来走到铁链处，回头看向明礼，冷静地问："懂了吗？"

明礼一脸凝重，上前两步抱住简意。

简意闷声问："莫小茹为什么要自杀？"

明礼摘掉她头发上的一片枫叶。

简意继续说："如果只是为了爆出肖广平窃取她母亲的原创歌曲，可以有很多种方式，根本用不着赔上自己的性命。"

"找到莫小茹的那个同伙，一切就能明白了。"明礼皱眉沉吟道，"她的那个同伙有可能不知道莫小茹已经死了。"

"山顶有信号吧。"简意掏出手机，举起来看了看，信号有三格，"我现在就给周刊发消息。"

"不要透露莫小茹是自杀。"明礼说。

"我知道。"简意找了块高处的石头，爬上去给张斐然打电话。

陆天枪问："老大，刚才嫂子又是背石头又是穿鞋，就是为了证明莫小茹是自杀？不是，她为什么要自杀？怎么就自杀了？"

黄克蹲在地上研究刚才烧皮鞋的那片土。

钱进瞅着枫叶里千疮百孔的假人："我这样皮糙肉厚的人都受不住这种疼，她一个十八九岁的小姑娘，就不怕疼？"

陆天枪寒毛直竖："法医说，莫小茹是失血过多死的，其实也可能是疼死的。就算是自杀，也不至于会选择这种残忍的方式吧。"

"你们可能忘了尸检报告上，莫小茹胃里有酒精和安眠药的残留，吴砚说从药物残留成分上来看，正常人的体质是可以致死的。"明礼点上一根烟，"莫小茹是个例外。"

陆天枪和钱进听了面面相觑。

“老大，你的意思是，莫小茹本来想吃安眠药死，结果她在吃了药把自己吊上去后，药性没有发挥出来，她不小心触动了机关，想下又下不来，活活被折磨死。”

明礼看了眼站在石头上打电话的简意。从时间推算来看，莫小茹应该是喝了酒吃了药，决心把自己吊上去前给简意发了那条“帮帮我”的微信。

药效没有发挥出来，莫小茹不小心触动机关，被腾空拉起铁钉穿身，血从身上一滴滴落下来的时候，不知道她有没有后悔，有没有祈求简意早点儿发现那支遮瑕笔上的线索找到她。一定有的吧。

黄克过来：“老大，我看了刚才嫂子穿着那双皮鞋留下的脚印，背着石头增加重量，确实可以扰乱真实体重估算。身高的话，莫小茹比嫂子个子高，她如果在皮鞋里塞个增高垫啥的，也不是没有可能，根据脚印估算嫌疑人身高体重本来就有一定的误差。”

四个男人陷入沉默。

陆天枪按了按发酸的眼睛：“老大，还有没有烟，给我一根。”

钱进：“我也想抽。”

黄克：“我也来一根吧。”

明礼出乎意料没有骂他们，而是从兜里掏出烟盒和打火机，默默撂给陆天枪。

简意打完电话，又把肖广平被警方带走的照片发给张斐然，她从石头上跳下来：“用不了一个小时，莫小茹和肖广平的词条就会上热搜，莫小茹的那个同伙看到后有可能会有动作。”

明礼吸了口烟：“确定能上热搜？”

“应该可以，有前两次直播事件的余热在，加上肖广平的知名度，关注度比一般人要高得多。肖广平现在还被关着，撤热搜应该没有那么快。”简意敛了下眼里的情绪，“如果热搜第一时间就被撤下去，激不起大的波澜，我会让顾哲帮忙。”

明礼拿掉嘴里的烟，“他帮什么忙？”

简意平静道：“网上数据流量操控，可以分分钟撤热搜，也可以分分钟上热搜。”

“老大，顾哲是不是上次酒吧里喂你吃烟的那个帅哥？”陆天枪手指夹着烟伸脖子过来，“你不是说他是个无业游民？他这么厉害都找不到工作，八成就是因为他太装蒜，同事和老板都容不下他，要不把他招来我们刑警队吧，我不介意他。”

简意探究地看着明礼：“喂你吃烟？无业游民？”

明礼眯起眼睛笑了下：“就是我承包‘小甜心’那晚，他劝我戒烟来着。”

简意：“哦，我信。”

明礼把烟塞回嘴里，单手插裤兜，挑了下眉梢，问：“从小到大，围在你身边的所有异性，是不是都被顾哲揍过？”

陆天枪咋呼：“老大，我收回刚才的话，别招他进来了，我怕挨揍。”

明礼吼道：“怎么哪儿都有你。”

陆天枪嘴里嘀咕着：“还说我，见缝插针到处秀恩爱的不知道是谁，亲起来当我不存在。”

“陆天枪，你屁股被烟头烧着了。”钱进说着抬起脚在他屁股上踹了一脚。

陆天枪嗷嗷叫唤着满山顶跑，驱散了方才的阴郁。他们把假人卸下来，收拾了一下，下山返回市局。

明礼坚持先把简意送回家，一路上简意没怎么说话。明礼把她送上楼要走的时候，简意说：“莫小茹会不会是受到李思录案子的启发，来了个模仿作案？李思录死的时候身上有一把红豆，所以莫小茹才会在现场放了二两清酒。关键是，李思录身上有红豆这个线索，除了涉案人员，其他人应该不知道吧？莫小茹是怎么知道的？”

“莫小茹母亲孟果上吊自尽时，树下也放了二两酒。如果说模仿，莫小茹应该是模仿了她母亲的死亡方式。”明礼在她额头上亲了亲，“你别想太多，先好好睡一觉，我晚上再来看你。”

一个下午过去，莫小茹和肖广平的词条占据整个热搜榜，《清酒》这首歌的播放量蹿至音乐排行榜的首位。

湖城娱乐周刊发布的消息有图有真相，部分媒体记者已经去了市局门口蹲守肖广平。网络继续发酵，已有网友认定肖广平因窃取莫小茹母亲的原创歌曲被发现，怕莫小茹揭发此事，才对莫小茹下手。肖广平的经纪公司尚没有公关措施，就算他明天被放出来做了极好的公关，窃取原创者歌曲一夜成名从而走上发家之路的污名，他这辈子也别想洗刷掉。

热搜热帖居高不下，简意大致浏览了一遍，给顾哲打电话，连着拨了两遍，顾哲才接。简意问他是否在热搜上动了手脚。

顾哲说话声音喝着风：“什么热搜？我两天没上过网。”

简意把莫小茹的事情简单告诉了顾哲。

顾哲：“行吧，等热搜什么时候下去了你再给我打电话。”

简意问：“你在哪儿？”

顾哲拖长音：“思密达。”

“你在韩国？干什么？”

“射箭。”

“场外射箭？”简意听着电话那头的风声，“这么大风，怎么射箭？”

“风大才好玩。”顾哲挂断电话，单脚踩在石凳上，朝着五十米远的箭靶吹了声口哨。

李灿开口骂：“顾哲，我早晚弄死你。”

顾哲搭箭扣弦，声音像唱歌：“愿赌服输啊，我的大明星。”

李灿来回摆动着脑袋，声音里带着颤，已没了刚才的气势：“顾哲，我待会儿还有一支广告要拍。”

“所以不要哭，妆会花。”顾哲开弓，气定神闲慢悠悠说，“不要乱动，我在计算风速。”

李灿哭腔：“顾哲，我错了。”

“拿出你拍广告时的一点点硬气来。”顾哲叹了口长气，“拜托你晃脑袋时有点儿规律，我现在不仅要计算风速，还要计算你脑袋摆动的速率。”

顾哲用极其变态的语调，说：“我要射了喔。”

李灿认死地闭上眼，心里早已问候了顾哲祖宗十八代。箭脱弦飞向箭靶，擦着李灿的脚底板射中箭靶边沿儿。

顾哲晃着手里的弓走过去，蹲在李灿跟前，叹气：“你说你，赌什么不好，非要赌这个。”

李灿缓缓睁开眼，咬牙切齿：“顾哲，我谢谢你。”

顾哲斯文一笑：“不谢，应该的。”

简意睡了一下午，起床后脑袋晕晕乎乎，正在发愁晚饭吃什么，闪瞎眼的八菜一汤再次登场。明礼指挥着送餐员摆好盘，把手里的袋子往沙发上一扔，神清气爽地抱起简意就用胡茬扎她脸。他洗了澡换了衣服，就是没刮胡子。

“你怎么不刮胡子？”简意自觉问了句废话。

果然，明礼说：“你不是喜欢我用胡茬扎你？”

这个脑回路，服气。如果你能一辈子都坚持不刮胡子，我才是真服气。

简意压下去这口气，暂时不想和他理论，她往沙发上的袋子里瞄了眼：“袋子里是什么？”

“我的基本生活用品。”明礼把简意往沙发上一压，“从今晚开始我要住在这里。”

明礼说住下来，就是真的住下来。

饭后酒店送餐员上门收餐具，明礼趁简意不注意溜进浴室。待送餐员一走，他裸着上身，腰间只系了条浴巾出来。浴巾松松垮垮，将掉不掉，露出极致诱惑的六块腹肌和人鱼线。水珠顺着寸头往下流，一直流进浴巾里。

简意送走送餐员关上门回头，看到的就是这幅出浴图。她背靠着门板，呼吸瞬间紊乱："你，你把衣服穿上。"

"睡觉穿什么衣服？"明礼抬腿走过来，感觉浴巾随时都能掉下来。

"啊！你别过来。"简意本能地捂住脸，做完这一动作，感觉自己就是偶像剧里的女主在上演欲拒还迎的三俗戏码。

明礼大咧咧地走过来，胳膊一抬，来了个门咚："你又不是没见过，装什么害臊？"

"你为什么在我家洗澡？"简意牙齿磨得咯吱响。

"你对我们这种糙老爷们儿是有什么误解？个人卫生总是要搞一搞的。"明礼俯身，在她耳边又说了句，"怕臭着你。"

"女朋友。"明礼继续在她耳廓处呵气，"我现在可以叫你女朋友了吧？"

简意闭着眼睛屏气。

"我仔细回忆了下，到现在为止，你好像从来没有说过喜欢我。"明礼在她头顶问，"给句痛快话，到底喜不喜欢我？"

简意被他这句话气到："我不喜欢你会和你……"

"和我怎样？"明礼咬住她的耳朵，抓住她的一只小手，"这样吗？"

简意蹬着地往后撤："我还不想和你这么快就……"

明礼借着她的手猛地扯掉腰间的浴巾。

简意涨红着脸直愣愣盯着他下半身，眼睛都不带眨一下。

明礼半眯着眼双手按在大裤衩的裤腰上：“怎么着？失望了？”

简意把手里的浴巾扔在他身上，趁着他双手按在裤腰上没有阻拦她的间隙，兔子一样溜回卧室反锁门。

明礼的舌尖在上颚扫了一圈，捡起浴巾往客厅沙发上走过去：“我说过，等案子结了再好好收拾你，你慌什么？”

我有这么可怕？我放着家里几万块的大床不睡，来这里睡二手沙发，还不是怕你又瞎胡乱跑把自个儿搭进去，只能不管白天黑夜地守着你。不知好歹。

明礼头挨沙发，一秒入睡。

简意脑袋贴门上，好半天没见外面有什么动静。她又等了一个小时，感觉下一秒膀胱就要爆炸时，这才蹑手蹑脚地开门去洗手间。沙发上的人没有动静，简意从洗手间出来时，依旧没有动静。他睡着了？

已是深秋，夜里有些凉，他光着上身，只一条浴巾搭在肚子上，会受凉感冒的吧。简意在客厅看了他一会儿，去卧室取了条厚毛毯出来，把他肚子上的浴巾拿掉，盖上毛毯。

沙发不够长，装不下他，他的两条小腿搭在沙发另一端的扶手上，看起来就很憋屈，不过他睡相挺好，不打呼不磨牙半张嘴。他闭嘴不说话的样子，凭良心讲，还蛮勾人。胡子不知道几天没有刮，看起来和头发长度一样，真是个呆子。

简意突然想伸手摸一摸他的寸头，不知道是不是和胡茬一样硬。她忍住自己蠢蠢欲动的手刚要转身离开，沙发上突然伸出一只手拽她到沙发上，再拎着毛毯一兜，把她压在身下。

“我就这么好看？”明礼哑着嗓子，双目灼灼盯着她，“要和你好时你不给，不搭理你吧你就可着劲儿想。你自己说说，从咱俩认识到现在，你偷看过我几回了？”

“我没有偷看。”简意猫在他怀里，不敢乱动。

“你看我的时候，我没有看你，就算是偷看。”明礼胸膛往下压了压，鼻息呵在她脸上，“你说，你刚才偷看我的时候在想什么，我就放过你。”

“你这个骗子，你根本没有睡着。”简意脸颊滚烫。

“本来是睡着了，但是你这么个大活人杵在我脑袋跟前，如果这样我都不醒，执行任务时早不知道死多少回了。”明礼用胡茬蹭她脸，“你刚刚在想什么？”

“没什么！”简意快要被自己蠢哭，“我在想明天叫你把胡子刮了。”

“口是心非。”明礼继续用胡茬扎她，“你不是说喜欢被我的胡子扎，嗯？”

“我喜欢泛青的硬胡茬，不喜欢太长的。”简意憋着气小声说。

明礼停下来：“好，我待会儿就去刮胡子，明天新的胡茬就会冒出来。”

简意觉得自己大概被下了蛊，她找死地说了句：“我刚还在想，摸摸你的头发。”

明礼双眸像着了火，他直勾勾地看着她，猛地揪着她往沙发边上挪了挪：“你摸吧。”然后，他埋头在她脖颈。

简意浑身一个战栗，出于本能，抬起胳膊抱住了他的脑袋。硬硬的板寸扎在手心，又痒又麻，像是过了电。

第二天简意醒来，看着桌上热气腾腾的包子油条豆腐脑，回想起昨晚的疯狂，想去外太空做个脑手术把这段记忆抽掉。

办公室里的明礼神清气爽，破天荒头一回拿着喷壶给窗台上的吊兰浇水。

陆天枪推门进来，看到眼前的画面，他退出门外，抬头看了看门牌，再次推门：“老大？是你吗？”

“把‘吗’字去掉。”明礼饶有兴致地给吊兰浇着水，“趁着我心情好，有话快说。”

“还是肖广平，尿检没有问题，其他方面也没查出什么。四十八小时就要到了，他的律师态度很强硬，上头也施压了两回。”陆天枪看着明礼的脸色，“刚开会的时候，陈局也说既然莫小茹是自杀，就要把肖广平放了。”

“是不是还要我给他赔礼道歉？”明礼放下喷壶，“他和孟果的关系，肖广平有承认吗？”

“没有，他说时日太远，好多事情都记不得了。”

“好一个时日太远，我去让他记一记。”

“他和莫小茹的DNA亲子鉴定有给他看吗？”

“还没。”

“拿给我。”

“在这里，我都给你备好了。”陆天枪从文件夹里抽出那张鉴定报告。

明礼拿过来瞧了眼，直接去了审讯室。

肖广平神色憔悴，眼底都是血丝，不过仪容保持尚好，西装领带规规矩矩。

衣冠禽兽。

有那么一瞬间，明礼居然想起了顾哲，如果有天他沦落到这个地步，只会比肖广平更加注重仪表。

明礼直接坐桌上：“肖老师，听说你一夜没睡，但是我看你精神头还挺好，怎么样？时差倒回来了吗？”

“怎么称呼您？”肖广平坐在审讯椅上，态度谦恭。

“市局刑警队队长。”陆天枪一脸严肃地说，故意没有说姓名。

“队长工作必定繁忙，我这样的小事劳驾到您，实在是心有愧疚。”肖广平言语诚恳，至少从语气和面容上看，看不出是在讽刺和表达不满。

顾哲在这方面就不如肖广平，顾哲和他说话句句带刺。

明礼最烦和这样的人打交道，不是一般的累。

“我是很忙，忙着给你女儿申冤。”明礼看着他说。

“此话怎讲？我不太明白。”

明礼把鉴定报告放在他面前：“这个，你看了自然就会明白。”

肖广平疑惑地拿起鉴定报告，看清楚内容后连连摇头：“这不可能，肯定是搞错了。”

明礼看了眼时间，起身：“报告送给你了，你再好好想一想，想出什么来了知会我们一声。”

明礼从审讯室出来，陆天枪跟过来：“老大，不放他出去吗？”

“四十八小时。”

“他真的不知道莫小茹是他亲生女儿？”

“难说。”明礼想了想，“刚才的监控画面给我一份，我给你嫂子看看，协助分析。”

四十八小时一到，肖广平就在律师的陪同下离开市局，自始至终，他都没有对那份亲子鉴定报告发表意见。

市局门口等候多时的各家媒体记者一拥而上，直接证实了娱乐周刊的爆料，肖广平的网络热度持续攀升。

明礼说要回家吃饭，简意实在是怕了他的八菜一汤，下楼出去买菜准备自己做饭，小区两条街外就有个菜市场，简意打算步行去。

刚穿过小区凉亭回廊，树后突然蹿出一个男生，声音带着怯意：“你是湖城娱乐周刊的记者简意吗？”

简意顿住脚步抬头看他。男生举起一张名片，递给她：“这是小茹姐给我的，她让我找你。”

简意接过来名片看了看，名片背面有自己的唇印，确定是她去莫小茹家里采访时给莫小茹的那张名片。简意记得莫小茹给她化好妆，拿着她的那张名片，嬉笑着让她在上面留个唇印。简意笑着接过来名片，贴着嘴唇随意印了下。

“你是莫小茹什么人？”简意紧握着名片问。

如果她没猜测，他就是湖畔别苑监控画面里那个男扮女装的人，真人看起来只有十五六岁。

“我认她当姐。”男生红着眼圈说，“我叫王东旭。”

“小茹什么时候让你找我的？找我做什么？”

“小茹姐失踪前一天把这张名片给我，说万一她有什么意外，你会帮她。”

“你知道她会出意外？”简意逼问道。

“不知道！”王东旭情绪突然激动起来，“但是我知道一定和肖广平有关，她出事一定是肖广平干的！”

“你知道小茹已经……去世了吗？”简意看着他问。

“我本来以为是假新闻，可是我这几天一直联系不上她。”王东旭说着说着哭了起来，“我刚在市局门口看见肖广平被放了出来，他不是杀人凶手吗？为什么会被放出来？”

“为什么说肖广平是凶手？”

“我那天看见他了。”王东旭蹲在地上抱头痛哭，“我就是看见他了，就是看见他杀人了……他杀了小茹姐。”

简意从兜里掏出一包纸巾，蹲下来递给他：“你看见肖广平杀了莫小茹？”

王东旭接过纸巾，但是没有用里面的纸，而是抬起胳膊用衣袖胡乱擦了几下脸，他情绪逐渐平稳下来，狠狠地说：“对，我亲眼看见他杀了小茹姐。”

简意在心底叹了口气，毕竟年纪小，刚才还说不知道莫小茹是真的死了。就算是做伪证，他这个证词也是漏洞百出。不仅是他，莫小茹也是如此，用自杀的方式来栽赃给肖广平，是最愚蠢的方式。

简意想了想说：“如果你亲眼看见肖广平杀了小茹，是可以做证的，但是你要去跟警察说。”

王东旭摇头：“我……我害怕。”

“那你信我吗？”简意问。

“小茹姐信你，我就信你。”王东旭哽咽道，“除了你，我也不认识能帮助小茹姐的人。”

简意鼻子发酸：“我男朋友就是警察，他是个可以信任的好警察。如果小茹的死真的和肖广平有关系，我男朋友不会放过他的。”

王东旭用袖子擦了下脸上的泪，抬头看简意。

简意郑重点头。

“可是我听小茹姐说，肖广平很厉害，什么人都认识，黑白通吃。”王东旭眼看着又要哭出来，“我刚看见肖广平从公安局里出来了。”

“他被放出来是因为暂时没有找到能定他罪的证据。”简意尽量用最简单朴实的话语向他解释，“只要有证据证明肖广平确实有罪，一定会把他抓起来。”

王东旭看着她，像是在思索。

简意又说：“小茹现在还在公安局，你想去看看她吗？”

王东旭抹了一把泪站起来，点点头。

简意和明礼联系后，直接和王东旭去了市局。

王东旭一开始对明礼很戒备，什么也不愿意说，后来在简意的劝说和安慰下，他终于开口，只咬定说是肖广平杀了莫小茹，他亲眼看见了。问他肖广平用什么方式杀死莫小茹时，他回答不上来，刚开始说用刀，后来说是勒死，再后来说是用车撞死，但是他明确指定地点在万华山。

简意还想着继续缓解他情绪时，明礼直接把万华山顶的现场照片摊在他面前，再拎他去看了莫小茹惨不忍睹的尸体，并告诉他莫小茹是自杀。

王东旭彻底崩溃，号啕大哭，趁明礼不注意，一头撞在了墙上。

明礼调来王东旭的档案资料，二〇〇二年出生，出生即被抛弃，被玉市一家福利院收养，去年被“家人”接走，这两年一直没有再回去，不过档案依旧在玉市那家福利院里保存。档案里领走他的人签名落款那里，写着莫小茹。

明礼把档案摔在桌上，对陆天枪说：“让黄克给王东旭和莫小茹做下血缘鉴定。”

“肖广平的样本还在，要不要给他们也做一下？”

“做吧。”

二十九日莫小茹第二次微博直播事件后，警方当天确认莫小茹失踪后，当即联系到莫小茹在玉市的父亲莫栋梁，向他了解莫小茹以及家里成员情况。莫栋梁只说莫小茹母亲已病故，他也再婚，因莫小茹反对他再婚，不仅两年没有回家，更没有和他联系过。莫栋梁只字没提王东旭的存在，明礼和陆天枪亲自上门问时，他也坚决说孟果当年大着肚子回来找了家私人诊所把孩子打掉，当时并没有生下来。

明礼再次联系到莫栋梁，莫栋梁可能意识到了事情的严重性，他在电话里唯唯诺诺地承认了此事。明礼努力克制着自己的情绪，直到挂断电话，他才骂了句脏话。

二十九日警方联系莫栋梁时，如果他能说出王东旭的存在，警方顺藤摸瓜，只要找到王东旭，就能找到莫小茹。

明礼也明白，这种十多年前的陈年旧事，警方当时联系到莫栋梁时，莫栋梁一时想不起来实属正常情况，一般人也不会想到莫小茹的失踪和孟果当年生下的那个孩子有关。更何况当时不确定莫小茹是真失踪还是“狼来了”的恶作剧，王东旭的存在本就是莫栋梁刻意想要忘掉的伤疤。

王东旭的状态一直不好，刚开始情绪激动想要寻死觅活，后来一直嚷嚷着要去找肖广平报仇，再后来失语了一段时间。后半夜时，他情绪逐渐稳定下来，喊着要见简意。

王东旭开口说："其实，小茹姐以前曾经说过活着没意思，我以为她只是说说而已，没想到她会真的去死。"

二〇一五年莫栋梁再婚，莫小茹不喜欢他的再婚对象，反对他们再婚，曾和莫栋梁大吵了一架。冲动之下，莫栋梁说她并非自己的亲生女儿，在莫小茹的追问之下，莫栋梁告诉了她当年的情况。

莫小茹回想母亲在世时的种种，由《清酒》那首歌，自然而然注意到肖广平这个词曲原创者。她本来从没想过这是母亲孟果写的歌，直到一次偶然机会她认识了肖广平。

莫小茹因高超的化妆技术在网络上一夜走红，直播教网友化妆，吸粉无数，成了网红一姐。去年的微博网红之夜，她受邀参加。就是在这次聚会上，经人介绍，她认识了肖广平。

起初，她只是肖广平的特效化妆师，后来一次偶然机会，肖广平喝多了酒，在酒桌上慷慨激昂批判当代流行歌坛世风日下，顺便吹了一波他那个年代是如何如何的纯洁。理所当然，他提到了《清酒》，提到其中一个改歌词的细节。

歌词结尾是"二两清酒祭余生"。肖广平说，本来歌词是"二两清酒祭自己"，但是他觉得女性气息太浓，又太晦气，和他这个男人形象不符。他当时就改动了这一处，把"祭自己"改成了"祭余生"。

满酒桌的人都在恭维说肖老师这样一改歌词，整首歌的立意立马就提高了不止一个档次。

肖广平当时红光满面地说："自己又不是林黛玉，还想学什么黛玉葬花，用清酒葬自己。"

一室恭维声中，莫小茹手心渐凉。她清清楚楚记得，母亲孟果每天都要唱几遍的《清酒》，结尾是"二两清酒祭自己"。她一直以为，是母亲记错了歌词。

肖广平虽然当时是在湖城念大学，但是老家就在花城，玉市的邻市，他和母亲年龄相差无几。直觉告诉她，这件事绝没有这么简单。

当晚她留下来照顾醉酒的肖广平，趁他迷糊的时候，问他认不认识孟果。可能是酒后吐真言，也可能是他对莫小茹没有了防备，他骂了些脏话，说孟果就是个疯子神经病。他虽然没提孟果和《清酒》的关系，但是综合各种迹象，莫小茹认定，肖广平和孟果当时是恋人关系，孟果作词作曲的歌被他一夜唱红，唱片公司由此签他时，利欲熏心，他没有告诉别人真相，而是冒充了孟果取而代之。孟果一直没有揭发他，应该是听信了肖广平的花言巧语，但是没想到，最后被肖广平抛弃。

莫小茹年轻气盛，城府不深，等肖广平酒醒后立即质问他，肖广平当然不会承认。他随即踹了莫小茹，并对她进行了一系列的打击报复。

这些都是简意根据王东旭的只言片语拼凑连接起来的，事实应该也相差无几。

至于王东旭，孟果当年流落在外一年，大着肚子回来时，莫小茹的年纪已经记事。她稍加打听查找，就能找到玉市福利院。

莫小茹为什么会把王东旭从福利院领走，简意想，除了他们都是孟果的孩子外，他们身上还有一个共同点——都不知道自己的生父是谁。

简意压抑着自己的情绪问："肖广平对莫小茹做过什么打击报复行为？你有没有证据？如果有证据，一样可以定他罪的。"

王东旭摇头："没有，不但我没有，小茹姐也没有，但是小茹姐常说的一句话就是'她是个被资本迫害的人'。"

"二十九日那天，你都做了什么？你知道些什么？"明礼问。

"小茹姐说她要去万华山一趟，她说她找到了一个定肖广平罪的办法，我问她办法是什么，她不说。"王东旭再次哽咽，"小茹姐当时让我守在万华山三里外的一个岔路口，那里是去万华山的必经之路。小茹姐说肖广平那一天会去万华山，如果我看到他的车，就第一时间告诉她。我看见肖广平的车后，当时就告诉了小茹姐了。"

“肖广平没有去成万华山，他又乘车返回来了，你知道吗？”明礼道。

“肖广平没有去成万华山？我不知道！”王东旭再次激动起来，“是因为这个，才没有办法定他罪吗？是不是这个原因……”

等王东旭情绪再次稳定下来后，明礼问他为什么这几天一直不报警，就算不信任警察，怎么也不去找简意。

“小茹姐不让我联系她，她也不让我在万华山出现，她说过几天如果肖广平没事，没有被定罪，再去找简意。”王东旭哭着说，“我不知道小茹姐是去自杀，如果我知道她是去自杀，我肯定会拦着她的。”

DNA 鉴定结果出来，莫小茹和王东旭确定有血缘关系，但是王东旭和肖广平并没有任何关系。

通过王东旭的言辞，他自己并不知道莫小茹就是他同母异父的亲姐姐，他对莫小茹的感情之所以如此深厚，是因为这一年多来，莫小茹把他当亲弟弟来照顾，他以前从未被如此对待过。

陆天枪拿着鉴定报告和另一份文件说：“老大，刚查出来，王东旭名下有个信托基金，里面的钱足够他无忧无虑到成年。想来这是莫小茹的所有积蓄，王东旭本人可能都不知道。”

果然，就此事去问王东旭时，他根本不懂什么是信托。王东旭只是一个劲儿地问：“能找到办法定肖广平的罪吗？”

一夜过去，简意心情异常沉重，跟着王东旭流过几回泪。天刚亮时去洗手间洗了把脸，说要出去买早点，顺便透口气。这一去，没再回来。

明礼看着手机的 GPS 定位等了半个小时，属于简意的小红点在市局两条街外的一家早点摊位始终没有动过。

“这是把人家的摊位吃了？”明礼盯着手机又等了十五分钟，心里突然升腾出一股不好的预感。

他飙车过去，只在胡同口捡到简意破损的手机。

第四章

当晚，会议室内气氛紧张又严肃，门被突然打开。明礼看了眼门口，对会议室内的众人摆了下手："他是临时顾问。"

顾哲径直过来，把明礼逼到墙角。

"简意被绑架下落不明，你却坐在这里开会。你除了开会还会什么？"顾哲赤红着眼，一字一顿狠狠地说，"如果简意出了什么意外，受到伤害，明礼，我不管你有多神气，我都饶不了你！"

"老大，刚有个人扔在市局大门口一个包裹，防爆专家已经过去，正在拆解。"陆天枪跑过来，看见墙角的明礼，非常疑惑，"老大？"

顾哲走开："咱俩的账，以后再算。"

明礼问道："人呢？"

"问我吗？"陆天枪看着明礼，"什么人？"

"扔包裹的人。"明礼从墙角走过来。

"戴头盔骑摩托车，路过门口没有减速，在门口晃了一下就不见了。门卫说不到眨眼的工夫，他还没来得及反应，人就不见了。"陆天枪说道。

"明队，包裹拆开了，没有炸弹，是盘录像带。"一个警员拿着一盘录像带跑过来。

“播放！”明礼只说了这两个字。

这是种老式的录像带，所幸市局里一直留存有适合这种带子播放的录像机。

一分钟后，会议室大屏幕上出现了画面。镜头刚开始很晃，但是明礼一眼就认出被绑在椅子上的人就是简意。

会议室内鸦雀无声，落针可闻，气氛凝重到极点，所有人的目光都牢牢锁在屏幕上。画面稳定，录像里开始有了声音。椅子左右站着两个人，全都戴着黑色面罩，只露出眼睛，辨认不出真容。简意坐在椅子上，双腿和椅子腿捆在一起，胳膊向后被反绑在椅背上，散着长发，嘴巴上贴着胶带。她眼睛闭着，衣服还算完整，脸上没有受伤。

椅子左边的一个男人冲着镜头比了根中指，然后抓着简意的头发撕开她嘴上的胶带：“打声招呼。”

简意睁开眼睛，胶带刚一离开她的嘴巴，她深吸一口气，对着镜头一秒不停留地大声说：“哥，你从瑞士买回来的钟表两次都是我弄坏的。我知道错了，你不要生气。哥，救我！”

椅子右边的男人甩手给了简意一个耳光，简意朝着他的方向吐了口血。男人抬腿，简意连带着椅子一起向后倒在地上。录像戛然而止。

明礼紧攥的拳头撑在桌上，回头看顾哲。

生命攸关争分夺秒的紧要时刻，简意不会浪费哪怕一秒在无关的事情上。她说这些，必定是想了又想能够传递信息的最优措辞。既不被绑匪发觉她在传递信息，又能确保有人能懂。

“给我一台电脑。”顾哲冷静地说。

“电脑。”明礼眼神可怕，示意会议桌前坐着的一个技术分析员，“给他。”

技术员会意，连同鼠标一起抱着笔记本放在会议桌正中。顾哲走过来，拿起鼠标点进去桌面一个地图标志的图标，输入“教堂”两个字。无数个小红点蹦出来，一眼扫过去，排在前面的还有几家旅游景点。顾哲右手握着鼠标狠狠砸在桌上，鼠标在手里碎成片。

陆天枪眼疾手快跑到会议桌另一台电脑前，拔下鼠标再跑过来，默默放在他手边。顾哲控制着自己的情绪，从兜里掏出自己的手机。

明礼拿着一张地图，大步走过来。

顾哲点开手机里的地图，手指在地图上忙活着，没有抬头看明礼：“循环播放录像带。”

征求明礼的同意后，陆天枪倒带回去按了播放按钮。会议室里其他人的注意力也全在顾哲一人身上，没人出声打扰问他为什么要在地图上搜教堂。

录像带播放到第三遍时，顾哲把画面暂停在简意吐血的瞬间。

明礼心口钝痛，他连碰都舍不得碰一下的人，在他眼皮底下被人绑走，又在他眼前挨打到吐血。这还是录像带的短短两分钟，整整一个白天过去，不知道她都受了什么折磨，他不敢想下去。

包裹上很干净，没有留下可用信息，录像带里也没有提他们的意图，条件、赎金什么要求都没有提。他甚至都不知道是谁绑走的简意，最可疑的肖广平已经被他在审讯室里关了一天，但是肖广平口口声声说不认识简意。明礼看着屏幕上简意吐血的画面，想要去审讯室里把肖广平的骨头拆零散。

顾哲在电脑上不断调试着这个画面，抬眼斜了明礼一眼：“你是不是关了一个人？肖广平？”

明礼压回胸口涌上来的那股愤怒，视线从屏幕上收回落在顾哲眼睛上。

顾哲冷静地解释道：“简意家庭清白，扯不到人命官司，她虽然总是不断作死，但是事情都没有出格到有人要她命的地步，除了最近的一个肖广平。绑匪留她性命到现在，没有提赎金和其他要求，却把证明她还活着的录像带给了你，排除从街上随意拐走一个人的可能。

“是肖广平，如果他能出去，简意就多一丝希望；不是肖广平，你关着他也没用。”

说这些的时候，顾哲眼睛一直盯着屏幕，但是说到这里，他突然抬头看向明礼，眼神似要杀人：“他们冲的不是简意，是你。”

明礼压回所有情绪：“简意告诉你的？”

“这还用她说！”顾哲一触即燃，“明礼，你今天不把简意安全带回来，我非得一把火烧了你的办公室！”

顾哲长相斯文，平时极少说脏字骂脏话，即使和人打架的时候，也从不在嘴上问候对方家人。今天是个例外。

陆天枪拽了一下明礼：“老大，顾哲让你把嫂子带回来，应该是已经锁定了嫂子的藏身之处。绑匪就算是转移地方，也不会相隔太远。”

明礼猛地被点醒，被录像带冲击得七零八落的意志力回笼凝聚，神经紧绷：“简意在哪里？”

“正在搜寻中。”顾哲拿起手机拉开软件里的地图，深吸一口气，竭力平静地说，“我从来没有给简意买过瑞士的钟表，她之所以这样说，如果没有猜错的话，她现在所在的地方附近有个标志性的建筑，与瑞士和钟表有关，最大的可能是教堂。不一定是瑞士教堂，那就是有红十字红标志的教堂。

“钟表坏了两次，有可能是拍摄录像的时候，她那个位置能看见钟表，钟表指针指向两点。”顾哲看了眼屏幕上的画面，“录像背景显然是在白天，简意吐血的方向，也就是画面的右前方有个晃影，把晃影锐化分析处理，是个倒立的教堂尖顶。”

明礼拧眉去看，顾哲圈住的三角地方，确实很像一个倒立的教堂尖顶。

"仔细听录像带里的声音，有雨声和轮船汽笛声。下午两点钟录制，晚上九点半送到这里，众多可能中，有一个可能性，录像带运过来需要一定的时间，也就是和湖城有一段不近的距离。

"满足以上所有条件的，有且只有一个，汴州横山一带。"顾哲的手指定在地图上，缩了一下瞳孔，"找到了，东经 121°58′，北纬 37°34′。"

"简意希望你去。"顾哲抬头看着明礼，目光如剑，"明礼，不用我教你吧！"

刚才顾哲在分析简意透给他的信息时，明礼已经在检查身上必要的装备和通信装备。他知道顾哲智商超于常人，但是行动上，顾哲不如他。明礼抬腿就往门口走。

"明礼。"顾哲叫住他，摘下手上的戒指上前两步撂给他，"或许能用得上，有什么情况随时和我联系。"

"谢谢。"明礼深深看了他一眼，目光扫向众人，"我回来以前，你们随时关注绑匪的动态。"

陆天枪把肖广平放出来，刚进会议室就撞到往外冲的明礼，明礼扒开他冲出去。

陆天枪追出去叫："老大，是去救嫂子吗？你不能一个人去啊，就算不带我也要带上特警队。"

顾哲坐回椅子上，继续捣鼓手机。肖广平这次是纯粹找死。

四十分钟后，汴州横山西侧。全副武装的一队六个人，悄无声息地向目标挺近。小雨依旧在下，虽然给搜山任务增加了难度，但是同时也可以极好地掩饰了行动。西南方向山峰上教堂的塔顶隐隐散着光，给这个雨夜带来丝丝希望。

"队长，我们现在所在位置距教堂直径距离五百米，但是两山之间有条峡谷阻挡了去路，从西南方向迂回绕过去至少要耗费一个小时。”行动小组的领头许副队向明礼请示，“峡谷宽度约一百米。”

明礼拿着望远镜观察着对面的山形，果断道：“可以直接过去。”

“我们带的装备没有那么完善，峡谷深不可测。”许副队犹豫了下，说，“万一出了岔子，我们无法向首长交代。”

“装备完善？一个抛投器就够用了。我刚观察过，对面山崖有几棵大树，锚钩钉在树上发射绳索过去。峡谷之间架起一条缆绳，只有一百米，徒手滑过去完全没有问题。”

明礼沉稳利落地从装备里拿出抛投器：“戴上手套滑过去用不了两分钟，你们有问题？”

“没问题。”许副队又说，“但是……”

“没有但是，我只会比你们更没有问题。”明礼毅然干脆道，“今晚无论发生什么意外都不用你们向谁交代，你们首长了解我，他不会让你们负责。”

山林一个废弃建筑里。

“豹哥，这个妞怎么办？”一个贼眉鼠眼的男人说着，做了一个抹脖子的动作，“要不要把她……”

豹哥抽了口烟，瞧着椅子上的简意说：“可惜了。”

“可惜什么？”男人向他借了个火，点着烟吸了口，“老板不是说不能留活口吗？”

“可惜她跟了那个警察。”豹哥说，“听说刚刚好上没几天。”

简意听到他们的对话，拼命挣扎着想要开口说话。

“胶带都封不住你的嘴，叫什么叫，再叫把你舌头割了！”简意旁边的一个男人瞪眼恐吓道。

豹哥挥了挥手：“反正今晚她也是个死，让她说，听听她能说什么。”

豹哥身边的那个男人笑嘻嘻道：“豹哥，不是我乌鸦嘴，不知道你有没有听说过一句话，反派死于话多。这妞瞎说一通，回头别等浪费了时间她没事，我们倒出了事。要我说，干脆现在就把她弄死得了。”

“电视剧看多了吧你，你才是反派。”豹哥一巴掌呼在他脸上，“再多嘴先割掉你的舌头。大半夜不睡觉，你以为这是在赏雨看夜景？没有老板发话，你杀一个试试！”

“豹哥豹哥，我错了我错了。”男人龇着牙，不敢喊疼。

“不疼不长记性。”豹哥又抬脚狠狠踹了他一脚，再对简意身边的那个男人说，“把她嘴上的胶带撕开。”

“是。”男人应声，一把扯掉简意嘴巴上的胶带。

简意看着豹哥说：“你们刚才说的那个警察，不是普通的警察，你们杀了我，他绝不会放过你们的。你不信的话去问你们老板，让他查查看那个警察是什么来历。”

“新鲜，他来头越大越好，这样才能制造轰动。”豹哥笑道，“索性让你死个明白，老板的意思就是要让他生不如死，这样才能好好办案，继续为人民服务。”

“你们老板是肖广平吗？”简意问。

“这个不能告诉你，被死人惦记着名字，不吉利。”豹哥看了看时间，抬腿伸在桌上从靴子帮里抽出一把匕首，“待会儿动手的时候你要忍着点儿疼。不疼不长记性，你死得越痛苦，活着的人才会跟着痛苦。”

他们口里的老板难道不知道明礼的背景，还是说根本不在乎？简意脑子快速转动着，越来越倾向于第二种可能。她只是明礼刚认识的女朋友，不是明家的人，所以他们才敢动她，也只能是她。

简意虽然相信，他们只要把录像带送出去，顾哲就能找到她，但是现在死神就在眼前，眨眼间她就会死掉，而且听豹哥意思，她只会比莫小茹死得更为痛苦。神经提前感知到疼痛，血液倒流，身体一寸寸变凉，只有不断涌出的温热泪水提醒着她尚活着。如果不是存着明礼和顾哲一定能在她死前找到她的意志力在支撑，简意觉得自己随时能昏厥过去。

豹哥今晚心情相当不错，他瞥了眼简意，说：“反正也没人听见，想哭就哭出声，哭一声也不会多挨一刀。”

刚被豹哥打了的男人讨好地附和道：“是是是，豹哥说得对，疼的时候哭两声，听说可以减轻疼痛感。”

豹哥白了他一眼，他立马噤声。

裤兜里的手机振动了两下，豹哥逃出来看了眼，走到远处接听电话：“老板。”

半分钟后，豹哥挂断电话，神色严肃。他跑过来说：“快，转移阵地。”

“豹哥，怎么了？”

“情况有变，启动第二种方案。”

雨依旧在下，峡谷之上的绳索已搭建好。

“我先来。”不等许副队他们上前阻拦，明礼双手拽着绳索，身体已经飞离出去。

许副队心脏吊在嗓子眼，眼睁睁看着明礼悬在半空。雨水淋在绳索上，增加了更多困难，只要一个抓不稳，就会坠下峡谷粉身碎骨。滑至中间时，明礼突然停住。许副队手搭在绳索上，屏气凝神，准备随时冲过去。明礼右手拽着绳索，空出左手伸到嘴边，咬掉碍事的手套，身体在空中荡了一个半圆。他左手重新拽住绳索，身体再次移动，顺利到达对面的山头。

明礼摊开左手，手掌血肉模糊一片，他骂了声，抬胳膊向许副队挥了下。许副队这才松了一口气，额头上的冷汗和雨水混在一起，他抬手撸了把脸。

一行五个人依次顺利到达对面山头。有教堂为目标做指引，很快找到那幢废旧建筑，冲进去的时候，人已不在里面。桌椅板凳都在，地上还有残留的胶带和烟头。

明礼捡起烟头，还有余热，凛声道："他们刚离开，走不太远，我们分头去找。可以当场击毙，没有顾虑。"

会议室。

顾哲放下空了的咖啡杯，撕开桌上的一条巧克力，一边斯文优雅地嚼着巧克力，一边气定神闲地翻着手里的文件。

陆天枪过来给他续咖啡，问："要不要给老大打个电话？"

顾哲："他找到简意，自然会和我们联系。"

"那我们就坐在这里干等着？"陆天枪看着他面前的一堆资料，"这些资料我们已经翻了几十上百遍，找不出任何可以定肖广平罪的证据。"意思是，你再翻也没用。

顾哲无甚情绪地说："那可不一定。"

陆天枪瞠目："你能找到？"

顾哲扯着嘴角笑了下，没理他。

陆天枪毫不介意，他嘿嘿笑着去把他储藏的所有巧克力都抱过来放在桌上："发生这么大的事情，你居然一点儿都不紧张……"他往四周看了看，"你是我见过的最镇定的顾问了。"

顾哲睨了他一眼，轻启薄唇，字正腔圆地说："滚。"

陆天枪挠着头扁嘴走开，心里嘀咕，他怎么不吃马屁这一套？还是老大好，想老大。

陆天枪走远，顾哲看着手腕上的秒表，松开握巧克力的手，巧克力皮上一层湿汗。

汴州横山。

以废旧建筑为中心，六个人分开地毯式搜寻可能藏身的地方。临时撤离，也就是说他们今夜的行动暴露。带着简意一起离开，说明还没有把简意处理掉。

明礼心急如焚，以往的经验告诉他，这种时候，绑匪在极度惊慌之下，为了更快逃跑，往往都会选择杀了人质，扔了这个累赘。他晚一秒找到简意，简意就离死亡近了一秒。

建筑后方是个石壁斜坡，没有路可通行，十余米的高度，三个大男人可以通行，但是他们带着简意，想要过去的难度十分大，除非把她扔下去。因为斜坡是个石壁，又下着雨，留不下有人经过的痕迹。

明礼正打算放弃这个方向，手电筒晃过，他眼皮突突直跳。斜坡下面横出来的一根树杈上有个蓝圈，很细，细到几乎肉眼看不见。手电的光对准那圈蓝，明礼的心突突跳快要蹦出来——蓝色的皮筋。

简意平时一直散着长发，认识她以来，她只扎过两次头发。一次是晚宴上，她用簪子绾了个髻；还有一次，因为殷文秀的案子，他和陆天枪去简意家查看照片，当时简意家浴室的水龙头坏了，她说是要洗头，她低着头给明礼手指涂药时，头发是绾上去的。记忆中，她用的是根蓝色皮筋。

明礼把手电筒塞进嘴里咬住，毫不犹豫对着那根树杈飞身跳过去。树杈断开被他踩在地上，他徒手掰断那截树枝，就是蓝色皮筋。明礼取下皮筋套进自己手腕上，站起来活动了下腿。

横山七点钟方向突然一声炸雷，紧接着东南西北四个方向的山峰各亮起一盏灯，隐隐约约可见四个人影。

“明队明队。”许副队在对讲机里汇报，“我在七点钟方向，前方埋有地雷，我正在排查中。这里离南方山峰上的人影最近，人影可能就是人质。”

“我这里发现可疑目标动向。”明礼边查看着他们可能留下的行踪，边指挥工作，“小刘去支援许副队，其余三个人分别包抄剩下三个山峰，注意排雷。”

明礼吩咐好各自任务，向着左侧竹林里跑过去。斜坡下去右侧就是条下山的小路，但是直觉告诉他，简意就在左侧的林子里。明礼以前办案从来不用直觉，这是第一次，他要赌一把。上回牌桌上他输了个精光，这回他赢了。

他刚跑进去没多远，就听到了前方的动静，明礼掏出手枪猫腰过去。竹林里有个木屋，透过窗户，他看见简意被挂在横梁上，胳膊向上被吊住，脚尖艰难地踩在地上，嘴上缠着胶带，胸前绑了两个炸弹，一个倒计时显示只有五分钟，另一个安装了一根水银杆。木屋里只有简意一个人。

“简意。”明礼冲过去，小心地撕下她嘴上的胶带：“简意，别动别说话，相信我。”

明礼和她对视了一眼，把手电筒插在胸前，光束对准炸弹，在她面前弯下腰来一边开始研究拆弹，一边向许副队他们简单讲了下这边的状况，让他们先不要靠近。

切断通信后，明礼沉稳冷静地盯着水银炸弹，嘴里不忘安慰她：“我以前拆过炸弹，马上就好。”

简意死死地咬住嘴唇，不让自己发出声音影响他的情绪。

时间一分一秒流逝，明礼有条不紊地拆着里面纷杂的线。

简意挂在房梁上，他在她面前弯身，这个高度，从她这个视野来看，正好可以看见他的寸头。简意闭上眼睛再睁开，心跳逐渐平稳，就算身上绑着炸弹，她也没觉得有那么可怕，只有熟悉的安全感。他刚刚跑过来的时候，裤兜里还有薄荷糖纸的摩擦响声。简意看着他的寸头，甚至能嗅到薄荷糖的清凉。

她想，就算死，她也不害怕。

最后关头，明礼拆下了那根水银管，他弹开手指上戒指里的尖刀，起身看了简意一眼。

“简意，不怕。”明礼看着简意，吻上她的唇，轻轻咬了一下。

时间所剩无几，他割断了简意身上的绳索，又迅速割断了炸弹的绑带，把炸弹留在原地，抱着简意跑出木屋。

简意以为炸弹被成功拆除，刚想要吐气，突然听见身后传来滴滴滴的急促响声，明礼抱着她一个飞扑，牢牢地把她压在身下。

“明礼！”

轰——巨大的响声震得简意一阵耳鸣，土石碎屑如雨点般落下，她推了推明礼，没有反应。她艰难地从明礼身下爬出，只见他双眼紧闭，怎么喊都没有反应。简意一瞬间感觉魂魄出窍，连心脏都像是要被炸出来，压抑了一天的恐惧彻底释放出来。

简意放声大哭，哭到岔气，最后哭到脑袋发涨哭不动时，地上的男人咳了两声，艰难地翻了个身。简意努力瞪大眼，眼中的明礼明明分外狼狈，却还是咧开一嘴白牙对她笑：“放心，我没事。”

简意死咬着唇哭了一声。

明礼喘了一口气，又说：“这座山被我承包了。”

简意哭：“明礼。”

明礼伸手抹掉她的眼泪：“简意，不要怕。”话音刚落就陷入了昏迷。简意抹开他脸上的黑泥，口鼻没有流血，身上到处都是崩开的伤口。她急着爬过去拿来手电筒查看他的耳朵，隐隐有血。她略微知道一些常识，明礼现在这种情况，有可能被冲击波震伤，重则耳膜穿孔，吸入性窒息，甚至内脏出血。她完全不懂这种伤的急救方法，简意攥紧拳头堵住自己的嘴巴，压抑地哭。

好在明礼身上的通信设备没有完全坏，许副队很快找到他们。直升机带着他们离开横山，直接停在了那家贵族式医院的楼顶。

简意吊了一天的心这才终于往下落了落，眼前一黑，晕了过去。

第二天下午，简意醒来，入眼是明礼一张满是胡茬的脸。她阖上眼再次睁开。

“简意。”明礼握着她的手，喉咙里像是塞满了沙，嗓音哑到吓人，“你醒了？”

简意转着眼珠在房间扫了一圈——顾哲坐在落地窗前的沙发上，端着一杯水在喝。

“哥。”简意瞧着顾哲，扁了下嘴巴。

顾哲看过来。

“顾哲。”简意又叫了声。

顾哲端着水杯坐着没动，语调散漫：“怎么了？”

简意问：“我怎么了？”

顾哲把水杯放在桌上，端了下身体。

“你一觉睡到现在。”明礼一只大手握着她一只小手，再抬起另一只缠着绷带的手摸她的脸，“医生已经检查过，所幸没有大碍。”

简意别了下脑袋，一脸茫然：“顾哲，他是谁？”

“救你的警察。”顾哲挑了挑眉尖，“你被绑架，差点儿死掉，这个警察叔叔舍身救了你。”

简意看着明礼，明礼同样看着她。

“简意？”明礼试探着叫了声。

“谢谢你救了我。”简意一脸诚恳，眼神极其陌生。

“简意，我是明礼，你怎么了？不要吓我。”明礼想吼，又不敢大声。

“你别碰我。”简意嫌弃地拍掉他的手，扭脸转向床的里侧。

明礼瞪着她盯了足足有三分钟，回头问顾哲：“她怎么了？”

“她醒了。”顾哲淡淡地说。

“我去叫医生。”明礼霍地站起来，大步往门外冲。

顾哲朝着他喊了声：“警察叔叔再见。”六个字里拐了八个弯，跟唱歌似的。

明礼摔门出去。简意转过脸，一脸平静地看着顾哲。

顾哲端起水杯喝了口，瞥了她一眼：“病房没有监控，也没有窃听器。”

简意瞬间坐起来：“我要喝水。”

顾哲：“自己倒。”

简意看着他：“我是病人。”

“失忆的病人吗？”顾哲嗤了声。

医院里突然一声狮吼，地震一样。

“傻吧。”顾哲放下水杯，又说了声，“大傻子。”

简意抽了抽嘴角。

顾哲又道：“一般我不说脏话，他是个例外。”

“我也是。”简意绷不住，笑出声。

简意笑过以后，小手抓着被角捏了捏，问：“他受伤严重吗？没事吧？”

“有事还能吼那么大声？”顾哲轻描淡写，“皮外伤，没有伤及内脏。你要觉得不过瘾，等他伤好了，我再把他揍进医院。”

简意咬着唇角：“没有不过瘾，就是……”

“就是什么？”顾哲撑着脑袋看她，“无聊？”

“不知道。”简意扭捏了下，“就是想看他着急吃瘪的傻样儿。”

“了解。”顾哲笑了笑，“这就是爱情。”

简意低头没有说话。

顾哲又拖着长调感慨了句：“说也说不清楚的爱情。”

医生很快过来，院长亲自检查，一个小时过去，并没有查出大碍，脑部没有血块，没有异常，脑部神经波动正常。

明礼在一旁急得瞪眼。简意觉得，如果搁在古代，明礼绝对是个让御医提头来见的暴君以及昏君。她偷眼去看明礼，觉得他整个人傻得可爱。

医生摇着头离开病房，明礼站在简意病床前盯着她看了会儿，然后跨步上前，抓着简意的手，看着她眼睛，底气十足地说："你想不起来没关系，我可以直接告诉你，我是你男人。"

简意满脸黑线，往回抽了抽手，没抽动。她避开明礼的目光，去看落地窗前的顾哲："顾哲，我不认识他。"

顾哲无奈，靠在沙发上说："警察同志，你不能耍流氓啊。"

"我们以前……"明礼顾及屋里还有个顾哲，没再说下去，"你给我等着。"明礼撂下这句话站起来就走，走到门口的时候，他回头对顾哲说，"咱俩的事晚会儿再说，我现在没心情。"

"我不欺负老弱病残。"顾哲懒洋洋地说，"四样你全占了，警察叔叔。"

老年，弱智，伤病，脑子残疾。

明礼没心情和他斗嘴，狠狠拽上门，门快撞上时，又怕摔出声音吓着简意，又迅疾捞住门把轻轻带上门。

"大傻子。"顾哲又说了声。

简意啃着拇指笑。

"别傻笑了。"顾哲说，"你来给我详细说一遍，你被绑走的全过程。"

简意说她昨天清晨从市局出来，去附近早点摊买早点，给老板报了都要什么后，老板去小吃店内取刚出锅的麻团。结果老板刚一进屋，她就被人从后面捂住嘴掳上了车。一上车她就被堵住嘴巴，头上也套了个黑袋子，还被打晕了过去。她再醒来的时候，已经是在横山了。

简意说完，问："那三个绑匪抓住了吗？"

"嗯。"顾哲点了下头。

"他们嘴里的老板是肖广平吗？"简意问。

“他们说是。”顾哲皱了下眉，“肖广平确实是指使人把你绑走，想要给明礼一个威慑，但是要你的命，还不至于。”

“那个豹哥确实是这样说的，他说不会留我活口，还说要让我痛苦地死去。”简意回想起昨晚的种种，身体还是不由得颤抖，“他们的样子，不像是吓唬我。”

“你回想一下他们的原话。”顾哲给她倒了杯热水，走过去。

简意捧着水杯，想了想：“豹哥说，老板的意思就是要让明礼生不如死，这样他才能好好办案，继续为人民服务。他还说，我死得越痛苦，活着的人才会跟着痛苦。”

“他们是和明礼有仇吗？”简意皱眉问。

顾哲没有回答，修长的手指敲着桌面，他阖上眼皮：“你说豹哥接了个电话，然后急匆匆把你转移到竹林里的木屋里，再给你绑上了炸弹。那么，他接电话时，说了什么，原话你还记得吗？”

简意：“豹哥接起电话，叫了声老板。他拿起电话走到远处，听不到他们说了什么，但是豹哥回来后，说‘情况有变，启动第二种方案’。”

“情况有变，启动第二种方案。”顾哲重复了一遍，手指依旧在桌面上弹钢琴一样敲击着，“老板发现了明礼的营救行动，正常情况下是把你当场捅死走人，但是给了你一次生的机会。”

“他们是想让我和明礼一起炸死……吧。”简意不确定地说。

“不会，炸弹威力不够。”顾哲始终闭着眼，“斜坡树杈上，那根蓝色皮筋是你栓上去的吗？”

“皮筋？什么皮筋？”简意放下水杯，掀开病号服，手腕上皮筋的痕迹还在，只是不见了平时戴着的那根蓝色皮筋，“我记不清什么时候丢的。”

“不是丢的，是他们故意挂上去的。”顾哲睁开眼，语气笃定，“肖广平没有这么大的能耐，幕后还有一个主使。”

"幕后……主使？"

"本来是想要你的命，但是老板临时改变了主意。"顾哲站起来，拿起沙发上的外套，"我去查一下。"

"顾哲。"简意叫住他，"他们想要杀我，是因为我是明礼的女朋友吗？"

"你放心，他们昨晚既然放过了你，就不会再来一次。"顾哲说，"他们会再找下一个目标。"

顾哲没否认，也就是说，他们把她绑走，确实就是因为她的身份——明礼的女朋友。这一点，明礼也应该知道。

"如果最后找出来幕后主使不是肖广平，肖广平还能被定罪吗？"简意问。

"会，绑架确实跟他有关。"顾哲走到门口，看着简意说，"肖广平会入狱，不是以窃取孟果原创歌曲的罪名，也不是杀害莫小茹的罪名，而是因为他涉嫌绑架谋害人质性命、走私、偷税漏税、非法融资、非法操控股市，以及涉黑洗钱。这些罪名足够他坐一辈子的牢。"

"简意，"顾哲再说，"莫小茹找你的时候就已经决定要自杀，她的死与你无关。但是她找对人了，因为只有你才能帮她定肖广平的罪。"

医院花园。

陆天枪蹲在明礼跟前，左右两只手各拿着两根树杈，同时开弓画圈圈："老大，你看这个圈像方的吗？我瞅着就挺像。我终于会一手画圈一手画方了啊，求夸奖求给糖求放假。"

明礼坐在长椅上抽着烟，一把把他从跟前推开："让开！"

陆天枪一脸的委屈："老大，我觉得吧，嫂子什么都没忘，独独忘了你，恰恰说明你才是她最心爱的人。"

明礼咬着烟，灵魂在颤抖："怎么个说头？"

“老大，你没事要多看看电视剧。”陆天枪往他跟前凑了凑，“电视剧和书里都是这么说，男女主角突遭横祸失了忆，忘记的那个人，百分百就是他们平时放在心尖尖上的。”

陆天枪见明礼没有答话，继续说道：“爱人毕竟和其他人不一样，独特记忆要放在独特的位置。受到重大刺激的时候，嫂子肯定会第一时间保护她的独特记忆，结果独特记忆保护得太好，被彻底封存了，就跟封印那玩意儿一样。”

陆天枪觉得老大听进去了，笑着说：“所以老大，明白了吗？你要做的就是把嫂子封存起来的爱给呼唤出来。”

明礼瞪了他一眼：“呼你的爱去吧。”

顾哲走后，明礼就让护士在简意的病房加了张床，正大光明地住了进来。理由说得响亮——医院床位紧张。

白天睡太多，晚上死活睡不着，对床的明礼像望妻石一样，一双绿油油的“狼眼”直愣愣地盯着她看，瘆死个人。简意躺在床上不敢乱动，就这么闭上眼睛逼着自己睡着。这一觉睡得不太踏实，后半夜的时候做了个噩梦，迷迷糊糊时，被捂进一个宽厚的胸膛里。胸膛很结实，很熟悉，很安全。简意渐渐踏实下来，重新睡着。

第二天早上醒来，简意发现自己整个人不仅缩在明礼怀里，而且她的一只手，正放在他下巴上摸得正欢。简意眯缝着眼睛默默往回缩手。

明礼一把抓住她的手腕，重新放回自己下巴上，声音暗哑带着悸动：“简意，你是不是想起来了？”

“什……么？”

“想起来我是谁。”明礼目光灼灼。

简意作死地问：“你是……谁？”

“我是你男人。”明礼眼眸黯淡了一层，语气带着点儿痞，“你摸了我一个晚上，摸我胡子再摸我头，摸得很欢实。”

明礼继续：“你以前就喜欢这样摸我，还天天求着被我的胡茬扎脸。”

简意心想：我没失忆，你不要骗我。

“我刚醒。”明礼又说。

简意眨了下眼：“所以？”

简意曲起膝盖顶在他腹部，明礼拧眉低咳了两声。

简意一下慌了神：“是不是碰到你伤口了？”

明礼眼睛亮得像星星，一脸痴笑：“知道心疼你男人了？”

“明礼。”简意叫了他一声。

明礼顿时觉得自己的心被萌成了稀巴烂，抬腿就要压过去。

“我不认识你。”趁着他抬腿的间隙，简意迅速翻了个身，给了他一个脊背。太傻，不想认识。

明礼抬着的一条腿被冻在半空，嗯，抬腿的角度和姿势，不文艺一下都对不起这个明媚忧伤45°仰望天空的弧度。

“行。”明礼把腿掰下来，“咱们慢慢来。我休了年假，有的是时间。”

简意在病床上躺了两天。其实不是她想躺，每当她起来蹦跶时，就被明礼拎着按回床上，给她捂上被子掖好被角，然后坐在床头守着她。大眼瞪小眼，就这么干瞪着。

简意被他瞪得心里发毛，想要下床或者背过身不理他时，明礼整个人就会压过来，连同被子一起，卷着卷着把她兜起来，开始用胡茬扎她脸。边扎她脸边向她讲两人之间的从前，被他加工夸大无数倍的从前，颠倒黑白的从前。

他每次的开场白就是：“我来给你捋一捋。”

“第一次见面在市局，我吃炸酱面时，你舔嘴唇了。我以为你在向我索吻，要不是当时我嘴里都是面条，我就勉为其难答应和你接吻了。你从市局走的时候拦着我，非要我的签名照，我被你缠得不耐烦，给你在锦旗上签了个名。哦，对，说起锦旗，后来你又向我要了个，你当时说什么来着？嗯，想起来了，你当时说，锦旗面料软乎，就算不把它挂起来，也能剪吧剪吧做个肚兜。没想到你还有这个癖好，当时真是吓着我了。

“吓着我的不止这一件事，第二回咱俩见面，你东问西问，想要打听我是不是单身。我不想理你，你就不停地偷瞄我。瞄过以后，你当晚就赖上了我。不但跟着我回了市局，还在我屋里过了一夜。

“你和我在屋里过了一夜，很有心机地把手机落在我屋里，趁着我换衣服的时候再杀个回马枪。我说你，怎么就这么喜欢看我？你拿了手机还是不走，非要我的电话号码，我没给你，你就报假警说你被绑架，想要吸引我的注意。

“晚宴那天，你穿着个大露背裙。咱俩独处一室时，你很有心机地背对着我……当晚咱俩就亲上了，从此以后一发不可收拾。天天求我用胡茬扎你嘴，就像现在这样扎你……”

简意气得好几次想跳起来和他反驳理论，但是要和他理论，首先要承认她不是失忆。简意瞪着他，觉得他压根不是被她骗到了，而是假装被骗到来看她笑话。

“明礼，你去死吧！”简意抓着枕头砸他身上。

“这都是你自个儿做出来的事，有什么好害臊？”明礼不怒不笑，脸色正经，甚至还带着点儿严肃。他把枕头放回床上，一把拎起简意塞到自己怀里：“你把我忘了没关系，我说给你听，做给你看，我就不信你想不起来。”

“你要干什么？”简意在他怀里扑腾。

“带你去找回记忆。”明礼不由分说抱着她出门，“小甜心。”

明礼带她找回记忆的方式很简单粗暴——去酒吧又承包了一次“小甜心”。

简意本来想直接坦白，但是看着他一本正经的傻样，突然想知道他能突破人类极限傻到哪种地步。

从酒吧承包完“小甜心”回到医院，推开病房门的一刹那，简意双腿就是一软，要不是有门把撑着她，她都能直接瘫在地上——一屋的红玫瑰，铺了一地，她下不去脚。

简意扶着门把，仰脸看明礼。

明礼龇一口白牙，笑：“九千九百九十九朵玫瑰，喜欢吗？”

“你又……”你又在哪儿搜的追妻宝典？

“我又怎么了？”明礼问。

简意：“你又在搞什么？”

“追你。”明礼干脆道，“你以前就喜欢这样的。”

不要什么盆子都往我头上扣，我谢谢您。简意赌气：“我现在不喜欢了。”

“那你现在喜欢什么？你说。”明礼很诚恳。

“只要你不在我跟前，我都喜欢。我只想一个人待着。”简意平静道。

一天过去，明礼果然没再出现。

简意一个人待在病房，没有明礼的骚扰，百般不适应，最后无聊到蹲在地上开始数红玫瑰，愣是从第一朵数到第九千九百九十九朵。明礼依旧没有出现，简意又倒着数了一遍。太阳就要落山，明礼还是没出现。

这个呆子，不会一直不回来吧？简意溜出病房，百无聊赖地在院子里晃荡，晃荡到病房后的花园里，远远瞅见明礼的背影。

简意嘴角翘了下，心情和正在西沉的太阳成反比，一下攀上高山之巅，她轻手轻脚走过去。烟味很浓，明礼坐在长椅上，脚边一堆烟头。简意垂下手走过去，默默挨着他坐下。明礼瞥了她一眼，把手里的半截烟摁灭，看着西沉的太阳不说话。

简意偷眼看他，半天不见，他神色憔悴许多，寸头好像也没有以往显得精神。斜阳洒在他身上，整个人看起来有点儿颓，以往从没有过的颓。总是一派生机勃勃的那个人忽然就不见了。不会是因为她装失忆骗他吧？

他始终不理她，简意扁着嘴弯腰去揪旁边草坪里的小花，犹豫了下，没好意思揪。

“想揪就揪吧，我又不会举报你。”明礼目视前方不看她，开口道。

“但是这花长得好好的。”简意手搭在花瓣上，扭头看他。

“费个什么劲。”明礼伸手过来，揪下来那朵花丢在简意腿上。

简意咬着唇角捡起来，一瓣一瓣地往地上丢，小声说：“我以为你不理我了。”

“你不就是喜欢偷看我？”明礼终于扭头看她，“我就是想抻着你，看你能偷看我多久。”

“哪有偷看你？”简意垂眸盯着脚尖，“你这两天对我这么好，是因为我被绑架，觉得亏欠我，所以才想要补偿吗？”

“只这两天对你好？”明礼看她，“我什么时候对你不好了？”

简意硬着头皮说：“你知道我以前……”

“没关系，我想好了。”明礼伸手往裤兜里伸，“大不了我重新追你一遍。”

裤兜里哗啦啦一阵响，明礼掏出一颗薄荷糖开始剥。

简意看了他一眼，有种不好的预感。果然，明礼剥好糖，斜了她一眼：“想吃？这是最后一颗。”他顺势把糖放进了自己嘴里。

简意把花瓣捏出了水，明礼抬手捏住她的下巴把她的嘴巴捏开，倾身过来。

简意挣扎了下：“我听见你裤兜里糖纸响了，里面明明还有糖。”

“那是糖纸。”明礼嘴巴贴过来，舌尖抵着糖，送进她嘴巴里。

明礼捏了下她的脸，声音喑哑：“小甜心。”

“我不想吃你的糖。”简意嘴里含着糖，眼睛亮晶晶，看着他说，“我要还给你。”

“信不信我把糖给你直接拍进喉咙里？”明礼板起脸威胁她。

简意按着他的肩，直接坐在他大腿上和他面对面对视着。他眼角的红，刺得她心揪了下。明礼错愕间，简意凑过来，嘴巴堵住他的唇，舌尖抵着薄荷糖送回他嘴巴里，然后她在他唇上咬了下，说：“我的傻明礼。”

明礼一下明白了她的意思，按着亲了个够。

“你胆子越来越肥了。”明礼终于松开她，眼睛似火，“欠收拾。”

简意看着他眨巴了一下眼，没说话。

明礼瞅着她被自己吸得红红的嘴唇，说：“你说你是不是欠收拾？啊？”

简意身上只是些擦伤，在医院观察了两天其实就可以回家，但是明礼身上有伤，医生一定要他在医院多养几天。明礼不出院，她就不能出院。

简意蹲在他跟前：“张头儿让我去上班。”

明礼没抬头：“可拉倒吧，好不容易消停两天，你别等出去再蹲死个人。”

简意伸手去拨桌上的烟叶：“你给顾哲卷几根。”

明礼状似没听见，低头继续裹着烟叶不说话。

简意扁了下嘴，说：“录像带里我没向你求救，你生气了？”

“不是。”明礼抬眼看她，眉宇间有痛色，“我就是生气我没懂你在说什么，如果不是顾哲，我根本就不知道去哪儿找你。”

“你听得懂才怪。”简意笑道，“小时候我和顾哲玩过这种游戏。”

“玩绑架？小屁孩儿不都是玩那啥，你亲我一口，我吧唧回你一嘴的那啥，过家家？”

还能不能好好说话？简意沉默了一会儿：“我以前跟你说过，

顾哲九岁的时候遭遇过绑架，后来他就教了我一些暗语。”

“九岁的时候教你？”明礼哼了声，“他九岁的时候还炸了李灿一身屎。”

“顾哲和李灿九岁的时候认识？”简意诧异。

“你不知道？顾哲没告诉你？”明礼停下手上的动作，“他是怎么说李灿的？”

“他说，”简意不好意思地揉了揉耳朵，“他们是朋友。”

“在一起玩炮仗的小朋友。”明礼嗤声道，“李灿九岁的时候在南城待了半年，正好和顾哲一个班。顾哲骗她说去参观豆苗，把她领到粪坑边往里扔了个炮仗，炸了李灿一身。”

简意“咦”了声，笑：“好像是有这么回事，当时他住在我家，老师让叫家长，是我爸代顾叔叔去的，不过我不知道那个女孩儿是李灿。”

“简意。”明礼突然叫了声她的名字，“这次你出事，对不起。”

“我们不是已经说过这个了吗？没怪你，你后来为了救我，自己差点儿被炸死。”简意宽慰着他说，“幕后可能还有人，顾哲在查。”

“局里也在查。”明礼伸手把她捞到自己大腿上，语音低沉，“身为男人，没有保护好自己的女人，对不起。”

“那你以后看好我。”简意枕在他腿上，“犯困，我睡会儿。”

“我要天天把你拴在裤腰带上，你再敢乱跑，”明礼捏她的脸，厉声说，“我可饶不了你。”

简意算是摸透他的脾气了，他也就嘴上耍耍狠。

简意迷迷糊糊睡着，半个小时后，在零碎的声音里醒来。她窝在明礼怀里，习惯性地拽着他的衣服贴在脸上嗅了嗅。熟悉的安全感扑面而来，她这才缓缓张开眼。

“嫂子。”很响亮的一声。

简意差点儿从明礼腿上滚下来。

明礼有力的大手又把她捞进怀里，揉着她的脑袋对陆天枪吼：“你就不能小点儿声？吓着你嫂子了。”

陆天枪鼓起腮帮，小声说：“你这一声可比我响多了。”

简意从明礼怀里挣扎出来，自己在沙发上找了个位置。

“嫂子，有个事不知当讲不当讲。”陆天枪不看明礼，语速超快，根本不给明礼和简意说话阻止的机会，“以前队里有条叫旺财的警犬脾气和老大不对付，老大就天天顺它毛搂着它睡觉，说是这样旺财就会熟悉他的味道和他亲近。果不其然，一段时间后，旺财醒来第一件事就是扑到老大怀里，嗅他的衣服。”

“就和你刚才一样一样的。”陆天枪挠着头说，“嫂子，老大会不会是把你当警犬来养了？”

明礼抓了一个水杯砸过去：“我以前也这样训旺财接飞盘。”

陆天枪灵活避开：“这个我不能接，你是我领导，如果我把自己定位为狗，这不是在拐着弯骂你吗？”

明礼又砸过来一个水杯。陆天枪跳脚蹦开，嘴里嚷：“嫂子，救救我。”

简意满脸黑线站起来：“你们玩，我出去一趟。”

“你又出去乱跑？”明礼瞪眼看着她。话里的意味很明显，你敢出去，我就敢让你下不了床！

陆天枪默默捂住了眼。

“顾叔叔今天来湖城，”简意把手机塞回口袋里，往窗外望了眼，“顾哲在外面等我，接我过去。没邀请你，你要去吗？”

“你亲爸来了我再过去。”明礼收回裤腰上的手。

简意走后，陆天枪蹲在沙发边上啃着苹果：“老大，有句话不知道当讲不当讲。”

“我说不当讲你还讲吗？”明礼把烟丝装起来。

“讲。”

“就知道你的德性。”

陆天枪把嘴里的苹果嚼了嚼，咽进肚子里：“自从咱们从莫小茹的老家回来后，你整个人都变了，尤其是一见着嫂子，你不光是腿走不动道，脑子也像是被僵尸吃掉了。”

“老大，那天中午，就是从莫小茹老家回来的那个中午，你把嫂子领回家里吃饭，是不是发生什么了？”陆天枪猛地拍了下脑门，“对，就是从那天中午开始，老大，你的魂都没了！”

明礼捻着手里的烟丝，一脸的不可言说。

“别闲扯了，把殷文秀和莫小茹的卷宗给我。”

“我还没说完呢。”陆天枪继续，“老大，就刚刚接嫂子走的那个顾哲，在局里有了一大票粉丝，就连以前喜欢你的那些小姑娘，也全都开始喜欢他了。”

明礼从鼻子里哼了声：“那是因为她们知道我有了女人。”

“老大，你想不想听真话？”

“说。”

“你去救嫂子的那个晚上，我们全都捏了一把汗，急得像热锅上的蚂蚁，但是他就不一样，吃着巧克力喝着咖啡，还给肖广平找出了几条罪名。”

明礼刚装好一包烟，打算哪天让简意捎带给顾哲，听陆天枪这样说，他把烟全部倒出来，捡起一根点着：“他那是装的，我不信他就不紧张。”

陆天枪恍然大悟，明礼瞪了他一眼，又说：“拆炸弹时，我也很冷静。”

陆天枪朝他竖了个大拇指：“老大，这点儿我就服你。说实话，我就喜欢你，一点儿都不喜欢那个顾哲。”

“马屁精，你是那天晚上拍他马屁拍到蹄子上去了吧。”明礼心里跟明镜一样，“赶紧把卷宗给我。”

“哦。”陆天枪从怀里掏出来文件上前放在桌上，“老大，你觉得这两个案子还有真凶？可是殷文秀自己都承认了，还有莫小茹，王东旭的说辞基本和嫂子的推测一样。”

“我是觉得你嫂子被绑架和这两个案子脱不了干系。”明礼摊开卷宗从第一页开始看，“这次老子一定要赶在顾哲前头。”

“被圈养起来当金丝雀的滋味怎么样？”顾哲开着车，朝副驾驶位上的简意笑。

简意撇了下嘴：“顾叔叔来湖城待几天？”

“撑死也就两天，明天不走后天就走，说是要参观一下我的公司。”顾哲乐得不行，“所以，你明天的任务就是缠着老爷子，让他消了这个念头。”

“会不会玩太大了？”简意有点儿唯唯诺诺，“我害怕顾叔叔。”

“你少在我跟前装受害者，从小到大，他什么时候骂过你？”

“但是转头，顾叔叔就会把错全算到你头上。”简意小声嘀咕。

顾哲笑：“请叫我背锅侠。”

“是，背锅侠。”简意凑到置物台上的一个纸包前，“这是什么？”

“半夏，一种中药。”顾哲说，“老爷子这几天咳嗽，拿来孝敬他的。”

“现在就去见顾叔叔吗？”简意把纸包放回原位。

“他今天见故友去了。”顾哲打着方向盘，漫不经心道，“我喊你出来，一来是怕你在医院憋坏了，拉你出来兜兜风；二来是有查到点儿蛛丝马迹，让你跟着学着点儿，反正你以后跟着明礼，多多少少每天都要接触到危险的东西。多学着点儿东西，就算是救不了人，也能自保。”

“我被绑架的事情，顾叔叔和我爸妈都不知道吧？”

“不知道。”

简意松了一口气，又问：“你说的那个可能存在的‘老板’，是和明礼有仇吗？”

“这个倒不一定，但是你被绑架，可能还真怨不着他。”

“什么意思？”

“豹哥说，老板的意思，杀了你，警察才会好好办案。”顾哲手指敲了下方向盘，“我也只是那么一想，老板可能只是想杀个警察的什么人，明礼恰好是警察，而你恰好是他女朋友。”

“老板的下一个目标，”简意立马明白过来，“换一个警察？”

“只是猜测，还差点儿东西没有验证。”顾哲蹙了下眉，“就单单湖城，警察虽然多，不是不可以统计，但是他们的那些个亲戚朋友，他们自己都统计不过来。”

“我这就跟明礼说。”简意拿出手机，“起码让他们同事注意一下。”

和顾哲分别后，简意没有回医院，而是直接回了家，舒舒服服地泡了个澡，差点儿睡着。她眯瞪着从浴缸里出来，用浴巾胡乱擦了擦，没有穿内衣，随便罩了件睡裙，堪堪盖住大腿根，她再拽了条毛巾擦着头发，趿拉着拖鞋走出浴室。

客厅里的电视还在播着一档综艺节目，嘻嘻哈哈的声音很是聒噪。简意边擦着头发边踱步去茶几前弯腰拿遥控器，关上电视的时候，她警觉地听到身后传来一声粗重的喘气声。

简意心尖一揪，攥着遥控器回头，沙发阴暗一角坐着一个男人。来不及思考，纯粹下意识动作，遥控器脱离掌心，朝着男人脑袋砸去。男人保持身体不动，抬手稳稳接住了遥控器。

“明礼？”简意叫了声。

明礼直直看着她，抬长腿，脚背绷直钩住茶几一角轻轻一带。简意周围的空间一下缩小，茶几逼着她踉跄地摇晃到他面前。

“你怎么在这里？”简意吃惊地问。

“来看你啊。”明礼把她搂到自己大腿上。

第五章

明礼脚长手长，包粽子一样把简意包起来。两人严丝合缝地贴在一起，一夜过去。电话铃声响，明礼抽着气伸手去够床头柜上的手机，看着屏幕上的来电显示蹙了下眉，用手滑开接听，听了一会儿，“嗯”了两声就挂了电话。

“我要出去一趟。”明礼放下手机，亲着她说。

“谁的电话？”简意问，“要开始去上班了吗？”

“我所有的年假加起来，连着可以休至少半年。”明礼摸了摸下巴上的胡茬，一天没刮，硬度刚刚好，遂用胡茬扎她脸，“家里的电话，父亲叫我回去一趟。”

“父亲？”

“从小这么叫，习惯了。”

明礼用胡茬把她全身扎了个遍，这才起床：“家里来了位客人，下次再带你回家见父母。”

“谁跟你回家？”简意钻进被窝里，只露出一双滴溜溜的眼睛。

“丑媳妇总是要见公婆的，再说你也不丑。”明礼光着上身爬过来，又在她眼睛上亲了口，“我媳妇儿美着呢。”

再美，配上你这个语气和音调，也不觉得美。简意索性整个人缩进被子里。

明礼刚走，张斐然就来了电话。简意前几天请的是病假，并没有向公司同事透露被绑架的事情，张斐然也不知道。

张斐然先是客套地问了问她的病情，然后絮叨抱怨说现在的八卦板块越来越不好做，听风声，过段时间会出台相关政策，加强管理这方面的报道。

“短短几天时间，已经有两个八卦营销号被封，我现在睡觉都不踏实，恐怕哪天一觉醒来，周刊各个号都被封停。”张斐然叹息，“周刊是我一手创办下来的，刚走上正轨有了势头，就面临这个局势。我也就跟你唠唠这些，你休息的这几天，外面风云变幻，眨眼都赶不上的变化。”

简意听张斐然说了一堆，想了想说：“是不是前几天周刊爆的料太猛？要不我们也多报道些正能量的新闻？”

张斐然用勺子搅着咖啡，脸上已带了些许笑意：“你和我想到一起去了，公司里那些人都不行，尽出馊主意。我现在一家咖啡馆，离你家不太远，我把定位发给你。你过来找我，我请你吃午饭，吃饭的时候咱俩好好聊一聊，就这样说好了。”

不等简意同意，张斐然就挂了电话。

简意趴在床上半天不想起床，她觉得她跟张斐然学到了一招，想要使唤人干活时，只管自己噼里啪啦一通说，说完就挂电话，再绝一点儿就是直接关机。绝对不给对方反驳和拒绝的时间和机会。

想一想，好像明礼就是这样。怎么明礼刚走，就开始想他？他又不会想自己。

简意兴致缺缺地把手机扔到一边，刚从被窝里爬出来就听见微信消息提示音。想着是张斐然发过来的定位，她没有看。从衣柜里捞出衣服，艰难地往身上套，边套边骂明礼是头野兽。等她穿好衣服洗漱好要出门时，才拿起手机看了眼。

除了张斐然的定位消息，还有明礼三条信息，时间显示比张斐然更早。

“想你了。”

“我觉得我有特殊情结，我的各种第一次都给了你，你要敢跟着别的男人跑了，我掘地三尺也要把你找回来。”

“我想了想，不行，我要弄死拐跑你的那个男人。”

简意头顶好似奔过去一群羊驼。他怕不是个戏精。

“改天我给你颁个锦旗：脑补小王子。”简意回了他这条微信，打车去了张斐然所在的咖啡馆。

张斐然见她过来，直接把平板电脑推到她面前，笑着说：“我已经点过餐了，店里今日主打菜单，你们小姑娘们的最爱。我刚总结出来的几个娱乐动向，你给提提意见。”

“头儿，你也是小姑娘。”简意笑着接过平板电脑。

“对啊对啊，刚刚看这些海报照片和视频剪辑时，老夫久违的少女心扑通扑通跳个不停。”张斐然眉梢里都是喜气，“那皮肤嫩得咧，我隔着屏幕都能掐出一兜水来。”

简意浏览着平板里的写真和报道：“现在是很流行这种少年少女团，粉丝年龄层从小学生到爷爷奶奶辈，无处不在。”

“想想也是，如果这些团体爆个什么惊天的丑闻出来，那还得了？”张斐然喝了口咖啡，“影响孩子们的三观。”

简意笑了下，有些忐忑说：“头儿，李思录和莫小茹的事，我心理还有阴影，我真不敢去祸害祖国的花朵。”

“呸，你信这个？再说了，李思录是我让你和韩冲跟的，莫小茹是她自己找上门点名要你去的，别自个儿吓自个儿。”

简意划拉着屏幕，最后定格在一个少女团上：“头儿，这个组合，我怎么没听说过。”

张斐然瞄了眼屏幕：“哦，这个啊，一个新组合，去年刚成立时她们的经纪人还请我吃过饭，想让给她们个版面，奈何没什么爆点，一直起不来。今年经纪公司重新营销，走的是学霸人设，势头还行。”

“夏天之三。”简意念了遍组合名字，“这个名字好怪，念起来也没那么朗朗上口。”

“是啊，取名也是门学问，没准就是因为这个名字才一直火不起来。”张斐然放下咖啡杯，“这周我想做个专题，主推这些组合团体的各种正能量的东西，你主意多，你帮着想想。”

“正能量，学霸人设就挺好。”简意想了想说，“现在正当红的那些团体组合，咱们再来扒，推不出新意。那个‘夏天之三’现在正在上升期，出现在大众视野的次数不多，倒是有新鲜的东西可以往外抖。”

“她们能行吗？”张斐然拿着平板翻着她们的资料犹豫道。

“要不试试？”简意从包里拿出手机，“头儿，你把她们的资料发给我，我回去看看她们有没有吸睛的亮点。”

手机里进来一条明礼的消息：“早知道客人是他，我就把你带过来了。”

他还配了张照片。简意点开，一看就是饭桌上的偷拍。一身正装的顾哲，顾哲旁边的那个人，虽然只拍进去半张脸，简意一眼就认了出来——顾叔叔。

简意惊讶，给他发了条消息：“顾叔叔和你爸妈认识？”

饭桌上。

明礼父亲一脸威严：“明礼，工作很忙？”

“还行。”明礼把手机揣进兜里，再对顾父举了下酒杯，“见笑了。”

然后斜了顾父旁边的顾哲一眼，“装蒜、败类、假正经”在心里腹诽个不停。

顾哲自始至终都规规矩矩，头发一丝不苟，西服板正，领带夹铮亮。吃相斯文优雅，有问必答，一看就是从小父母嘴里念叨的那种别人家的孩子。

顾父呵呵笑道：“刑警工作性质不一样，忙起来不分时间地点。不像顾哲，时间自由清闲得很，就知道瞎混，一天到晚手机都听不见响。”

顾哲脸上挂着笑，态度极其诚恳：“我手机静音。”

“就知道！”明礼暗骂了声，果不其然，明父先是夸赞一番顾哲的这种礼貌行为，转头又骂了明礼一通。

本来吃饭很放松，因为有顾哲在，明礼屁股上都是刺。他一会儿想转转酒杯叉子，一会儿想摸根烟，一会儿想给简意直播吃饭进程，一会儿想把腿脚伸到饭桌上……各种克制。

三位家长聊得很好，因有顾哲这个参照物在，明礼一点儿都不好。全程，顾哲装作不认识他，他也索性不搭理顾哲。后来不知道谁起的话头，三位家长聊到了明礼的终身大事，说他眼瞅着三十的人了，一直单着，沦落到要相亲的地步。

明礼终于逮着个机会炫自个儿的媳妇儿：“我有女朋友，年底就能结婚。”

明父明母吃惊，这些天是听说他身边有个女人，但是没想到他会当真，更没想到他会说结婚。

明母敛了敛神色：“什么样的姑娘？”

“德智体美劳全面发展的一个姑娘。”明礼笑眼看向斜对面的顾哲，“顾哲的妹妹。”

饭桌上的三位家长怔住。

明父看看明礼，再看看顾哲，开口：“你们……以前认识？”

“不熟。”

“不熟。”

异口同声。

三位家长立即心领神会，这两个人熟，但是不对付。

明父哈哈笑了笑，问顾父："怎么不知道你还有个女儿？"

顾父瞥了顾哲一眼，顾哲从嘴里吐出两个字："简意。"

顾父把吃惊和疑问压回去，笑着回："顾哲干爸干妈家的女儿简意，她父亲简功成，是以前跟着我的一个指导员，为人正直……简意这个孩子是我从小看到大的……"

顾父夸完简父开始夸简意，总而言之一句话，简意配你们家儿子绰绰有余。既然是半个亲家，饭桌上的气氛瞬间轻松活跃了不少。

顾哲嘴角噙笑，举起酒杯向对桌的明礼说："来，叫哥。"

明礼磨了下后槽牙："我比你岁数大。"

"你怎么不懂礼数？"明母嗔怪道，"简意是顾哲的妹妹，礼数上来讲，你是应该给顾哲叫声哥的。"

"我没听简意给他叫过哥。"明礼昧着良心说，"简意都是直接叫他名字。"

顾父笑着摆了下手："没有，简意乖得很，在我跟前，一直都是叫顾哲哥哥的。"

顾哲一直举着手里的酒杯，礼貌微笑。

明礼在心里骂了句，给自己倒了杯酒，端起来冲着顾哲的方向隔空碰了碰："哥，改天单独请你喝酒。"

我今天心情好，不和你计较。明礼端起酒杯来了个一口闷。

顾哲优雅地抿了口，冲他礼貌一笑："我是你哥，还是我来请你吧。"

明礼想把饭桌一脚踹翻，踹到顾哲脸上。

一顿饭结束，几个人又坐着聊了半个小时，终于散场。

明礼送客，等到身边只剩顾哲一个人时，他从舌尖滚出一口戾气："打一架吧。"

"你得排号。"顾哲慢腾腾地整了下领带，"已经和人有约了。"

明礼忍住要抬脚的腿：“领带夹里藏了把刀？”

顾哲看着他轻声笑，咬字异常清晰：“打败你，不用刀。”

明礼想，我今天吃的不是饭，是瘪。明礼看着顾哲的背影，大声说道：“我出院了，从昨晚开始搬到了简意那里住。你以后想找我，直接去简意家就行。”

顾哲身影微微顿了顿，继续向前，没有理他。

明礼再次吃瘪，等顾哲走远，他手抄裤兜咬着舌尖走回屋里。

明父坐在茶几前沏茶，抬头瞪了他一眼：“上周你带着猎鹰队去汴州横山，解救出来的人质就是简意？”

“是。”明礼利落承认，走到茶几前弯腰抄起一杯茶坐到沙发上，举到嘴边喝了口，全呸了出来，“什么玩意儿？一股馊味，顾哲拿过来的茶叶？他用泔水泡过的吧？”

“我看顾哲那孩子就挺好，礼貌知分寸，不像你。”明父一副不想搭理他的表情，“顾哲他父亲是我的一个老朋友，你和顾哲处不处得来我不管，但是你要敢对简意胡来，坏了我们之间的交情，我第一个饶不了你。”

“第一个且轮不到您老人家。”明礼放下茶杯，“就你眼里的五好孩子顾哲，他会拿领带夹先把我戳瞎。”

“戳得好。”明父喝了口茶，“你活该。”

顾哲向顾父解释了一路，最后说：“要不我把简意喊出来，咱们再吃一顿饭？”

顾父看了看时间：“下回吧，我直接去机场。”

“好，我现在送你过去。”顾哲虽是这样说着，还是偷空把顾父的航班号发给了简意。

顾父坐在后排，隔着座椅间隙看着顾哲的侧脸，叹了口气说：“简意已经有了男朋友，你什么时候才能给我领回家一个正经的女朋友？”

顾哲瞧了内视镜一眼笑道：“那要看你对正经的定义是什么？”

“就是明礼和简意那样的，奔着结婚去的。”顾父说。

顾哲垂下眼帘，抿了下嘴唇，过了半晌，说：“快了。”

“快了？”顾父琢磨着他的话，“你已经有对象了？”

“待观察。”顾哲说。

简意收到顾哲发来的信息后，连忙和张斐然告辞，打车去了机场。到机场后，看时间还来得及，简意跑去一家鲜花店，结果店里只剩下一把雏菊，焉了吧唧的。

店员说刚刚来了一批疯狂的粉丝，要给自家明星接机，土匪一样店里所有的鲜花都被他们一扫而空，什么花都要，连柜台下堆着的艾草和半夏草也一并买了去。

店员脸上难掩喜气：“附近几家店都是这样，今天周末，好像又赶上了什么音乐节，来湖城的明星分外多，接机的粉丝也多。”

“谢谢啊。”简意离开鲜花店，往隔壁一家鲜花店瞄了瞄，情况和这家店差不多。

接机！简意猛拍了下脑门，觉得自己今天的脑子转不了弯，又不是给顾叔叔接机，这是送机。别的不说，顾叔叔带上一束花也不方便。她两手空空往候机室跑，一路上碰到好几拨抱着各色鲜花举着横幅和应援棒的粉丝。简意被挤到一边好几次，各种让路，最后到达候机室找到顾哲时，顾父正要去安检。

“顾叔叔。”简意跑过去，“怎么这么急着回去，不是明天才要走吗？”

“有些事急着处理，临时改签了机票。”顾父见着简意，分外高兴，说话不拐弯抹角，“你那个男朋友，叔叔已经帮你考察过了，很不错。年长你几岁，成熟稳重，是个靠谱的人。”

简意摸了下泛红的耳朵，垂眸没说话。

“爸，我问问你，你是从哪里看出来他成熟稳重的？”顾哲把随身行李箱推到顾父跟前，“再不走安检来不及了，老同志。”

“我看着是处处比你强。”顾父抬手腕看了看表，拉起行李箱往安检口走，走了两步又回头对简意说，“简意，你这个事情，要好好跟你爸妈讲一讲。”

简意向顾父挥手，待他走进安检口，简意放下手问顾哲：“顾叔叔不走VIP通道？”

“严于律己的模范。”顾哲拖长调说了声，抬手揉了揉眉心，“今天中午喝了点儿酒，犯困，我要回去睡觉。”

“那我来开车。”简意说。

“你傻啊，我怎么可能酒驾？更何况还有老爷子在，”顾哲把手伸到脖颈处，晃了下脑袋，“有司机，顺道送你回去。”

“哦。”简意偏头看了看他，“你们在明礼家吃的饭？”

“我事先并不知道，明礼他爹是老爷子曾经的老领导。”顾哲掀了下眼帘，笑道，“你这次算是钓到个金龟。”

笑完以后，他又加了句：“其实就是个傻的。”

简意低头看着脚尖跟在他身边，后方突然涌过来一群粉丝。

顾哲伸手把简意捞到一边：“这些人真是疯了。”

简意看着粉丝团手里的牌子皱了下眉：“夏天之三？她们不是不火吗？怎么这么多粉丝来接机？”

“你以为真是粉丝？”顾哲向粉丝团方向抬了抬下巴，“牌子下面的那层海报快飘出来了，这个水军接机团，也太不专业了。”

简意望过去，踮脚看了下，确实有一个牌子，最外面一层是少女粉的“夏天之三”四个字，边角的胶水没粘牢固，下面一层的海报露了出来，隐隐约约可见是另外一个画风的接机牌。

简意听说过有明星为了给自己造势，每到一个城市，团队都会花钱请水军伪装成粉丝，去机场接机，营造一种自己很有人气的氛围。没想到小小年纪的夏天之三也会花钱雇水军接机，可能最近有什么大动作。

三个一身黑衣的女孩在粉丝的簇拥下往外走，即使有保安阻拦，还是有狂热的粉丝冲过来索要签名或者送鲜花礼物。三个女孩态度一直很好，虽然统一戴着棒球帽和口罩，看不清脸上表情，但是还是能从身体语言看出来，她们对冲过来的狂热粉丝们没有厌烦之意。短短两三分钟时间，她们每个人怀里都抱了一束束的鲜花和各式各样的礼物。

简意时不时看两眼，走路慢了顾哲几步。她小跑过去拽了拽顾哲的胳膊："顾哲，最前面那个女孩抱的是什么花？"

顾哲扭头看了看，蹙眉："不是花，是正值花期的半夏。"

一直到停车场坐在车里，简意还在纳闷粉丝为什么要送半夏。除了一般意义上的鲜花，新剧上映时新片发行时，流行送大麦。半夏这种似草不是草的中草药用来送自己喜欢的明星，这还是头一遭见，现在的粉丝可真是……时尚，不过也有可能是粉丝单纯觉得半夏这个名字好听，正好和夏天之三这个组合名字相呼应。

半夏，不应该是夏天一分为二吗？

简意乱七八糟地想着这些，一直在旁边玩手游的顾哲突然问："昨天你告诉明礼后，他有什么动作吗？"

"你是说犯罪嫌疑人下一个目标有可能是警察家属那个事情吗？"简意说，"明礼已经通知过了。"

"刚才那个组合名字叫什么？粉丝送半夏的那个。"顾哲又问。

"夏天之三，怎么了？"

"没怎么，就是问问。"顾哲继续玩着游戏。

简意拿出手机翻从张斐然那里拿来的夏天之三的资料，履历简单，没有特别出彩的过人之处。她想了想，给张斐然发微信，大概说了下刚才的机场见闻。张斐然很快回条信息，说夏天之三要参加明天的音乐节，今天粉丝接机应该是在为明天的节目造势。

顾哲结束一局游戏，说："你是回家还是去哪儿？我要去趟民族剧院。"

简意晃了下手机，笑道："巧了，我也去民族剧院。"

张斐然刚发来消息，说她已经问过夏天之三的经纪人，她们今天下了飞机直接去民族剧院排练，明天音乐节的机会对她们来说来之不易，经纪人的意思是想让周刊给个版面或者推条微博宣传一下。

"周刊打算做一期少年团正能量的节目，午饭时和张头儿商量了一下，夏天之三在备选之内。"简意向顾哲解释，"她们明天要参加一个音乐节，刚下飞机直接去了民族剧院排练。张头儿的意思是想让我过去采访一下，看有没有什么噱头可以写。顾哲，你去剧院干什么？"

顾哲把手机揣进兜里，半垂下眼帘，神神秘秘说："探班。"

简意疑惑："探谁的班？"

顾哲躺在椅背上，慢悠悠地说："一个朋友。"

简意看着他，突然笑了："李灿，是不是？"

顾哲一双好看的桃花眼往上挑了挑。

简意笑道："明礼跟我说，你和李灿做过一个学期的小学同学，你把炮仗扔进粪坑里炸了她一身大粪。记得有次你被老师叫家长，就是因为这个事情吧。"

"所以，明礼跟你说了以后，你才……"顾哲扯着嘴角笑了下，像是无奈又像是释然，"是，就是李灿。"

他们在剧院门口分开，顾哲去三楼化妆间找李灿，简意去一楼排练大厅找夏天之三。

到三楼以后，顾哲去了趟洗手间，从洗手间出来，他踟蹰了下，踱到走廊尽头的阴影里。

刚从机场出来的时候，他刷了下朋友圈，看见李灿最近的一条自拍动态，说在民族剧院拍定妆照。

他玩过李灿的手机，知道他是她朋友圈的唯一分组。她今天的这条自拍，不知道是不是仅他能看。

他突然兴起想来印证一下，其实要想印证，根本用不着亲自跑来，在软件上动动手指就行，但他还是来了，不仅来，还一点儿不避讳简意。

顾哲一时摸不清自己现在到底什么心态。想和明礼对着干，但明礼现在是简意男朋友。李灿，咱们来碰碰吧。

阴影里飘来一阵香，一个里穿吊带挤胸裙外披红皮大衣的女人，手指夹着烟过来，声音比长相还要媚上几分："帅哥，借个火。"

顾哲瞥了眼她手指里明明灭灭的烟头。

"快灭了。"女人倚着墙，媚声说。

顾哲笑了下，半眯着一双勾人的桃花眼，没有丝毫犹豫地抬起手，娴熟地把打火机塞进女人的手里。

"打不着火，但是我烟瘾犯了。"

凉凉的语气，过电一样，让她从头皮麻到脚指头。

顾哲嘴里叼着烟，懒散地靠在窗台上，似笑非笑地看着她，收回手抄在裤兜里。

"烟瘾来了就不要克制。"女人手指夹着烟放回嘴里，深吸了一口，缭绕的烟圈从她殷红的樱桃唇里出来，绵绵柔柔地全吐在顾哲脸上。

女人身体前倾，纤细的手指扶着烟说："我来给你点着。"

烟头对着烟头。

女人抬眼看顾哲，顾哲叼着烟垂眼帘看她。足足半分钟，烟还是没点着。

女人媚眼如丝，笑："你倒是吸气呀。"

顾哲也笑："第一次有女人这样给我点烟，紧张，忘了。"

"没看出来你紧张。"女人剜了他一眼。

"那是你看错了地方。"顾哲说。

"是吗？我应该看哪里？"女人目光微闪。

走廊里传来一阵嗒嗒的高跟鞋响声。

女人斜了走廊方向一眼，稍稍错开身体："扫兴。"

"你怕了？"顾哲跟着她嘴里的烟走了走，"好人做到底，我还没点着火。"

高跟鞋响声越来越近，在两人跟前消了音。

李灿抬手抽走女人手里的烟，摁灭到窗台上，再伸到她手里拿走打火机，居高临下地说："起开，让个地方。"

"你——"女人直起身体，挺了挺胸，摆出架势，看清来人是李灿后，她立马没有刚才的气焰，缩着脖子叫了声，"李灿姐。"

"我有这么老？"李灿音调平静，听不出喜怒。

女人连忙说："不是，你不要误会，我是汪——"

李灿摆了下手："不要让我知道你的名字，不然我怕你的名字今天要从剧本里划掉。"

女人怔了下，像是怕李灿看清她的脸，裹着大衣弓背溜走。

"你还挺凶。"顾哲保持刚才的姿势不动，睨了李灿一眼。

"不是我凶。"李灿拿着打火机举到他嘴边，按下按钮，"是我家的钱凶。"

火焰蹿出来。

顾哲低一寸，或者李灿手抖一下，火焰就会燎着他额前碎发。

两人僵持了一分钟。

顾哲挑着眼角懒懒看她，李灿举着打火机静静地回看他。

又一分钟过去。

李灿突然笑了下，从他脸前移开打火机，抬起左手拿掉他嘴里的烟塞进自己嘴里点着，再塞回顾哲嘴里。

“你啊。”李灿说。

“怎么？”顾哲吸了一口烟。

“刚才那女的，你认识？”李灿问。

“你不来，就认识了。”顾哲轻笑。

“如果你想认识，我来不来你都会认识。”李灿打量着一身正装的他，“来看我，不用穿这么规整。”

“你哪里来的自信，我是来看你的？”顾哲挑了下眼角。

“明天才是音乐节，不要说你记错了日子。”李灿自信道。

“简意来这里采访，我在等她。一楼人多，这里清静。”顾哲收起脸上的浅笑，一本正经道。

“顾哲。”李灿稍稍倾身，把打火机塞进他裤兜里，塞的时候拿着打火机戳了戳他的大腿，“你说你，怎么这么欠揍？”

顾哲站着不动，垂眸看着她，待她把打火机全塞进裤兜，他才轻轻吐出几个字：“耍流氓，是你们明家的传统美德吗？”

李灿笑了下：“分人，要看对谁。”

排练大厅人头攒动，乱哄哄一团。

夏天之三的经纪人和张斐然一个类型，行事利落，果断干练。她领着简意穿过排练大厅，一路到后台，五分钟的时间就给简意讲清了今年的各种计划，今明两天的节目安排，以及想请简意着重采访报道哪些方面。她见简意没带相机，在后台门口甚至借了部相机给简意用，弄得简意很不好意思。

“段姐，”简意说，“我今天来得匆忙，什么都没有准备，想着先看看三个小姑娘认识一下，明天上台表演节目时我再好好拍，保证给她们拍得漂漂亮亮的。”

经纪人段云笑道："知道，斐然跟我说了，你是她临时抓壮丁抓过来的。今天先随便拍两张后台照，用不用得着到时候你们看着定。"

简意不好再说什么，笑笑说："夏天之三由段姐带，今年肯定能火起来。"

"当然还要仰仗你们多写点儿我家这三个孩子的好。"段云拍拍简意的肩，推开化妆间的门扫视了一圈，脸瞬间拉了下来。

她径直来到化妆间最里面的一个角落，皱眉不快，训斥道："你们怎么这么没用，我不是给你们找好了位置？"

角落里两个女孩儿站起来，低着头不说话。

段云一脸怒其不争："不是我要化妆，不是我要上台表演节目，大大小小的事都要我来替你们操心，一个化妆台都搞不定。我刚离开没几分钟，你们就被挤到犄角旮旯里来了！"

左边一个扎马尾的女孩小声辩解："她们让我们走，说我们占了她们的位置。"

"她们让走你们就走？刀架在你们脖子上了？不走还能把你们踹走？这么听她们的话，去找她们当经纪人啊。"段云越说越气，"这里的化妆间根本就没有固定有谁的位置，总得讲究个先来后到吧。"

简意听到这里，搞清楚了状况。一般这种音乐节，除了大牌明星有专门的化妆间外，剩下的化妆间按档次分。从固定名牌到没有名牌这样一路排下来，夏天之三所在的这个化妆间属于中下档，比群舞群唱的那些人环境要稍好些。

段云给她们争到的位置被别人抢走，骂她们不争气，其实也是在怒其他艺人欺负夏天之三没有名气没地位。

"彩排不用化妆也没关系，拍照的话，素颜就挺好，显得真实。"简意走过来劝道，"一脸的胶原蛋白，素颜多好看。"

段云刚发火的时候，全然忘了身后还跟着个简意，被简意这样一说，她有些不好意思，换了副笑脸：“不好意思，让你见笑了。小孩儿不懂事，我真是每天为她们操碎了心。”

“都是这样走过来的，等以后就好了。”简意笑笑，凭着记忆中的照片资料，看向扎马尾的那个女孩儿，“你是尚小蕊吧？”

尚小蕊看着简意，点了下头。

段云是个火暴脾气，火气上来拉都拉不住，但是发过火这事也就翻篇了。她笑着做介绍：“这是湖城娱乐周刊的记者简意。简意，这个是尚小蕊，那个是沈梦西。”

简意和她们打招呼。

段云环视了一圈化妆间，问：“郑乐乐呢？”

尚小蕊撇了撇嘴，小声嘀咕：“谁知道她。”

沈梦西说：“刚才还在，可能是去洗手间了。”

“简记者，你先采着她们两个，我出去找找郑乐乐。”段云对简意笑了下，转身出去，边走边说，“没一个让我省心的。”

尚小蕊冲着段云的背影吐了吐舌头，做了个鬼脸。沈梦西在一旁拉了拉她的外套衣角，尚小蕊扭头，沈梦西给她使了个眼色，让她在记者面前注意形象。

尚小蕊好像不怎么在乎：“这位小姐姐不会写这么鸡毛蒜皮的事儿的，是吧？”

“是，我今天就是来和你们认识一下，随便聊聊。”简意拉了个凳子先坐下，笑笑说，“你们也坐啊，不用拘谨。”

沈梦西看起来比尚小蕊要稳重些，她拉着尚小蕊坐下，对简意抱歉地笑笑，说：“我们明天要表演的节目是……”

一段话下来，简意觉得她像是背台词。

“段姐让你们这么说的？”简意态度和善，笑问道。

沈梦西张嘴刚要回话，尚小蕊在一旁快言快语道：“梦西最听话了，段云姐让干什么，她就干什么。”

简意："是吧，段姐训人的时候挺吓人，和我们头儿一样一样的。"

"你们头儿也骂你？"

两个女孩儿年纪不大，城府不深，没一会儿就聊得热乎。特别是尚小蕊，根本没把简意当娱记，也没把自己当明星。她像是普通人，东聊西聊，嘴一直没停过，沈梦西想插话有时候都插不上嘴。

十多分钟后，段云回来，脸色不太好。

尚小蕊嘟了嘟嘴，小声说："看吧，又要挨训了。"

简意站起来："段姐，我们刚聊挺好，我拍了几张照片，回头我挑两张好看的出来。"

"真是太感谢你了。"段云先是拉着简意的手感谢了一番，又皱眉，"不知道郑乐乐去了哪里，电话打不通。"

"沈梦西，"段云厉声问，"刚郑乐乐没有说她要去哪里吗？"

沈梦西摇头："没有说，我们从五号化妆台起来时她还在，然后小蕊看到这个位置还没有人，我就跟着小蕊过来。坐下来的时候，才发现乐乐没跟过来，想着她可能去了洗手间。"

段云瞪眼："刚发现她不在的时候，你怎么不出去找找？"

沈梦西低头没说话。

尚小蕊小声说："我们又不是队长。"

"你再说一遍！"段云拔高了音调。

简意觉得自己特别尴尬，早听说过有经纪人当着记者面甩自己艺人耳光的事情，但她这是第一次见。段云想让她们火的急迫心态可以理解，但是毕竟当着娱记的面，而且还是她"求"来的采访机会。她对简意态度一直都挺亲切，越是这样，简意越觉得她像个精分，适合去演川剧的变脸。

"段姐，我先上趟洗手间，待会儿郑乐乐回来，你再和我联系。"简意把相机还给段云，"不用急，今天还是彩排要紧，明天表演完节目，我再好好采一次。"

“今天实在不好意思，焦头烂额的，让你看笑话了。”段云连忙道。

“没有没有，小姑娘都挺好。”简意回头朝尚小蕊和沈梦西笑笑，“你们今天加油彩排，晚上好好休息，期待你们明天的表演。”

沈梦西：“谢谢。”

尚小蕊：“谢谢小姐姐。”

简意从化妆间出来，看了下时间，下午五点十分。她想着先去趟洗手间，再上楼找顾哲。东西两头都有洗手间，化妆间离西边的洗手间近，她直接去了西边的洗手间。剧院的洗手间不算小，两排加起来共有十多个隔间。来来往往的人不少，但也算是还好，没怎么等就有一个空位。

简意从洗手间出来，沿着走廊走一段路到楼梯口，掏出手机准备给顾哲发短信。楼梯口突然伸出一只大手，一下把她拉到楼梯里。

“不是腿疼吗？骗人精。”声音里带着笑。

简意还没来得及惊呼，就被明礼按在墙上堵住嘴巴使劲儿亲。

“有人。”简意好不容易得了空，赶紧说。

“又不在这里做什么，怕什么？”明礼饶是这样说着，还是抱着她上楼去找没人的地儿，边走边亲她，“一天没见，想死我了，小媳妇儿。”

“你怎么知道我在这里？”简意糯声问。

“闻着味来的。”明礼咬着她的耳朵说。

简意扒开他的衣领，张口咬在他脖颈上。明礼手掌托着她的背，顿住脚步。

二楼拐角里坐着一个女孩，头歪在一边，半长的黑发散下来，盖住左半边脸。右边嘴角向上被划了一刀，弧度像极了小丑上翘的嘴角。她脚边散落了一地的半夏。

明礼抱着简意倒退着往后走，一直走到看不到楼梯拐角的女孩为止。

“怎么了？”简意抬头向后看。

明礼手掌托着她的后脑勺把她脸掰正，嘴唇贴着她额头印了下，放她下来，严肃道：“你待在这里别动。”

他大步上两个台阶又折返回来，摸了下她的脑袋：“乖乖待着，别乱跑啊。”

“是出什么事了吗？”简意探着头往上看。因有一段楼梯挡着，她什么也看不见。

明礼蹲在女孩儿跟前，伸手探了探鼻息，再触摸颈动脉。有体温，但已没了生命特征。

“明礼？”简意嗓音带颤。

“在。”明礼沉声说，“这里有个人出了点儿状况。”

“是……死了吗？”简意问了声，又说，“顾哲就在楼上，我把他叫下来。”她掏出手机拨通顾哲的电话。

明礼撩开女孩儿左半边脸上的头发。果然，左边嘴角和右边嘴角一样，被刀划了个嘴角向上的弧度。左右连起来，是个夸张的微笑的表情。

“不要乱动。”顾哲出现在楼梯口，看着明礼说。

明礼轻轻把头发放回原位，回头睇了顾哲一眼：用你来教？

“死人会说话，一种是指死者会告诉你凶手是谁，”顾哲说，“还有另外一种，凶手想告诉你他是谁。”

明礼站起来，想把他从楼梯口一把拽下来。这种时候就不要装了吧。

“顾哲。”简意往上走了两个台阶。

顾哲趴在扶梯上，朝着简意吹了声口哨：“你的三夏。”

简意脑袋一阵轰鸣。

顾哲又说：“我能活到现在，谢谢不杀之恩。”

简意仰头看顾哲：“死的是……郑乐乐？”

“机场抱半夏的那个。”顾哲蹙了下眉，“你刚见着她了？”

“没有，刚见了她们经纪人和另外两个人。”简意面色微微苍白。

“那你老实待着吧。”顾哲直起身，背靠在扶梯上看墙角的女孩。

“你们在说什么？”明礼一脸懵，“你们认识她？”

“简意今天的采访对象。下午送老爷子时，刚好在机场碰见水军粉丝接她们的机。”顾哲难得正经，简要解释道。

明礼第一反应，侧头看了下简意。这体质……

“你看出什么来了？”顾哲双手抄着裤兜问。

“除了嘴角的划痕，身体没有明显外伤。没有拖拽挣扎过的痕迹，此处应该是第一现场。”明礼中规中矩地说，“死亡时间不超过一个小时，具体原因还要等法医进一步确认。”

“嗯。”顾哲又拔高音量，然后朝简意的方向说，“简意，先不要告诉她们经纪人，等警察来了封锁现场后自然会找她问话。”

“好。”简意应了声。

明礼下楼，路过简意时在她嘴巴上亲了下，再回来的时候手里多了两个“打扫卫生中”的黄色牌子，在一楼和三楼楼梯口各放了一个。

“简意，张斐然发给你的三夏资料发给我一份。”顾哲又说。

简意发给他后，顾哲快速浏览过去，又在郑乐乐的资料上停留了片刻，网上关于她的家庭情况信息少之又少。

“警察同志，郑乐乐的家庭资料，调取出来后请给我一份。”

“想去市局应聘？”明礼斜了他一眼。

“我没心情和你比赛破案。”顾哲看着他，平静地说，“死者告诉我，她的死要么和你有关，要么和我有关。我只是想确认，背后的这个人是冲着谁来的。再说了，我不是临时顾问吗？”

“要么和我有关，要么和你有关……”明礼重复了一遍，凛然地看向顾哲。

简意听到他们的对话，想了想说："顾哲，我刚采访的时候，组合里另外一个成员说，郑乐乐的爸妈是开店卖鞋的，不是警察，但是她家里其他人是不是警察，我不知道。"

顾哲皱眉。

明礼说："你的意思是这次的凶手和绑架简意的那个是同一个人？"

"不是。"顾哲很快说，"明天音乐节，剧院今天人流量大，洗手间和走廊这里没有监控，但是你们警察如果有人有时间，可以把这个时间段的监控都调出来，慢慢筛选。我觉得，重中之重是调取今天中午一点到三点之间机场的监控，是谁混进了水军接机团里送出的这捧半夏草。还有，她们组合里的另外两个成员应该知道一些情况。"

顾哲下楼。

"这还用你说！"明礼吼了一嗓子。最烦这种自以为是，指手画脚的人。

顾哲走下楼："凶手另有其人，但是和绑架简意的人有关。"

今天的顾哲少有的认真和正经。

"顾哲，"简意看着顾哲，心底隐藏的不安像座随时爆发的活火山，急急问道，"你去哪儿？"

"回家睡觉，睡眠不足，使唤不动大脑。"顾哲揉着脖颈走出楼梯口，"放心，我不去查案，查案是警察的事情。"

警察很快过来封锁了现场，在明礼的指挥下，井然有序地拍照取证勘查现场，调取监控，维护现场秩序。忙完这一切，明礼才顾得上简意，捧着简意的脸亲了又亲。

"老大，这楼里有回音。"陆天枪拿着小本本趴在扶梯上伸着脑袋往下瞅，一双眼睛滴溜溜地转，"你亲嘴的声音不要太大，影响不好。”

明礼又亲了两口，把又羞又气的她捂进怀里，这才抬头去看陆天枪：“怎么哪儿都有你？”

“休假本来明天才结束，但是我听钱进说这里死了人，而且老大你也在现场。几天没见，有点儿想你和嫂子了。”陆天枪攥了攥手里的小本本。

明礼：“滚一边儿去，我不想你。”

陆天枪咂了咂舌，转头继续记录现场发现。

“郑乐乐怎么死的？”简意想要上楼去看。

“已经盖上了，看不着，待会儿就会运到局里做进一步的尸检。”明礼扯住她，“你刚接触过死者经纪人和同组合另外两个成员，和我一起过去找她们问话。”

“郑乐乐……死得很惨吗？”简意问。

“还行，比不上莫小茹。”明礼抱着她往楼下走，“身上没有明显外伤，就是脸上有两道划伤。”

警察的到来引起一阵小小的骚动，因明礼事先有和剧院领导联系，在警察和剧院领导方的协调下这阵小骚动很快平息下去。大家只知道这里出了事，但是出事的是谁，没人知道。一楼排练大厅依旧歌舞升平热热闹闹，身处喧闹中，简意心底的寒意这才驱散不少。

段云和尚小蕊她们已不在化妆间，简意给段云打了两通电话，一直都是在通话中，打进去第三通时，段云终于接了电话，说她们正在后面的礼堂里彩排。

简意和明礼过去，找到段云时，尚小蕊和沈梦西正在台上彩排。她们表演的节目是一首青春洋溢的新歌，有唱有跳，活力十足。

段云一直紧盯着她们在台上的走位，沈梦西唱歌的时候，尚小蕊朝着段云的方向望过来。不知道是惊慌还是什么原因，轮到她唱歌的时候，她忘了半句歌词，段云急得想冲上台。

这种情况下，段云根本无暇顾及简意，她甚至都没注意到简意身边的明礼。简意和明礼索性等着，明礼趁机拉起她的手捏来揉去。

简意扭头瞪他："刚死了个人。"

"我天天见死人。"明礼看她，"如果死个人我就不能和你亲热，恐怕我得去当和尚。"

简意没再理他，任由他抠自己手心玩。一曲结束，尚小蕊和沈梦西牵手下台时，简意才猛然意识到不对——夏天之三，明明是三个人的表演，怎么刚才尚小蕊和沈梦西两个人就完成了表演？没有给队长郑乐乐留歌词和舞台走位。

第六章

“段姐，明天的节目没有郑乐乐吗？怎么她们两个人就完成了表演？”简意问。

“郑乐乐不知道死哪儿去了，到现在都联系不上。留给她们节目的彩排时间有限，如果错过去，就只能等晚上最后一轮。”段云压着火气道，“好在我们之前有过第二种方案的演练，就是为了预防出现像今天这种情况。她们三个人，任意两两组合都可以，但是远远比不上三个人一起的效果。”

简意点头，压回去刚才升腾出的疑问给段云介绍明礼：“段姐，这位是市局刑警队的明队长，关于郑乐乐，他有话要问你。”

段云看看简意，再看看明礼，一头雾水。

彩排音乐声太大，明礼把她带到一个僻静的地方，直接问：“你最后一次见到郑乐乐是什么时候？具体几点几分？”

“郑乐乐她怎么了？”段云吃惊问。

明礼看着她：“死了。”

“什……什么？”段云消化着这两个字，身体晃了晃，她撑住墙看向简意，“郑乐乐她……死了？”

简意点了点头。段云捂住胸口，靠着墙大口喘气。

明礼等了等她，又重复了遍：“你最后一次见到郑乐乐是什么时候？”

段云从随身携带的包里拿出一瓶药，摊开手掌倒出一粒，拧好瓶盖放回包里，又拿出一瓶矿泉水拧开，扬脖把药片咽了进去。

“我有高血压。”段云解释了下，深吸一口说，“从机场回来，我直接带她们去了化妆间。在化妆间找好位置后，简记者和我联系，我嘱咐了她们两句，出来接简记者。和简记者碰面后，我带她去了化妆间，那时郑乐乐已经不在了。”

“我采访尚小蕊的时候，你出去找郑乐乐，你都去了哪里找她？当然，我不是怀疑你。”简意看着段云，加了句，“这位明队长是我男朋友。”

明礼保持面色威严不变，手伸到简意身后捏了下她的腰。

段云看了看明礼和简意，很吃惊，但很快收起情绪回答道：“我去了洗手间，挨个敲了里面所有的门，一楼东西两个洗手间都有去。”

“洗手间以外的地方有没有去？”明礼问。

“没有，我想着她可能回了化妆间，从洗手间出来后我就回去了。我出去的时间不长，简记者可以做证。”段云把手里的半瓶水灌下去，有种做好一切准备的气势，“郑乐乐怎么死的？自杀？”

明礼和简意对视了眼，正色道：“为什么说她是自杀？”

段云武断道：“什么人会要杀她一个小孩儿？她又不红，没有什么狂热极端粉丝。”

明礼：“她以前有过自杀行为？”

“应该没有，我不太清楚。”段云摇了摇头，“现在的一些年轻人，拿自己命来开玩笑，以为真的能重生……”

段云越说越激动，话题由郑乐乐身上开始扩及这个年龄层的整个群体。她认定了郑乐乐是自杀，在警察和记者面前毫不掩饰对郑乐乐这种行为的愤慨，甚至连基本的同情心和伤心都没有表露出来。

她现在所关心的，应该是与自己利益息息相关的明天的表演。

“郑乐乐大腿上有割伤，自己割的。她有过多次这种自残行为，身体其他部位可能也有，我没见过。尸检的话，能看出来。”

段云一口气说完这些，眼睛微红：“警察同志，关于郑乐乐，我所知道的大概就是这些。我一定会配合警方和郑乐乐家属处理相关事宜，但现在我有更要紧的事情要处理。等明天音乐节结束，不，等三夏她们表演完节目，我就立刻去警局。”

明礼厉声道：“郑乐乐和你们公司以及你都有签约合同在身，你是这次音乐节的直接负责人。”

“我知道，我不会不管，也不会推卸责任，一切按照合约走。公司是有给她们每人买保险的。”

段云觉得明礼不好说话难通融，转而向简意说：“简记者，简意妹妹，你也知道，这次音乐节的机会我是费了多大工夫才争来的，不能因为一个郑乐乐，前面的所有工作都化为零。无论如何，明天的节目夏天之三必须要正常参加。”

简意：“少了一个郑乐乐，还能正常参加吗？”

“刚才彩排的时候你也看到了，她们两个完全可以表演，就是不熟练。所以我才要争取时间，今晚看着她们俩，让她们加强练习。”

段云看着简意，说着说着就要掉下泪：“我把所有身家都押在了她们身上，郑乐乐已经出了事，她们两个不能再有意外。不管以后如何，明天的节目不能退出。”

有关郑乐乐的真正死亡原因，简意不清楚，她也不知道能不能向段云透露相关细节，有些为难地去看明礼。

明礼严肃道：“郑乐乐的死因正在调查中，没有排除他杀可能。”

“他杀？”段云愕然，随即连忙和自己摆脱关系，“你们不会怀疑是我干的吧？说句难听的话，谁都有可能杀她，就我没有可能，对我没有一点好处。如果你们不信任我，可以派两个警察跟着我，一直跟到明天节目表演结束。”

“真相调查出来以前，任何人都有可能是嫌疑对象，没有专门针对你，只是例行调查问话。”明礼公事公办地道，“不仅是你，我们还要对组合另外两个成员进行问话。”

“这个当然可以。”段云连忙说，“问话不会要太多时间吧？”

明礼：“这个要看她们的配合态度。”

“我会叮嘱她们好好配合你们调查问话。”段云拿出手机看了下时间，“她们现在应该在化妆间，要不我把她们叫出来？”

明礼：“不用，我们直接过去。”

尚小蕊和沈梦西需要隔开询问，因简意不是警方人员，明礼叫来了陆天枪。段云带路，直接去了化妆间。毕竟已是深秋，化妆时都没少穿，不妨碍男士进出。再者化妆间里也有男造型师，明礼站在化妆间门口看了眼，直接进去。

段云把沈梦西叫出来，给她介绍陆天枪：“这位是市局的警察，郑乐乐出了事，他有话问你，你不要害怕，照实说就行。警察问完话以后，你和尚小蕊要加紧排练，明天的节目照常演出。”

“段云姐，”沈梦西手指绞着衣角，眼神慌乱，“乐乐她出什么事了？怎么有警察？”

“警察会告诉你。”段云叹了口气，挥挥手，“去吧。”

陆天枪脸上没有一丝笑容，一本正经道：“沈梦西同学，是吧？跟我走吧。”

沈梦西看了看段云，再看看简意，听话地跟着陆天枪去了走廊尽头。

“在你的印象里，郑乐乐是个什么样的人？”陆天枪直接问。

沈梦西绞着手指想了想，说：“乐乐是队长，对我们对自己要求都很高，很负责，练舞很刻苦。”

陆天枪问：“除了这些，她有没有什么缺点？或者某些怪异的行为？”

“不算是缺点，”沈梦西低头看着脚尖，“她不喜欢笑。”

郑乐乐嘴角划出的小丑脸的微笑！陆天枪赶紧在小本本上写下“沈梦西说，郑乐乐不喜欢笑”这一句话。

“还有什么吗？”陆天枪问。

“其他好像也没有，我们不在一个学校，私下虽然有联系，但是见面次数不多，除了排练和表演的时间，几乎没怎么见过。”沈梦西道。

“郑乐乐有没有要好的朋友？都有谁？”

“这个，我不太清楚。”

“她这段时间有没有什么异常举动？”

“没有……吧。”沈梦西缓缓摇头，“我没关注过。”

“据我们所知，你们今天是一起乘坐航班到的湖城。”

“是，我们昨天在安市参加了一个商演活动，今天的航班到湖城，下了飞机坐公司的车直接到剧场排练。”

沈梦西有问必答，一切进行得很顺利，末了问她最后一次见到郑乐乐是什么时候，她如实说了段云走后化妆间里发生的事情。陆天枪记下来，想了想问：“你和尚小蕊发现郑乐乐不在后，有没有离开过化妆间？”

“没有，我没有去找乐乐。”

“我不是问你有没有出去找郑乐乐，我问你有没有离开过化妆间。”陆天枪严肃道。

沈梦西瑟缩了身体，声音里带着哭腔：“我去了趟洗手间，但是洗手间人多，我不想等，就回来了。乐乐她怎么了？”

“你去的哪个洗手间？”陆天枪皱眉。

“一楼……东，东边的洗手间。”沈梦西开始抽泣。

“东边？你确定？”陆天枪问。

“确定。”沈梦西哭着问，“乐乐她怎么了？”

“死了。”陆天枪皱眉观察着她。

沈梦西哇的一声哭出来。

陆天枪再问什么，她只是哭着来回说：“刚还好好的，怎么就死了呢。”

化妆间，明礼和尚小蕊这边也进行得异常顺利。迫于明礼的威严，尚小蕊在他跟前没有了面对简意时的活泼，基本是问一答一。她对郑乐乐的评价是——跳舞方面有些天分，所以有些骄傲，不太合群，平时不怎么搭理她和沈梦西。

据她回忆，一次在一起练舞时，她看到郑乐乐大腿上有割伤，问她是怎么回事，郑乐乐当时很平淡地说跳舞时不小心弄伤的。

“我又不是没练舞受过伤，那种伤口根本不可能是跳舞弄伤的，就是她自己划伤的。”尚小蕊带着八卦的口吻说。

“你怎么知道是她自己划伤，而不是别人划伤的？”明礼目光犀利地看着她。

“我……”尚小蕊声音低了下去，脚尖踢着椅子腿，“我用她的手机玩过自拍，不小心点进去她的手机浏览器，见历史搜索记录里有相关的记录。”

“不小心点进去？手滑？”明礼坐在化妆桌上，手指弓起，重重敲了敲桌面。

尚小蕊始终低着头：“我是好奇。”

明礼厉声问：“好奇什么？”

“好奇她平时的业余生活，我这个人比较八卦，郑云姐和沈梦西都知道我这一点，不信你可以去问她们。”尚小蕊继续踢着椅子腿，“那次看见郑乐乐大腿上有割伤后，我以为她是被谁伤害了。这种事情她自己不说，我也不好意思问，于是我就偷偷翻了翻她的手机。”

“这是什么时候的事情？”

“就上个月，具体哪一天记不清了。”

“你有亲眼见过她这些行为吗？”

“没有，我们私下相处的时间不多，排练的时候她挺正常。”

明礼想了想，问：“粉丝接机或者粉丝见面会和粉丝互动时，你们三个人有没有前后之分，比如，比较贵重或者特别的礼物要给队长，剩下的再分给你们之类的。”

尚小蕊：“还好吧。”

“今天粉丝接机时，你们有没有收到什么特殊的礼物，或者特殊的捧花？”明礼进一步问。

“送的东西我们还没来得及看，都在段云姐那里保管，其他就是鲜花，百合玫瑰什么的，都没什么特殊。”尚小蕊像是在回忆，“哦，我想起来了，郑乐乐怀里抱了一束什么草吧，反正不是花。”

“半夏草。”明礼直视着她，“你还记得送她这捧草的人长什么样吗？”

“记不清，机场那会儿挺乱，我当时只看着路，都没怎么看粉丝。”尚小蕊说，“我对那捧草有印象，还是从机场到剧院的车上，郑乐乐说有个特别有心的粉丝送的这捧草，粉丝说这草的名字和我们组合像，就这样。”

“关于这个粉丝，郑乐乐有没有再说什么？”

“没有，我当时挺困，躺在座椅上小睡了会儿。”

“沈梦西当时也在车上吗？”

“在。”

“你睡了以后，郑乐乐有和沈梦西有在聊天吗？”明礼边问边给陆天枪发了条信息，让他问沈梦西半夏草的事情。

“也没怎么聊吧，郑乐乐和沈梦西都不太爱说话。”

“到剧院后，郑乐乐把那捧半夏带到了化妆间？又带了出去？”

“嗯，郑乐乐有点儿迷信，她说要把这草摆起来，有利于明天的表演顺利。”尚小蕊在化妆间扫视了圈，“如果那捧草不在这里的话，那就是她带出去了，我没注意。”

“郑乐乐出去后，你有没有离开过化妆间？”

“没有。”尚小蕊很快回答，速度之快，像是早就准备好了明礼会问她这个问题。

“先不说做伪证会承担什么法律后果，”明礼看着化妆间来来往往的人，视线重新落回尚小蕊脸上，“你有没有出去过，就算化妆间隐私没有监控，但是这里统共就这么大地儿，都是人和镜子，玩自拍的人也不少。你们三个又刚刚被人从化妆台上赶下来过，对你们有印象的人总是会有，挨个问问，自然会知道你有没有离开过化妆间。”

尚小蕊迟疑了下：“被人赶到这个角落后，我是觉得很尴尬，就想出去透透气，可是出去后发现哪儿都是人，还不如化妆间里安静。另外，我也怕段云姐过来找不到我会发脾气，我只待了不到两分钟就回去了。”

“你都去了哪里？”

“就化妆间的走廊，都没走到头。”

要去洗手间，需要离开走廊，穿过对面一个门洞。

明礼还是问了句：“你有没有去洗手间？”

尚小蕊：“没有。”

“沈梦西有没有出去过？”

“我不知道，我走的时候她还在，我回来的时候她也在。”

明礼又问了她几个问题，尚小蕊始终没有主动问郑乐乐出了什么事。当明礼透露郑乐乐已经死去时，尚小蕊情绪虽有起伏，但总体表现上来看，略有冷漠。她的这种冷漠和段云的冷漠不一样，段云是个一切朝利益看的成年人，利弊权衡下，会选择一个最利于自己的方案。但尚小蕊是和郑乐乐一起搭档的小伙伴，就算平时和郑乐乐关系不太好，以她的心智年纪和爱好八卦的性格，她现在的这种反应实属不正常。

简意一直和段云在一起，虽说是在一起，统共也没说上两句话。段云一直在打电话，就郑乐乐的突然死亡事件向公司汇报，并和策划部商量接下来的应对方案。

明礼离开化妆间，段云立即挂断电话迎上去。调查进行到这里，明礼没有为难段云，交代她要随时和警方保持联系后，和陆天枪、简意一起离开。

三个人交流了各自得来的信息后，陆天枪说："老大，我觉得她们三个都有作案时间，但是按照嫌疑的话，可能最先排除经纪人段云，组合的队长死了对她最没有好处。"

简意插话说："也不一定，段云是个有营销头脑的人。我刚在她旁边听她讲的那些，觉得明天音乐节的头条和热搜应该会被夏天之三霸占。"

陆天枪："她要在死人上面做文章？"

"对她来说，是个再好不过的炒作机会。"简意蹙眉，"但是也不至于会因为这个去犯罪。"

"先别瞎猜了，"明礼说，"尸检报告出来就会有个大致方向。"

明礼先送简意回家，接着和陆天枪回市局。

剧院和机场监控已经调取，一个画面一个画面地看完，需要耗费大量的时间。郑乐乐的父母接到通知后，在往湖城赶的路上，要晚上十点才能到。他们在电话里一再表示，一定要等他们见到女儿遗体后，再进行尸检。

明礼安排好一切工作，等郑乐乐父母到局里后，又问了他们一些基本问题，已是凌晨。

一大早，手机铃声比闹钟先响起。

“你的手机响了。”简意翻了个身，伸手从床头柜上拿过来手机，“陆天枪的电话，要不要接？”

“接。”明礼含糊地应了声，“你帮我接。”

简意滑开接听键，拿着手机放在他耳朵上。

“老大，我在你家门口，对门邻居都被我砸醒了，你怎么还不醒？”陆天枪啃着油条说。

“我在你嫂子家。”明礼把简意捞进怀里在她脑门上“啵”了口，“有事快奏，没事退朝。”

“老大，要不你们先忙？”陆天枪一口把嘴里的油条全咽进去，差点儿噎死，靠着墙角直捶胸口。

明礼：“废什么话，说。”

“哦。”陆天枪端起地上的一碗胡辣汤，喝一口顺了顺气，“其实也没什么要紧事，就是我翻昨天的笔录，总感觉不太对劲，想和你聊聊。还有我今早特地去牛老二店里买了两碗胡辣汤，怕冷了就在怀里焐了一路，结果你不在家。”

“傻，办公室的微波炉我修好了。”

“微波炉热的不好吃，这家的胡辣汤就是要刚出锅的才好吃，吃的就是这个热乎味儿。”陆天枪哀怨道。

“你怎么比我媳妇儿还小媳妇。”明礼又骂了他一句，“你自己吃去吧，我这就带你嫂子去吃刚出锅热乎的。”

明礼接过耳朵上的手机，挂断电话后撂在一边，抱起简意去洗手间洗漱。简意被他圈在洗手台上，一脸的一言难尽。

“洗手台不凉，我刚摸过。”明礼咬着牙刷看着简意，不解她为何用这种眼神看自己，“刷牙洗脸带你去喝天下第一好喝的牛肉胡辣汤。”

简意一脸冷漠地把牙刷塞进嘴里：“你就不能穿件衣服？”

明礼低头瞧了眼胸口，笑：“硌着你了？”

简意复读机一样机械重复：“你就不能穿件衣服？”

“这是在家，又不是大街上，再说你又不是没看过。”明礼不以为意，右腿蠢蠢欲动想抬起来踩在洗手台上。

“你一直都是这样吗？”简意问道。她避开视线，咽进去一嘴牙膏沫。

“自己睡不是，和你睡才是。”明礼捏简意的脸，“方便。”

简意把嘴里的泡沫吐出来，漱了口，对着他伸出两根手指：“我喜欢两个时候的你。第一，闭嘴不说话的你；第二，穿上衣服的你。”

明礼抱着她，见简意确实不理他，他悻悻然地回卧室捡了件衣服穿上。一直到什么都整理好离开家门，再带着简意到牛老二胡辣汤店，他愣是忍着没说一个字。店老板和他打招呼，他只点头，不说话。

“两碗？”老板笑呵呵看着明礼。

明礼一脸严肃地点头。

“女朋友？”老板娘边擦桌子边看着简意笑。

明礼微笑点头。

“女朋友真漂亮。”老板娘夸赞道。

明礼嘴角上翘点头。

老板娘笑吟吟去端胡辣汤，老板从油锅里捞着油条，冲着明礼那桌喊：“三根油条？”

明礼点点头。

“还要别的吗？”老板又问。

明礼再点头。

老板：“要什么？”

明礼看着老板张了张嘴，再看看简意：“我可以说话了吗？”

简意低头用勺子搅着胡辣汤，憋着笑说：“谁管你。”

明礼看着她不开口。

简意低着头伸腿，在桌下踢了下他的脚：“想说就说啊。”

得到允准后，明礼这才转头对老板说：“三笼包子，五个麻团，十个牛肉饼。”

简意看着他目瞪口呆：“你能吃得了这么多？”

“吃不完打包回去。”明礼龇着白牙笑，“我一早上没说话，你是不是更加喜欢我了？”

并没有！

明礼伸手过来捏她的下巴：“哎哎哎，你嘴角上翘得都快要咧到耳朵根了。”

吃过早餐，明礼开车送简意到公司再回市局，到大门口的时候才九点刚过。他拎着吃剩的包子和牛肉饼到会议室，刚把袋子放到桌上就被抢了个精光。

“你们没吃早饭？”明礼拉了一把椅子坐下。

“我吃了。”陆天枪给明礼倒了杯热水过来。

“没问你。”明礼接过水杯。

钱进嚼着牛肉饼说：“吃是吃了，但是没吃饱。”

黄克跟着说：“牛老二家的包子！老大，你怎么不带胡辣汤过来啊？”

“等这个案子破了，我管你们喝一个月的牛老二胡辣汤。”明礼扫了圈会议室，目光最终落在陆天枪身上，“就你一个人嘴闲着，你先说吧。”

陆天枪麻利地把笔录本放在明礼手边，再坐回自己座位上摊开小本本，看着上面的笔记说：“郑乐乐左右两个嘴角各被划了一刀，整体上看，像个微笑的表情符号。昨天我问沈梦西，郑乐乐有什么缺点，沈梦西当时说，她没什么缺点，只是不喜欢笑。”

明礼翻开沈梦西的笔录，点了下头，示意陆天枪继续说下去。

“段云和郑乐乐前后离开化妆间，尚小蕊和沈梦西也一前一后出去过。郑乐乐在靠近一楼洗手间的楼梯间遇害，沈梦西说她去了趟洗手间，因为人多，她没有等到位置，很快就回来了。”

陆天枪啃着笔头说：“一楼东西两侧各有个洗手间，我问沈梦西去的哪个洗手间，她当时犹豫了下，说是一楼东边的洗手间。”

“化妆间离西边的洗手间更近。”明礼回忆说。

“说的就是这个。”明礼拍了下桌子，“时间线上来说，她们从机场坐车到民族剧院，下车后直接去了化妆间，随后段云离开，再然后郑乐乐、尚小蕊、沈梦西依次出去。”

“段云说夏天之三是第一次到民族剧院表演。”明礼皱眉，“她们怎么这么熟悉剧院洗手间位置？”

“如果这是她们第一次去的话，没时间熟悉，她们的时间很紧凑。”陆天枪说，“就算是有指示牌，但是剧院那幢楼的结构有些复杂，方向感极好的人才能分得清东南西北。不是我歧视，据我所知，她们的方向感一向都不怎么好。”

“你怀疑沈梦西知道郑乐乐在西边洗手间附近的楼梯间？”

“我记得昨天问她这个问题时，她做了个想抬手指的动作，但是很快克制住，犹豫了下才说了东边洗手间，而且说完这句话，她当时就哭了。”陆天枪挠头看明礼，“其实，问话做笔录时，要注意观察留意对方的各种小动作和表情，是我跟着嫂子学来的。”

明礼拧着眉头没接他这个话茬：“沈梦西在读高中时期不是学霸吗？地理方向感记忆什么的差不到哪里去吧？”

陆天枪撇了下嘴：“为了印证沈梦西的地理到底好不好，我连夜找到沈梦西曾经高中的教导主任。今天一大早，教导主任给我发了沈梦西的考试成绩单。”

陆天枪站起来，把一张表格推到明礼跟前：“根本就不是什么学霸，但成绩也没那么差，期中期末几次考试，地理满分一百，她都是踩着六十分的及格线过去的。”

“地理成绩和方向感不能成正比。”明礼瞧陆天枪，“你不是最喜欢沈梦西这种小娇花似的小姑娘？怎么可着劲儿怀疑她？”

“从殷文秀以后，我再也不相信任何文静柔弱的小姑娘了。”陆天枪想起殷文秀，怅然道。

“出息。”明礼拿笔在本上写，“所以，沈梦西的情况是，她在郑乐乐的事情上可能撒了谎。重点怀疑有两个，一是她主动提及郑乐乐不爱笑；二是她有可能是故意避开郑乐乐遇害地点。”

“差不多就是这些，还有尚小蕊。”陆天枪说，“她显然和郑乐乐关系不太好。对于搭档的死，不管出于什么原因，沈梦西还能哭一场，但是尚小蕊的反应未免有些冷漠了。”

明礼点头，在尚小蕊名字后加了“自残”两个字：“还没有提到郑乐乐死时，尚小蕊主动说郑乐乐有怪异行为，身上有割伤。沈梦西也是如此，在你提郑乐乐死之前，她主动说郑乐乐不喜欢笑。”

明礼在“自残”“割伤”“笑脸”三个词上画圈标红。

陆天枪瞪大眼：“老大，我有个大胆的推测，尚小蕊和沈梦西知道郑乐乐会这样离开！”

明礼捏眉心：“或许她们只是提前见到了郑乐乐的死状。”

顾哲说，杀害郑乐乐的凶手不是绑架简意的那个人。他还说，组合里的另外两个成员知道一些东西。他只是在尸体前看了眼，又没有去问尚小蕊和沈梦西，他是怎么知道这些的？他有第三只眼睛？他还说什么来着？这次事件是冲着他俩来的？

明礼脊梁骨一凉：“她们三个人的家庭情况调查清楚了吗？尤其是郑乐乐的。”

钱进啃完牛肉饼，抹了下嘴：“老大，昨晚你走了后，郑乐乐父母在局里哭了一会儿，也离开市局说是去找郑乐乐公司的负责人去。昨晚是我给他们做的笔录，他们是C市人，夫妻两个人在当地一家商场经营一家鞋店。他们家上下三代都没有警察，硬要说有的话，郑乐乐一个远房表舅的女婿是个警察，户籍警。”

那么，依顾哲的意思，郑乐乐的死是冲着他来的。

明礼按捺住给顾哲打电话的冲动，问：“郑乐乐的尸检结果出来了没？”

“法医说初步认定是心源性猝死，脸上的刀口是死后划上去的。”黄克说，“胃液提取成分里没有药物残留，没有中毒迹象。身边的半夏草上虽然有半夏果，生吃是有毒，但是没在郑乐乐胃里发现。”

“心源性猝死？”明礼拧眉，“脸上的割伤是什么样的凶器造成的，有没有准确的定论？”

“情绪激动或者是过度惊吓之下引起的猝死。法医在做进一步的病理性鉴定，但是需要时间，两三天出不来结果。”黄克继续，“脸上的伤是美工刀所致，大腿胳膊和腹部都有深浅不一的陈旧性割伤，根据切口位置和深浅程度，不排除是自己割伤的可能性。”

郑乐乐曾有过自残行为，印证了段云和尚小蕊的言辞。

明礼太阳穴上的青筋跳了跳，他突然明白了顾哲为什么说夏天之三另外两个成员知道一些情况了。学生用的美工刀，组合里的尚小蕊和沈梦西都可能有。

心源性猝死，总要有个外界诱因，极有可能来自身边的人——尚小蕊和沈梦西。就算不是她们两个中的谁，脸上的割伤也有可能是她们两者之一所致。脸上的刀伤有一定的对称性，从手法弧度和深浅程度上来看，基本可以判定是同一个人所为，尚小蕊和沈梦西都有作案时间。

明礼在本上写下两种可能：猝死诱因——尚小蕊、沈梦西；郑乐乐死后刀伤——尚小蕊、沈梦西。

沈梦西主动提及郑乐乐不爱笑。如果是她在郑乐乐脸上划了个笑脸，她肯定会避开“笑”这个字眼，而她却主动提及，她或许看见有人在郑乐乐脸上划了个笑脸！

明礼用红笔圈住沈梦西的名字，不抱希望地问：“凶器有没有找到？”

“暂时还没有找到。”队里另外一个警员说，“昨天搜遍了整个排练大厅，没有找到可疑凶器。”

“有没有搜沈梦西和尚小蕊的东西？”明礼问。

“这个……没有。”警员吞吐了下，说。

“没用的东西。”明礼骂了句，但是他自己心里清楚，先不论是不是她们的美工刀，能不能强制要求搜她们的随身物品，她们用过之后放回自己包里的概率微乎其微。

明礼想了想：“郑乐乐的遗物里有没有找到有价值的东西？”

“都是些基本生活用品，昨晚已经让郑乐乐父母指认过，没有发现异常。”警员说，“现在都封存在物证科。”

明礼点了下头：“郑乐乐的交友情况，她父母怎么说？”

“郑乐乐和两个初中同学关系最好。”钱进道，“有充足的证据证明，她们这两天没有离开过C市，会议结束我和小刘电话采访这两个同学，如有必要，我和小六会亲自去趟C市。”

“嗯。”明礼交代钱进，“你再去仔细问问郑乐乐父母，郑乐乐的情绪刺激来源于什么，比如，有没有什么东西她看了一眼就会陷入极度恐惧或者焦躁的极端情绪中。”

“是。”钱进道。

明礼转向陆天枪问道：“你昨天问沈梦西半夏草的事情，她怎么说的？”

“沈梦西的说辞和尚小蕊基本一致，都说是机场混乱，没有留意粉丝，在从机场到剧院的车里，郑乐乐主动提及时，她才知道那东西是半夏草。”陆天枪翻着小本本回忆说，“至于郑乐乐为什么要把半夏草带到化妆间，沈梦西说她们三个人以前有过这种小习惯，也算是个小迷信，每次表演节目前都要在化妆间摆个吉祥物。郑乐乐这次选中了半夏草，她们觉得寓意挺好，和她们组合名字般配，就认同了半夏作为这次表演节目的吉祥物。”

明礼：“这吉祥物，却弄出人命来了。”

陆天枪摊手：“据沈梦西说，她没注意到郑乐乐什么时候离开的化妆间，也不知道她带走了半夏草。”

“监控有排查到可疑人员吗？”明礼问，“还有郑乐乐手机里的信息。”

“技术组熬了个通宵，到目前为止应该是没有查出什么来，如果查出来也该汇报了。”黄克道。

明礼：“黄克，你带人去排查下昨天机场接机的水军粉丝团。”

“是。”黄克应声。

“小刘，你带个人去剧院，蹲着尚小蕊和沈梦西，等她们表演结束，就请她们到局里来。”明礼又强调了遍，“是请，不是铐。”

“是。”

“还有什么问题没？”明礼扫了圈会议室里的各位，问。

“没有。”齐刷刷的声音。

明礼很满意他们的反应，喝了半杯水润了润嗓子，又布置了一遍各自的任务后，大家陆续出去。他背靠着座椅，双腿搭在会议桌上喝水。

陆天枪蹦跶过来：“老大，你好像没有给我布置任务。”

“你跟着我去机场。”明礼懒得看他。

“机场监控已经调出来了，我们再去机场干什么？”

“你嫂子说她昨天去机场，听一家花店的老板说，有一群疯狂的粉丝为了给自己偶像接机，拥进店里抢光了几乎所有的鲜花，连柜台下面的艾草和半夏草都没有放过。”明礼放下水杯，“你和我过去问问老板，兴许老板还对买半夏草的人有印象。”

陆天枪哦了声：“现在去吗？”

“先去趟物证科。”明礼起身。

“物证科，看什么？”陆天枪跟过去问。

“看你的头。”

明礼推开物证科的门，对里面的一个警员说：“郑乐乐的遗物，我再来看一遍。”

警员应了声，把郑乐乐的遗物取出来。一个行李箱、一个背包、一个透明塑料袋。行李箱和背包一直在她们乘坐的商务车上保存，透明塑料袋里的几个零碎的小物件，是她口袋里随身携带的皮筋发卡之类的东西。

明礼昨晚已经查看过这些遗物，他戴上手套，凭着印象直接打开书包：一本时尚杂志，两本课本。他再往外掏，掏出一个浅蓝色的文具袋打开：橡皮、铅笔、钢笔、圆珠笔、贴纸、涂改液……

“你有看出什么吗？”明礼问陆天枪。

陆天枪伸手去扒拉这些文具：“老大，你眼睛不好使了？”

明礼抬手在陆天枪脑袋上盖了一掌：“我是想问你，你有没有觉得，文具袋里少了个东西？”

“少什么东西？我看着挺全乎。”陆天枪揉着脑袋说。

明礼眉头紧皱：“不觉得少一把小刀吗？小号的美工刀装进去空间绰绰有余。”

陆天枪凑过来把工具袋扒了个底朝天：“老大，你这么一说，我也觉得是少了把小刀。木制铅笔都有，总是要用铅笔刀来削的吧。”

明礼把所有文具归置好装进文具袋里：“郑乐乐伤害过自己，身上的伤口明显刀伤比较多，不能说她刀不离手，但是她身上必然会有美工刀之类的刀具。”

可以看得出来，郑乐乐是个细心的人，甚至有轻微的强迫症，文具样样不落，光是圆珠笔的颜色都好几种，独独没有任何刀具。

“老大，你稍微慢点儿，我昨晚分析笔录用脑太多，现在脑子有点儿转不过来弯。”

“我怀疑有人拿着郑乐乐的美工刀，在她脸上划了两刀，之后再把刀带离现场。”明礼神色凝重。

陆天枪有些毛骨悚然。

“关键是要知道，郑乐乐的那把刀她一直带在身上，还是说在文具袋里的时候，被人拿走。”明礼看了陆天枪一眼，“队里昨天是谁给她们的司机做的笔录？”

陆天枪：“小章。”

“他现在哪里？”

“应该是跟着黄克去排查机场接机的水军粉丝团了。”

“甭查了。”明礼说，“问问他昨天给司机做笔录的情况，以及她们三个在车里的座位坐姿，背包放置位置。如果他昨天没有问到这些，让他再去问一遍。”

“好,我现在就给他打电话。”陆天枪拨着号码走出去，又跑回来，“老大，你的意思是说很有可能是尚小蕊或者沈梦西在车上偷拿了郑乐乐的美工刀？”

“真相调查清楚之前，什么可能都是可能。”明礼把证物袋归置好，脱下手套。

明礼走出物证科去了趟洗手间，叼上一根烟去了技术组。技术组的人正对着监控打哈欠，见明礼过来揉着眼睛叫了声：“明队。”

明礼走过去一屁股坐在电脑桌上，给他递了根烟：“辛苦了。”

“谢明队。”技术警小哥从桌上拿起打火机，点着烟吸了口，伸了个懒腰说，“刚找出点儿眉目，正要汇报给你看。”

画面上一群年龄和郑乐乐差不多大的小女孩儿，各自拿着鲜花或者礼物拥上去，其中一个戴灰色贝雷帽的女孩儿举着一捧半夏草，挤在前面给了走在最前面的郑乐乐。郑乐乐她们离开机场后，贝雷帽和其他女孩儿拿着牌子和应援棒离开，看来她们应该都是一起的。

明礼刚要开口，技术警小哥又把监控画面倒退回十分钟前。

机场大厅一个柱子后，有个穿黑色风衣的男人向贝雷帽招了招手，贝雷帽脱离粉丝团，向他走去。她在柱子后待了不到半分钟，再从柱子后走出来的时候，手里多了捧半夏草。画面里只显示那个男人的一只胳膊，再无过多信息。

“能不能调出来其他角度的监控？”

“这是个监控死角。”

“把这个女孩儿的画面截图发给黄克。”明礼交代了声。

陆天枪拿着手机跑过来：“老大，嫂子在小群里发了个链接，有关夏天之三这次音乐节的热帖。”

明礼掏出手机点开微信小群。夏天之三的签约公司在郑乐乐的死上做足了文章，音乐节刚开始，夏天之三和队长郑乐乐已经登上了热搜榜。微博上的营销文章满天飞，把郑乐乐的突然离世甩锅给了抑郁症……

“她们的节目几点开始？”明礼问。

“下午三点十分到十八分，共有八分钟。”陆天枪说。

“瞅着这阵势，估计没个二十分钟下不来台。”明礼嗤声说，“没准还会安排一串儿带翅膀的小天使来伴舞。”

陆天枪愤愤说：“过度消费死者，可耻可恶！”

“键盘给你。”明礼坐在电脑桌上，随手抓了个键盘。

“老大，我不会修电脑。”陆天枪犹豫着接过键盘，在键盘上左抠抠右抠抠，“老大，哪里坏了？我全都按过了，每个键都能用。”

明礼在他头上扇了一掌：“你不是想当‘键盘侠’吗？给你个键盘让你飞。”

陆天枪抱着键盘一脸委屈：“老大，你又欺负我。”

“滚一边去，甭碍着我的眼。”明礼把他呼到一边，低头给简意发微信，问她昨天去的机场花店是哪一家。

简意回微信告诉了他大概位置。明礼咬着烟眯起眼看着屏幕，大拇指不听使唤，敲下一行字：“没看懂，你陪我去。”

简意秒回：“没空。”

隔着屏幕仿佛看到她脸上大写的嫌弃，明礼厚着脸皮继续敲字：“我方向感不好。”

看着屏幕上的字，他眼角青筋跳了跳，把这一行字删除，重新敲了一行：“你方向感怎么样？”

简意回：“一般般。”

明礼直接拨号过去，电话接通，他上来就问：“昨天在民族剧院，我把你摁在墙上亲之前，你刚从哪个洗手间出来？”

技术警小哥们八卦脸看过来。

陆天枪靠着饮水机，一脸冷漠。又来。

简意捂住听筒，默默站起来走到没人的一个角落。

“又害臊了？”明礼咬着烟笑了声，“我说正经的，你还记不记得是哪个洗手间？”

“你不是知道？”简意伸出一根手指在墙砖上来回划着，“就是出了化妆间穿过门洞，走廊左边的那个洗手间。”

“东边还是西边？”明礼紧接着问。

“我想想。”简意闭眼回忆了遍昨天的情景，再睁开眼，肯定地说：“西边。”

“你刚想什么呢？模拟剧院结构推导方向？”

“不是，我是想到从化妆间出来，那个门洞左边的墙上贴有一张白色 A4 纸，上面有个向左的箭头，箭头上写着西。”简意说。

明礼拿出嘴里的烟，按了下狂跳的眼角：“门洞右边有箭头指标吗？”

“没有。”简意回忆着说，“好像是张音乐节的宣传海报。”

“谢谢媳妇儿。”明礼对着手机话筒来了个带响的亲嘴声，“晚上回家好好奖励你。”

黄克回电话说找到了机场送半夏的那个戴贝雷帽的粉丝。据她交代，昨天她和粉丝团一起准备给夏天之三接机时，有个男人和她打招呼，她走过去询问。男人说他非常喜欢夏天之三，但是到了机场才发现她们的粉丝全是小女孩，他这样的一个大叔不太合适过去送花。然后他向贝雷帽解释了他手里的半夏草名字和含义，说这捧半夏来之不易，和夏天之三的组合名字极度契合，所以想请贝雷帽替他送给夏天之三。贝雷帽欣然接受，随口问了男人名字，他没有回答。

男人戴着黑色毛线帽，和一只黑色口罩，一双茶色眼睛，身高胖瘦均普通，声音听起来像是患了感冒，年龄二十至四十岁都有可能。因全程只待了不到一分钟，加上他的装扮，贝雷帽能记住的只有这些。

“我们还去机场吗？”陆天枪叉着肉丸子说，“店老板对那个男人的印象估计比不上贝雷帽。”

“去。”明礼摁灭手中的烟头把餐盘一推，“把那捧半夏带过来，问问店老板是不是从他们店里卖出去的。”

“哦。”陆天枪把肉丸子全塞进嘴里，一手拿着一个鸡腿，“老大，今天队里的人出去干活没回来，感觉食堂把肉丸子和鸡腿都给咱俩了。”

明礼顺手抄起他和陆天枪的餐盘，放到回收车上。

“谢谢老大。”陆天枪嘿嘿笑着，举起左手里的鸡腿，“老大，要不你再来一个？”

“想要撑死我啊？我刚吃了五个鸡腿。”明礼拿着牙签边走剔牙，瞥了眼打餐窗口。

上个月刚转正的一个经济警察，小年轻，爱逞能。一身警服一看就是用熨斗熨烫了八百遍，拿着放大镜都找不出一丝褶皱，笔挺笔挺的。站姿比警服还要挺拔，一棵白杨树似的。

不知道为什么，明礼脑子里闪现过顾哲穿警服的样子，赌一包炮仗，他只会比这个小兄弟更挺拔更一丝不苟。时时刻刻穿警服，装模作样一本正经，实则不正经。

明礼咬着牙签骂了声：“打个饭而已，不知道的，还以为他餐盘上装的是什么呢。”

陆天枪啃着鸡腿随着明礼的视线望过去，不以为意道：“老大，你不知道，现在的小姑娘们都喜欢这个。”

明礼不信：“喜欢他？”

“不是说喜欢他，我是说警服，制服！”陆天枪一副很懂的样子，“据不可靠统计，所有制服中，军装和警服对女人的吸引力最大。”

明礼咬着牙签，陷入沉思。

李思录死后的第二天早上，简意等在办公室门外，他穿着警服出来的时候，她看自己的眼神……制服，嗯，哪天试试？

他们到达机场，顺利找到那家花店，但是很不凑巧，店老板不在，店员对半夏草的事情不熟悉。在明礼的要求下，店员联系到老板，说老板在赶回来的路上，差不多要一个小时才能到。

陆天枪把那捧半夏小心翼翼放回车上：“老大，还有一个小时，我们干等着？”

“出去溜达溜达，消消食。”明礼从车上拿下来两瓶矿泉水，撂给陆天枪一瓶，“午饭吃了一肚子肉，腻味。”

两人走到机场大厅时，明礼已经把整瓶水灌了进去。

陆天枪边打嗝边揉肚皮，瞥见洗手间的标志牌时，突然想起来问：“老大，今天在局里时，你给嫂子打电话，问剧院洗手间是什么意思？

是有什么新发现吗？”

“印证了一件事情。”明礼把矿泉水瓶投进垃圾桶里，“沈梦西当时去的是西边的洗手间，她很有可能看见了凶手。”

“她看见了凶手？为什么不说她就是凶手，或者就是她在郑乐乐的脸上划了两刀？”

“你傻她不傻。”明礼解释道，“如果那两刀是她划的，她不会说郑乐乐不喜欢笑这么关键的一句话。”

陆天枪恍然点头：“因为她看见郑乐乐脸上的刀伤是个笑脸。”

明礼提了提皮带，看着洗手间方向说：“我要去放一放水。”

“老大，我也去。”陆天枪一口把瓶子里的水喝尽，跟过去。

洗手间里零零散散两三个人，明礼边解皮带边向一个小便池前走去。

陆天枪向左侧了侧身。

明礼上前两步瞧了眼他，突然伸出一只手去抓他。

“啊！”陆天枪尖着嗓子叫着来了个急转身。

旁边一个五六十来岁的国字脸男人被陆天枪撞了个踉跄，及时稳住脚步，皱着眉头看着两人。

“对不起，对不起。”陆天枪急忙道歉，赶紧过来搀扶男人，“叔叔对不起，我不是故意的，没事吧？”

男人避开了他伸过来的手，瞪着圆眼看了看陆天枪，又看了看明礼，一个字没说，皱眉嫌恶地走开。

“让你干啥都咋咋呼呼的，出事了吧。”明礼在他脑袋上盖了一掌，率先走出洗手间。他刚回到机场大厅，一眼瞧见了简意。

明礼心想，知道我要来机场查看花店情况，所以也跟过来了。还和我说没空不来，女人啊，不要太口是心非。

简意正看向右边一个方向，明礼大步走过去，不由分说捏起她的小脸，把她的脸掰正看着自己。然后，他像是霸道总裁那样邪魅地冲简意笑："嘴上说着不要来，身体却很诚实啊。又瞎胡乱跑，是不是想我了？"

他这段话说得极为顺畅，顺畅到简意想要阻拦都来不及。他说着，笑看着简意想亲吻她。简意慌忙举起双手在他手背上掐了下，红着脸向他使眼色，明礼不解地松开手。

简意爆红着脸，向右前方弱弱叫了声："爸。"

明礼随着她转身，右前方站着刚才那个国字脸男人——被陆天枪撞到的那个叔叔。

第七章

明礼看着男人的国字脸，再看看简意的小圆脸。确定这是亲爸爸？顾哲的爸爸？不对，这才刚见过顾父。明礼对着简意唇语问道：“亲爸？”

简意红着脸轻轻点了下头，咳嗽了声：“爸，你和我妈来怎么也不提前说一声？”

简父哼了声，拿眼上下打量她身边的明礼。明礼后背瞬间出了一层冷汗，拆炸弹的时候都没这么惊悚过。

明礼伸出右手，若无其事镇定道：“叔叔好，我是明礼。”

老人家眼睛虽大，但都这个年纪了，眼神没那么好吧……或许刚才压根都没看清他长啥样。

简父再哼了声，双手背在身后，声如洪钟：“你谁啊？不认识。”

顾哲和简意是对调家庭养了吧，怎么没有顾父亲切？

想念顾叔叔。

明礼尴尬地举着右手，想来老人家眼神必定一等一的好了，就是不知道耳朵好不好，刚才他对着简意说啥来着？明礼默声骂着自己，想去死一死。

“爸，”浑身写满尴尬的简意扯了扯明礼，示意他放下手，“这是我男朋友明礼，顾叔叔跟你说的那个明礼。”

简父仿若没听见，视明礼为空气，看着简意直接问：“顾哲呢？”

“顾哲不在湖城，我刚问过他了，他明天就能回来。”简意尴尬地说。

明礼：“顾哲去哪儿了？”

简父：“顾哲去哪儿了？”

两人异口同声，明礼的声音明显压过简父。

明礼觉得自己离“死”又近了一步，但是事关案子，由不得他忸怩作态。做都做了，说都说了，不差这一星半点。

“不知道，他没说。”简意怯怯地看了看简父，再小声问明礼：“怎么了？”

当着岳父大人的面，总不好说怀疑他干儿子和一件命案有牵扯吧？明礼隐晦地说：“郑乐乐的事情，想找他聊聊。”

简意顿时明白了明礼的意思，昨天在剧院楼梯间，顾哲说郑乐乐的死要么是冲着明礼来的，要么是冲着他来的。

她被绑架的时候，豹哥曾说，杀了她，警察才好继续为人民服务。顾哲由此推测说幕后的犯罪嫌疑人只是想找个警察的亲属，而明礼是警察，她恰巧是明礼的女朋友。放了她以后，犯罪嫌疑人会再找下一个目标。根据郑乐乐的家庭情况，现在基本已经排除郑乐乐是要找的下一个目标，也就是说，不是冲着身为警察的明礼来的，是冲着顾哲来的！

如果背后真有那个所谓的幕后黑手，他和顾哲什么关系？为什么顾哲认定他是冲着自己来的？简意心底发凉，总觉得答案呼之欲出，但又死活揪不住。

怕爸爸起疑，简意深吸一口气冷静下来，转移话题问：“爸，我妈呢？”

简父：“去洗手间了。”

“洗手间”三个字咬字很重，说这句话的时候，瞪了明礼一眼，满脸嫌弃。

“爸，明礼是来机场查案的。”简意红着脸解释，“我和他也是刚刚碰上，我还没有来得及跟他说你们要来。”

“嫂子。”陆天枪像只蹿天猴，蹦跶着跳过来，双脚还没站定，猛地瞅见刚被自己撞到的那位叔叔，以为他是来找茬的，“叔叔，事是我干的，我向您道歉，可您不能……”

明礼咳嗽了声，忍住抬手打他的冲动，厚着脸皮赔笑道：“叔叔，刚刚对不住了，误会误会。”

简父面无表情，简意瞪了眼明礼。

“待会儿和你解释。”明礼对简意说了声，彬彬有礼地邀请简父：“叔叔，你和阿姨刚下飞机还没吃午饭吧，我知道有家饭店，湖城的特色菜做得最好。我和简意也正好没有吃饭，我带你们过去吧？”

陆天枪摸着肚子看明礼，中午是谁吃了五个鸡腿？不对，这是个什么情况？

“我们在飞机上用过餐了。”简父手扶着行李箱，做出要走的架势，“你们忙。”

“不忙不忙。”明礼继续厚着脸皮献殷勤，“我开车送你们回家。”

“老大，我们不是还要去那家花店问半夏草的事吗？现在眼瞅着店老板该回来了。”陆天枪提醒道。

“不耽误。”明礼说，“就问两句话的事情，简意没开车，打车不方便。”

“规定刚下来，不能公车私用。”简父一板一眼道。

“不是公车。”明礼笑了下，“就我自己的车。”

几个回合下来，气氛越发尴尬，一直到简母过来，气氛才算缓和几分。

因不知道刚才洗手间里发生的事情，仅是凭外形，简母对明礼格外的满意。她察觉到简父对明礼态度不太友善后，因为自己的职业病，为了缓和他们之间的关系，她甚至主动说出“明礼就是简父最喜欢的那个款”这种话。

明礼面上波澜不惊，压着内心翻滚的骇浪。古人诚不欺我，果然是丈母娘看女婿，越看越欢喜。

有简母和简意和稀泥，简父脸色总算好了些许。

简意这才松了口气，偷空把明礼拉到一边，小声质问：“刚才怎么回事？”

“就在洗手间，我闹了陆天枪一下，他给你爸撞了个趔趄。”明礼撸了下寸头，“真不知道那是你爸。”

简意扭头就走，明礼伸手拉她，认错态度极其诚恳：“媳妇儿，我错了，我检讨，今晚回去就写千字检查。”

“今晚你还想去我那里？”简意气急，“我爸妈都在，他们不知道我和你……他们不支持同居。”

明礼：“那咱们就结婚。”

“我不跟你说这个。”简意甩开他的手，“你不是还要查案？”

“叔叔阿姨在湖城待几天？”明礼问。

“后天周一还要上班，明天就回去。”

“他们是来考察我的？”明礼面露难色，“待会儿沈梦西她们在音乐节上的节目表演结束，要把她们带到局里问话，晚饭应该不能陪你们一起吃了。今晚可能还要加班，明天如果忙的话，估计也抽不出时间。”

简意咬着唇角：“他们会理解的。”

“我就现在有点儿空，至少把你们送到家吧。”明礼捏简意的手，“我给叔叔的第一印象已经是那样了，这算是将功补过一回？”

事已至此，简意松口了：“你不是还要去花店问老板半夏草的事情吗？”

“几句话的工夫，用不了多长时间。”明礼瞧了眼简父简母的方向，往简意跟前跨了一步，背朝着他们挡住他们的视线，迅速在简意脸上亲了一口，“我媳妇儿真美。”

简意抬手擦了下脸：“在我爸妈面前，你不要这样叫我。”

明礼一脸傻笑：“好的，媳妇儿。”

一切安排好后，明礼和陆天枪去了那家花店，店老板已经等在店里。仔细查看了陆天枪拿过来的那捧半夏草后，店老板有些为难。

“可能是我们店里的，花草都长一个样，分不太清。店里的艾草和半夏草本来是不出售的，但是昨天那帮粉丝实在是太疯狂，一窝蜂过来，这几家店都被抢了个空。”

“我已经问过了，就你们这家店里有半夏草。”明礼凛声道。

“那可能就是吧。”店老板想了想说，“不过柜台下面的那堆艾草和半夏草要比这个多。”

“有多少？”

“大概这么多吧。”老板伸出两只手，拢了个圈比划着，“量上来说，大概比这捧多了那么一把。”

“进货单有吗？”明礼又问。

老板：“这个没在进货单上，是昨天进货的司机送的。”

“司机送的？”明礼皱眉，“司机在哪里？有他联系方式吗？”

“喏，司机刚送了一批货，现在还没走，应该在隔壁店卸货。”老板解释司机情况，“司机老李，这两年一直负责给机场花店送货，人挺老实憨厚，就是没什么文化。”

“麻烦带我们过去见见司机。”明礼客气说道，“你还记得昨天买走半夏草的人吗？长什么样？”

“那么多人，我当时都忙晕了，真记不住。”

“再好好想想。”明礼提示着问，“是男是女总记得住吧？”

“好像是个男的。”老板回忆，“具体长什么样我是真的想不起来了。”

如果是监控里那个男人的话，他送粉丝半夏草时都那么谨慎，买半夏草时同样会谨慎，更何况昨天店里那会儿买花的人实在多，老板就算能想起来，也不会比粉丝记得全。

明礼本来也没指望店老板能指出来买半夏的是什么人，现在有送货司机这个线索已经是一个突破。但是见着司机问过话后，又陷入了僵局。

据司机交代，花卉园每天都会丢一批卖不上价钱的花草，他有时候会从当中挑一些还能看的花草顺手送给各个花店讨个人情。那天装货的时候，他和往常一样，随手挑了一些看上去还算新鲜的艾草、半夏、满天星。

司机听说因为这把草摊上了人命官司，近四十岁的中年大汉，当场急哭，车轱辘话来回解释，又是掏身份证、户口本、驾驶证，又是给花卉园老板打电话，又是向机场花店老板求助，求证明自己的人品。

明礼见他实在是不像说假话，也就此作罢，但还是让陆天枪记下司机的身份信息和行车路线。

一通忙完后，明礼还没忘要给准岳父母买鲜花。如果不是陆天枪拦着，明礼差点儿学昨天那帮粉丝，把花店搬空。最后还是在店老板的推荐下，买了一束黄玫瑰给简父，一束康乃馨给简母。

明礼开车，陆天枪乖乖坐副驾驶位，简意陪爸妈坐在后排，气氛还算融洽。明礼搜肠刮肚想用什么招来讨简父母欢心，想来想去，想到了众父母眼里的“五好学生”顾哲，打算以他为范本，依葫芦画瓢活用一回。他努力回忆着顾哲在饭桌上是怎样和自己父母交流说话的，还好记忆力很好，顾哲说的每一句话他都记得。

一路上，简母时不时问东问西，明礼本本分分，对答如流，哄得简母脸上乐开了花。

快到简意所住小区的时候，钱进打来电话：“老大，夏天之三已经结束了表演，我现在带着她们的经纪人段云一起，正往局里赶。”

简母了解情况后，一直催着明礼赶紧回去办案，明礼还是坚持把他们送到楼下。趁着简父简母往单元门里走应该不会留意他时，明礼借着给简意拎行李箱的机会，在她腰上捏了把。

简父背后像是长了只眼睛，猛一回头。陆天枪想要吆喝都来不及。明礼像是有心灵感应，抬头看向单元门方向，四目相对，空气再次凝固。

明礼收回咸猪手，一直举到脑门擦了把并不存在的汗，再向下移到太阳穴处，嘿嘿笑着给简父敬了个礼。简父黑着一张脸转身。

简意拎着行李箱扭头，只看见了爸妈的背影。她随口问了一句：“你怎么了？”

“没怎么，我就是觉得我和你爸挺有缘。”明礼舌头顶着腮帮，瞧着简意看了会儿，冒出一句没头没脑的话：“我们今天下午去把证领了吧。”

简意愣了。

“我说真的，你偷偷把户口本拿出来。”明礼一脸认真，“我认识人，可以给咱们盖戳。”

“你脑子有病吧？”简意拎着行李箱往单元门方向走。

明礼大跨步挡在她面前，手伸进她口袋里掏出钱夹，不带停地从里面抽出身份证，再把钱夹塞回她口袋里：“感谢实名制，没身份证你偷跑不出湖城。”

简意去抢身份证：“我为什么要偷跑？”

“那就更用不着。”明礼拿着身份证抬手，举到简意踮脚再跳脚也够不着的高度，“想要回身份证，拿户口本换。”

“流氓！”

“你才是在耍流氓！”

简意一脸蒙：“你什么意思？”

“我怕你爸棒打鸳鸯，非要把你拐带走。”明礼朝着单元门看了眼，“你还是赶紧上楼吧，晚了你爸又该埋怨我了。”

简意“啊”了声，拎着行李箱往单元门里跑。家里到处都是明礼的东西，今天接到电话后直接去了机场，没来得及回家清理现场。

“哎哟，媳妇儿慢点。”明礼攥着身份证看着简意的背影笑。怕我被岳父大人骂，看把媳妇儿急得，甜到心坎里。

“老大，甭瞅了，人影都没了。”陆天枪趴在车窗上伸着脑袋说。

明礼再看了会儿，绕过车头拉开驾驶门：“就你话多。”

陆天枪坐回副驾驶位，拽着安全带往身上扣：“被未来老丈人嫌弃的这两回，可都怨不着我。”

“怎么就怨不着你？”明礼把身份证塞进裤兜里，抬手在陆天枪脑袋上甩了一掌。

“是你先抓我的啊。”陆天枪喊。

“你不看我，我会抓你？”明礼启动引擎，打方向盘上路，“洗手间那么多地方，你偏要跟着我挤一块儿。”

陆天枪扭头看窗外，假装在看风景。

明礼左手把着方向盘，右手盖在他脑袋上掰过他的脸，斜了他一眼：“哭了？”

“不是。”陆天枪摆着脑袋从他手下挣脱出来，手背抹眼角，“风沙太大，迷了眼。”

“哪来的风沙大。”明礼按着他的肩膀往车窗上推了下，“什么音儿听到没？车窗没开啊。”

“就是风沙。”陆天枪手指抠车窗缝，“老大，这车得有一年没洗吧？你看，这缝里都是土。”

“你咋不说这车就是土。”明礼骂了声，“说你两句怎么了？还给我哭上了。”

陆天枪声音低低：“我没哭。”

“我觉得我和你们所有男的都相克。”明礼拍方向盘，“简意她爸爸，她那个哥，还有你们这帮只会坑我的小子。”

“可是女的都喜欢你啊。”陆天枪巴结道，“嫂子喜欢你，丈母娘也喜欢你，喜欢得不要不要的。”

这通话明礼听在耳朵里，眼睛不自觉地眯起来笑：“你嫂子她妈妈真喜欢我？”

“真，喜欢。”陆天枪把中间的停顿念出来，“比针尖还真。”

明礼得意了一路，车进市局大门的时候，他想起来问：“你觉得在你嫂子他们家里，谁说话管用？她爸还是她妈？”

陆天枪想了想，说：“叔叔气场大，看起来很可怕，阿姨人就随和亲切多了，应该压不住叔叔吧？”

明礼的脸拉了下来。

“其实，这种事情吧，老大，我问你。”陆天枪看着明礼说，“你平时这么凶，逮谁凶谁，也没少凶嫂子吧？那我问你，凶完以后，是嫂子听你的？还是你听嫂子的？”

明礼停好车下来锁车，一路想到办公室门口，骂了声说：“好像每回都是我听她的。”

“那不就结了？”陆天枪一副我懂的表情，万分肯定道，“你老丈人肯定也是听你丈母娘的。”

明礼觉得陆天枪说得极其有道理，那叫一个豁然开朗神清气爽。他从墙角里扒拉出一箱牛肉干：“全赏你了。”

陆天枪两眼冒星星。

“老大，郑乐乐的父母也跟过来了。”钱进冲进办公室，看清陆天枪怀里抱着一箱牛肉干，瞬时就不乐意了，“你在老大眼皮底下偷东西吃？”

“是老大赏我的。”陆天枪抱紧怀里的宝贝，“你不信问老大。”

“我刚把他训哭了，这一箱牛肉干，算是我赔礼道歉。”明礼拿起保温杯去饮水机前接了杯水，说道。

“会哭的孩子有糖吃？”钱进看着陆天枪怀里的牛肉干，肚子也饿了。

明礼喝完水转身，看见钱进挤眉弄眼地酝酿感情，他突然有一股不祥的预感。你该不会给我来个撒泼打滚吧！

明礼和陆天枪直愣愣地看着挤眉弄眼的钱进。钱进挤了一通，一滴泪没挤出来。他来了个急转身，从裤兜掏出一根朝天椒，背对着他们在掌心把朝天椒揉巴烂，抬起手就往眼皮上抹。

明礼拿着手里的保温说：“别以为背对着我，我就看不见你手里的小辣椒。”

钱进转身，一双眼睛泪汪汪：“老大……”

一个个戏精。明礼摁着额角的青筋，抬脚从墙角的一堆废物里踢出来一箱火腿肠：“滚吧。”

钱进这才去搬地上的火腿肠：“谢谢老大。”

“出门甭说我是你们老大，丢不起这个脸。为了一口吃的，至于吗？”

“不一样。”陆天枪说，“老大给的，吃起来分外香。”

明礼恨不得踹他们两脚：“回去把你们的食儿锁柜子里藏好，赶紧干活。”

“是，老大。”陆天枪和钱进抱着箱子一个比一个溜得快。

“出息。”明礼锁上办公室门去审讯室。

二楼走廊上传来一阵阵哭声，几个女警端茶倒水递纸巾在劝。

明礼瞅了眼，正是郑乐乐父母。白发人送黑发人，这样的失独家庭他见多了，再次见着，心情还是有些沉重。

郑母看见明礼，使蛮劲撞开两个女警，哭着冲过来，扑通跪在地板上，抱着他的裤腿恸哭："领导，你一定要为乐乐做主。我们乐乐还那么小，身体一直很好，没得过什么病，不可能会猝死。一定是有人杀了她，她不是自杀的，她下飞机还跟我打电话，有说有笑，怎么可能会自杀……"

两个女警过来要拉她，郑母跪在地上牢牢抱着明礼的裤腿死不撒手，女警怎么拉都拉不开她。

"明队。"女警为难道。

明礼点了下头，就地蹲下来，开口问道："谁跟你说的郑乐乐是自杀？"

明礼声音大，气场更大，那么大个架子蹲下来，气势丝毫不减，甚至因为空间缩小逼仄，气场密度也跟着增大数倍。

郑母停止号啕，抬头看明礼，原本蹲在墙根抱头默默流泪的郑父扭头看过来。

"谁跟你说的郑乐乐是自杀？"明礼又问了一遍。

"乐乐公司的人，还有网上都这么说。"郑母哆嗦着嘴唇，眼泪再次下来，说话嗓音都变了调，"今天上午你们的一个警察也是这么说的。"

"哪个警察说的？"明礼问。

"是他，他说的。"不远处蹲着的郑父突然站起来，指着刚过来的钱进，大声嘶吼道。

钱进被吼蒙了。

"你，过来。"明礼瞪着他，高喝了声。

钱进不敢怠慢，小跑过来："老大，怎么了？"

郑父踉跄着跟过来。

"你跟他们说的郑乐乐是自杀？"明礼问。

“没啊，我没这么说过，绝对没这么说过。”钱进一连三遍否定，一声比一声坚决。

“你怎么没说？”郑父扯着钱进的胳膊和他理论。

郑母哭声渐大，眼看又是一场混乱。

“钱进。”明礼吼了声，压住所有声音，“关于郑乐乐的死，你原话是怎么说的？”

郑父块头比钱进小了两个号，他虽然用了十成的力气去拉扯钱进，钱进依旧像个木桩，稳稳当当。

“我就说，法医初步判定，郑乐乐是心源性猝死。”钱进说。

“没了？”明礼问。

钱进：“没了，就这句话。”

“我家乐乐身体一直很好，高一入学的时候刚做的体检，心脏没有毛病。”郑父血红着眼睛说，“她脸上的刀伤不可能是自己划上去的！一定是被别人害死的！”

郑母肿着眼睛，眼神无光地看着明礼：“领导，你说句公道话，我们信你的。”

“心源性猝死，不是自杀。”明礼看了郑父一眼，沉声道，“郑乐乐脸上的刀伤也不是她自己划上去的。”

这句话像一颗定心丸，郑父松开钱进的胳膊，明礼也感觉到自己裤腿上的那双手松了松。

明礼看着郑母，继续道:“具体死亡原因，前因后果，有没有凶手，凶手是谁，在她脸上划刀的是谁等等，诸如这些，我们警方一定会尽快查清楚给你们答复。”

一直站在一旁束手无策的女警趁机劝道：“这位是我们队长，全市办案效率最高的一个警察。乐乐的案子是他亲自来查，每分钟时间对他来说都很宝贵。多耽误他一分钟，乐乐就多蒙冤一分钟。”

郑母听了，迟疑地抬头看明礼。他眉宇间流露出来的力量，无端使人信服。

郑母松开了他裤腿上的双手，嘴唇颤抖：“领导，我们家乐乐能不能闭上眼，全靠你了。”

“我一定会尽力，但是警方开展工作需要你们配合的时候，希望你们不要隐瞒，积极配合。”明礼严肃道。

“一定积极配合，一定配合。”郑母在两个女警的搀扶下，站了起来。

明礼在地上蹲了一会儿，捏了捏眉心，站起来：“给他们倒杯热水润润嗓子。”

两个女警应声。

“谢谢领导，谢谢。”郑父郑母连声道谢。

女警把他们引导到走廊上的长椅上坐着，递水递纸巾，郑父郑母情绪逐渐平稳下来。

明礼走到钱进跟前：“吃吃吃，就知道吃，嘴巴除了吃和呼气就没一点儿用处，两句话的事情都说不好。”

“我说了，但是他们不信。”钱进又小声嘀咕了声，“我想可能是因为我不是领导吧。”

“我问你，你问过郑乐乐父母没，关于郑乐乐的身体情况，她的情绪刺激源是什么？”明礼问。

“我问了。”钱进朝走廊长椅上坐着的郑父郑母瞧了眼，“但是他们刚才的样子你也瞅见了，他们说郑乐乐身体健康到不行，根本不可能是自己身体的原因猝死。”

明礼拧了下眉：“你现在去找吴砚，让他从法医角度解释一下什么是心源性猝死，市局名称抬头的稿纸打印出来，我现在就用。”

“好，我这就去。”钱进跑着上楼。

明礼去了趟洗手间，刚掏出一根烟想要点上，钱进拿着一张纸跑来：“老大，好了。”

明礼接过来从头到尾扫了眼：“我先去找郑乐乐父母问话，段云她们三个隔离开了吧？”

“三个单间，没收了手机。”钱进又加了句，“可是我觉得吧，都过去一天一夜了，她们有什么话早串通好了。”

“有没有串通好，待会儿问问就知道了。”明礼把烟塞回烟盒里，拿着纸往走廊方向走，“你和陆天枪去查下给机场花店送货的那个司机。”

“哪个司机？”

“去找陆天枪，他知道。”

“是。”

明礼远远看了眼走廊长椅上的郑父郑母，身影悲怆苍凉。他叹了口气，抬手腕看时间，经过这么一折腾，已经是下午五点。

接风宴看来是泡汤了，人不能到，礼节要到。明礼想了想，掏出手机给湖城最贵的万豪酒店打电话，包了个最贵的包厢，订了桌最贵的菜。挂断电话后，他给简意发微信，大概说了这件事，顺便把万豪酒店的地址和电话发了过去，交代她去之前给酒店打电话，酒店会派专车去家里接。等了半分钟，简意没回，明礼想着马上就要问郑父郑母话，不方便接打电话和回信息，索性直接拨号过去，电话接通。

“媳妇儿，户口本偷出来了？”明礼问。

“喂。”电话那头一个声如洪钟的男声。

明礼一哆嗦：“叔叔好。”

简父不急不躁地问：“你是哪位？”

“我是明礼，简意男朋友。”明礼尽量使自己声音平稳，“叔叔，我今晚要加班，很抱歉不能陪你们吃晚饭。我刚订了一桌菜给您和阿姨接风，地址我发在简意手机上了，请您谅解我的遗憾缺席。”

明礼觉得自己在背公文，遗憾缺席，听听这词……

“谢谢你的款待，心意呢我和简意她妈领了，但是我们已经决定在家吃晚饭，就不劳你费心了。”简父一副拒人于千里之外的态度，用官方语言客气道。

“没费心，”明礼顺嘴说出来，“又不是我做饭。”

空气突然安静了三秒，有种死亡般的沉默。

明礼抬手打了自己一巴掌，好想说“喂喂喂，我信号不好，你说什么？我听不清”，说完就挂掉电话装死。结果，还没轮到他说，电话那头的简父大声说：“喂？怎么没有声音？”

嘟嘟嘟……

简父挂断了电话。

明礼看着黑屏了的手机。这个操作？岳父大人，你好棒。从另一个角度来说，咱俩真是……心有灵犀不点就通！

明礼迅速找出一百零八个理由自我安慰了一番，到底没有勇气再把电话打过去，简意总能够看到微信。媳妇儿，对不住了，今天的烂摊子你来收拾吧。我兜里有你的身份证，不怕。

明礼瞧了眼走廊那头的郑父郑母，敛了敛神情，大步走过去。

“爸，谁的电话？顾哲吗？”简意把刚买来的菜放好，从厨房走出来问。

“谁给你介绍的男朋友？”简父黑着脸把手机扔到沙发上，“顾哲怎么不管管？”

“没人介绍，就……自由恋爱。”简意硬着头皮走过去，从沙发上拿起手机，迅速翻了翻通话记录和微信消息。她绕开火气正旺的简父，拿着手机跑去卧室找简母：“妈，不用做饭了，明礼在酒店订了桌菜。”

“不许去！”简父厉声喝道，“顾哲电话怎么打不通？我非要问问他是怎么管你的！”

“爸，你别老是给顾哲打电话，他是公司老总，每天都忙得要死。电话打不通应该是在开什么公司高层会议。”

简意觉得自己今天大概要忙死，不仅要给明礼的种种行为来个完美的解释，还要圆顾哲的谎。她再挣扎了下，小声说：“还有，这个事情你不能怪顾哲，其实他也不喜欢明礼来着。”

“顾哲都管不住你？反了你了！”简父气得拍沙发，“那个寸头给你灌的什么迷魂汤！”

“爸，”简意往卧室门里瑟缩了下，“不是我说你，你这是窝里横，今天当着明礼的面，你怎么不和他对杠？”

“简意，”简母叫住她，向她招手使眼色，“还想不想今晚出去吃饭？”

简意小声嘀咕：“我爸就是这样，还不是看着明礼不好惹，怕在气势上输给他，就回来骂我，专拣软柿子捏。”

“作为一个长辈，在外人面前，这是基本的修养。”简父压着声音，怒气值飙升。

“你不用和他讲修养。”简意闪身进卧室，手搭着门把露出一个脑袋说，“当然，我意思不是说他不是外人。我的意思是，你也看到了，他这个人没有修养。”

“你！”简父气得抓起右手边的沙发垫。沙发垫抓起来，下面静静躺着一把刮胡刀。简父放下沙发垫，狐疑地拿起刮胡刀。

今天提前一分钟进家门，客厅、沙发、洗手间她扫荡了个遍，谁会想到沙发缝里还有个刮胡刀！

“顾哲的，这是顾哲的刮胡刀。”简意迅速关上卧室门反锁。

简母拆换着床上的床单被罩：“你又不是不知道你爸爸的脾气，你和他争什么争？”

“妈，床单被罩我都是刚换的，还没到洗的时候。”简意背靠着卧室门，胆战心惊地扫视着卧室里的每样东西，检查着是否还有什么遗漏的小零碎。

“还不脏？你瞅瞅……”简母扯下床单，整个人石化。

“怎么了？”简意走过去。

枕头下面一层的套子，花花绿绿。

“这些也是顾哲的？”简母打破沉默。

简意涨红着脸，先是回头看了下卧室门，确定房门反锁着，她这才爬到床上，把这些花花绿绿的玩意儿扒拉到自己口袋里。

“不错，还懂得做保护措施。”简母拿着一张新床单，继续铺床，语气平静道。

简意想一头撞死在墙上，嘴上还是强行说：“妈，其实我和他，我们……”

“你先别说话。”简母说，“我想静一静。”

简意站在墙角抠墙皮，人生史上第一尴尬。

整个家里诡异的安静，就连待在客厅的简父也没了音。简母换好床单被罩，又抱着丢进洗衣机里洗好晾起来，再把家里的地拖了一遍。以往每次大生气的时候，简母都是不停干活来发泄情绪，等家务活做完了，情绪基本上也发泄得差不多。

简意深知这一点，所以简母干活的时候，她没拦着，只是默默缩在墙角。简母拖地拖到她跟前时，她还主动抬了抬脚，挪了个地方。

四十分钟后，简母一切收拾妥当，冷冷道：“现在说吧。”

简意：“我……”

“不是跟我一个人说。”简母推开卧室门，“到客厅，跟我和你爸爸一起说。”

“我爸他不会打人吧？”简意弱弱地问了声。

我今天挨一下打，明天就千万倍地还在明礼身上！

简母没说话，走到客厅挨着简父一起，坐在沙发上。简意低头盯着脚尖出去，不敢坐不敢吭声，气都不敢大口喘。

三分钟过去，没人开口。

简意眼睛余光去瞄——简母眼圈微红，简父依旧拿着那个刮胡刀，脸色凝重，像是受了什么严重打击。

“爸、妈。”简意站在他们对面，眼观鼻鼻观心。

“不是顾哲的刮胡刀。”简父终于开口，沉吟道，“顾哲讲究细致，不会用这么糙的东西。”

“那就是明礼的。”权衡再三，简意豁出去，打算采用迂回战术，以退为进的策略，“我先跟你们说说我和明礼认识、恋爱的过程，我说完以后，如果你们都不同意，我立马和他分手。”

“在你说以前，我先问问。”简父怒其不争地看着简意，说，“这个明礼，确定是你顾叔叔说的，他老领导家的儿子？”

简意点头。

“不是干儿子？”简父又问。

简意摇头：“不是。”

简父再问：“不是私生子？”

简意：“不是。”

简父最后一次确认：“他们家的独生子？”

简意：“是。”

简父一脸的不可置信：“怎么会有这么个儿子？”

一直沉默的简母问：“你和他在一起，是看上了他这层身份？”

“不是不是。”简意抬起脸，慌忙摆手，“我和他确定恋爱关系后，顾哲告诉我，我才知道的，不信你们可以问顾哲。”

简父母对视了眼，简母叹了口气：“你说吧。”

简意早已想好了怎么说，无非就是美化美化再美化，真真假假掺和着，烘托明礼的“伟光正”形象。不能提自己被绑架过，也不能交代自己现在是娱乐记者，更不能说他们第一次见面，她被明礼关进局里饿了一天。

“我先喝口水。”简意自顾自走到茶几前拿了个水杯，接了一杯水咕噜噜喝完，开始讲。

“我有次出去采访，在停车场意外撞见有人在行凶犯罪，因为我当时手里拿着相机，那伙行凶的人以为我把他们的犯罪过程拍了进去，就开车撞我想要抢走我手里的相机。我拼命地跑，但是我跑再快，也跑不过四个轮，就在我跑不动要被撞飞的时候，正在路上散步的明礼出手救了我……如果他的手晚一秒抓起我，我就会被卷到车轮下，不是残废也是死……

“我们就是这样认识的，后来因为工作关系，我们再次见到，我帮了他一个工作上的忙，这才熟悉起来……

“我今年可能流年不利有点儿背，出门在外老是遇到各种事故，前段时间我和同事们一起上山采风，好死不死，碰到一个连环杀人案的凶手。

“凶手可能觉得我比较面善，那么多同事他不挑，就挑中了我，说让我替他保管一下包裹。怪我没有防备心，答应了他以后，才知道那个包裹是炸弹。

“当时倒计时没多少时间了，我给明礼打电话求救……他拆完炸弹的水银杆后只有几秒的时间了，明礼当机立断，扯下我身上的炸弹，抱着我……抱着炸弹就跑……”

简意说完这些，看着脸上表情万千复杂的简父简母，道：“要不要我现在和他提分手？我听你们的，分手以后我就和你们回家，听你们安排去相亲。”

“意意，”简母红着眼哽咽道，“你出这么大的事怎么不跟爸妈说一声？”

“怕你们担心。我这不是好好的？”简意说，“不过这些顾哲都知道。”

“你这孩子。”简父满脸疼惜。

“分手还是早分的好。”简意咬咬牙说，“今天分清，明天我就能和你们一起回家。”

简父看了下时间，从沙发上站起来：“天不早了，先去吃饭吧。”

“爸？”简意试探着叫了声。

简父：“还有什么话，吃饭的时候再说。”

简意：“好，我这就去做饭。”

“做什么做。”简母抹着泪起身，“明礼不是订好了一桌菜？”

简意：“出去吃？”

简父瞪了她一眼：“你要想做，可以在家吃。”

“那咱们还是出去吃吧。”简意吐了吐舌头，转过身给自己比了个剪刀手。

市局，明礼办公室。

郑父郑母拿着市局名称抬头的稿纸，盯着上面的心源性猝死的解释来来回回看了好几遍：“领导，这些都是实话？”

“这上面每一个字，都是有科学依据的。”明礼从抽屉里拿出来刻有自己名字的印章，“你们要不信，我可以当着你们的面给你们盖个章。”

郑父把稿纸放到桌上，弓身推到明礼手边：“不是不信，是看着这个红戳，心里踏实。”

明礼表示理解，打开印章沾了沾红泥，在稿纸上面的字上盖了个章。

“好好好。”郑父拿着稿纸，连声感谢。

“我刚才给你们的解释，还有不明白的地方吗？”明礼耐心问。

郑父母：“懂了懂了。”

“是这样，我接下来要问你们的问题，都是为了早日破案，希望你们如实回答。”

“领导，你问吧，只要是我们知道的，一定会照实说。”

“郑乐乐从小身体状况怎么样？尤其是心脏方面。”

“我说过，乐乐身体一直很好！”郑父突然站起来，情绪十分激动。

明礼抬手示意他坐下：“只是例行询问。”

郑母拉了下郑父的胳膊，把他拽回到椅子上。

明礼看着他们，接着问：“你们家族有心脏方面的遗传病史吗？”

“没有！”郑父怒目圆睁，随时都能从椅子上跳起来。

明礼不怒不火，语气寻常地说：“反正这些，警方也能查出来，我之所以问你们，是想省去这些烦琐的程序，尽早破案。如果你们还是这个态度和情绪，我可以不问，直接走程序查。”

“不用走程序，领导你问。”郑母连忙说。

明礼：“或者我等你们情绪平稳后再问。”

“不用不用，我们现在情绪很平稳。”郑母扯了下一旁的郑父，“领导问这些是为了给乐乐查案，是就是，不是就不是。照实说，领导又不会歪曲事实。”

郑母这番话明面上是斥责郑父不配合问话，实际上是说给明礼听，希望他能秉公处理。明礼自然懂这些，他没说什么，只是点了下头。

郑父这才收敛一些脾气：“刚才我是有些急躁。”

“理解，你们昨晚一夜没睡吧。”明礼体谅道，“我很快就问完，你们也好回去休息下。”

“问吧。”郑父吞咽了口唾液。

“为了节省时间，我就直接问了。”明礼说，“郑乐乐伤害自己的行为是从什么时候开始的？”

郑父郑母身形顿住。郑母张了张嘴，没说出一个字。

“她身上的那些刀痕，你们昨天见过。根据伤口的闭合性和郑乐乐手机里的相关搜索记录，警方也可以推断出来，她是从什么时候开始有这种行为的。我想知道的是，你们是从什么时候发现她有这种行为的。”

明礼看看郑母，又看向郑父，严肃道：“刚刚在走廊上，你说郑乐乐脸上的伤不是她自己划上去的。一般正常人在看到她脸上的那两道伤后，都不会联想到是她自己动的手，尤其你们是郑乐乐的父母，只能说明，你知道她以前有过这样的行为，所以才极力争辩说这次的伤不是她自己割的。”

郑父瞳孔剧烈地收缩着，痛苦得双手抱头，声音哽咽：“是乐乐妈先发现的。”

明礼视线落在郑母脸上。

郑母哆嗦着嘴唇，呜咽道：“八月份暑假的时候，我们一家三口去海边旅游，到了海边自然是要下海游泳的啊，但是乐乐她死活不去换泳衣。我骂了她一顿，拉扯着她要脱她衣服，这才发现她身上的伤。”

“她刚开始说是练舞碰伤的，就算是碰伤，也不能回回都碰到钉子吧。”郑母哭了一会儿，断断续续说，“后来在我的逼问下，乐乐才松口说是她自己弄的。她的皮那么嫩，怎么就下得去手？”

“她有说什么原因吗？”明礼问。

“乐乐说是当了明星后，压力大，经纪公司压榨厉害。”郑母哭着说，“我当时就说咱们学习也不差，不当什么明星，好好上学就行了。可是乐乐说和公司签有合同，毁约的话要赔好多钱，我们全家的所有积蓄都不够。”

提起经纪公司，郑父情绪再次开始激动，先是谴责公司这种霸王合同，再是谴责今天网上传出“郑乐乐是自杀的”这种舆论。

“如果郑乐乐的死真和她所在的经纪公司有关，警方一定会秉公处理，不会因为谁的势力大就偏袒谁包庇谁。”明礼打断他，“针对公司今天的所作所为，法律有规定，在网上造谣生事转发量超过五百，是可以量刑定罪的。你们可以起诉公司，至于怎么个告发，你们待会儿可以咨询在外面等着的警察，她会告诉你们怎么走相关流程。”

“好好好。”郑父郑母再次吃了颗定心丸，“真是太感谢你了。”

明礼摆了下手：“最后一个问题，郑乐乐有没有特别害怕或者厌恶的东西？你们仔细想想，这一点很重要。”

郑父母对视，皱着眉回忆。

明礼再提示道：“或者你们想一下，郑乐乐情绪有什么变化。如果有的话，是什么东西引起的这种极端情绪变化。”

“就是哭，不停地哭。”郑母流着泪说。

“还有尖叫。”郑父补充了句。

“尖叫？声音大吗？”明礼皱眉问。

“她在自己房间关上门，我们隐隐约约能听见。”郑父眼睛浑浊，“次数不多，统共也就一两回，都是在夜里，刚开始我们以为她是在做噩梦。”

“噩梦？”明礼追问道，“尖叫声是恐怖的那种吗？”

郑母点头：“像是看了恐怖电影后受了惊吓的那种叫声。”

“她在尖叫以前，接触过什么东西？”明礼赶紧问，“或者说看到听到什么。”

“好像没有。”郑父回忆道，“我砸开门冲进去的时候，她屋里什么也没有。问她，她也不说，只是哭。”

“看起来很害怕的样子，”郑母补充，“当时她房间里是关着灯，我和乐乐爸打开灯陪着她说了会儿话，她情绪才慢慢稳定下来。”

明礼：“还有吗？”

郑母摇头，过了会儿，她突然说：“我想起一件事，不知道有没有用。就是我当时给乐乐倒了杯热水，端给她的时候，她刚碰到水杯，手猛地缩了回去，好像很害怕什么东西。”

明礼：“怕水吗？还是水杯？”

“不是。”郑父思索道，“乐乐情绪稳定下来后，主动拿起那杯水喝了。”

“那你们好好想想，她怕的东西是什么。”

“好像是毛绒玩具？”郑母不太确定道，“乐乐以前挺喜欢，后来也不知道是长大了还是怎么了，她把家里所有的毛绒玩具都装进纸箱里放在了储物室。还有走在大街上看到那些布娃娃之类的东西，她看都不看一眼，有时还会躲得远远的。”

郑父接着说：“如果这个也算的话，我记得乐乐从小都不害怕猫啊狗啊这些小动物，但是上次，就上个月，吃过晚饭我们出来在小区散步，本来走得还好好的，路边草丛里突然蹿出来一只黑色的小野猫，乐乐当时吓得不轻，吵着要回家。回家以后，她的脸色还是白的。我们当时没当回事。乐乐这次出事，是和猫有关吗？”

郑乐乐的情绪刺激源是诸如猫之类的毛茸茸的东西。

“有没有关系，我们会调查。”明礼想了想问，“最早发现她的这种情况，是什么时候？”

郑父母回忆道：“今年暑假。”

“在你们发现她有伤害自己的行为前，还是之后？”

“之前吧？”郑母不太确定地看向郑父。

“是在之前。”郑父确定道，“散步碰到野猫的时候，我们还没去海边。”

明礼围绕着这个话题，又问了一些相关的问题。

“今天先这样，谢谢你们的配合，你们如果想起来什么，还请及时告诉我们。”明礼最后站起来说，“你们最好回家一趟，看看郑乐乐房间有没有日记本之类的东西，也是一种查案线索。”

“好，谢谢领导，乐乐的事情就全拜托你了。”

郑父郑母几乎差点儿要跪下来道谢，明礼连忙拦住他们，叫过来两个警员，把他们搀扶走。这些问题，本来半个小时就可以搞定，但是因为郑父郑母的情绪不稳定，一直耗了将近两个小时。送走他们，明礼已经是饿得前胸贴后背。他扒拉出一桶泡面，去饮水机前接了开水泡上，再找香肠的时候，翻遍整个柜子也找不出一根。

明礼给钱进打电话：“给我送两根香肠，速度。”

“得咧。”钱进应了声，拿着两根香肠一阵旋风跑过来，“老大，段云她们吵着要吃饭。”

“审完再说吧。”明礼撕开香肠。

钱进：“哦。”

明礼把香肠丢进泡面桶里：“带上门。”

钱进老老实实跑步出去带上了门。

明礼这才拿出手机，简意发给他一张照片，满桌的豪华大餐。他看得直流口水，看来到底还是去了万豪酒店。媳妇儿真厉害。

明礼刚敲了一个“媳”字，眼皮跳了下，赶紧把这个字删掉，谁知道屏幕后面躲的是谁。

明礼冥思苦想，敲过去一行字：“李思录出事的那个停车场叫什么名字？”

简意很快回：“鸿卫酒店地下停车场，怎么了？”

明礼长舒一口气：“暗号对上了，确认你是我媳妇儿。”

“咱们想一个接头暗号吧，对上的是媳妇，对不上的我就闭嘴不说话。”

“天王盖地虎，媳妇最神武。”

“宝塔镇河妖，老公一点儿也不孬。”

“今晚的夜色真是美，再美也没媳妇美。”

简意看着刷屏的一条条暗号，乐到不行：“呆子，我们刚开始吃饭，你吃了没？”

明礼把泡面盖揭开，拍了张照片过去：“马上开吃，刚送走郑乐乐父母，待会儿还要去问段云她们三个。”

简意发了个可怜的表情图。

明礼又起一筷子泡面塞进嘴里，边嚼边敲字回：“媳妇今天好厉害，想要什么奖励？我都能满足你。”

简意笑：“我先想想。”

对桌的简父咳嗽了声，简母给他夹了一筷子菜，给简意使眼色嗔怪道：“你抱着手机傻笑什么，不吃饭了？”

简意把明礼刚才发给她的泡面照片点开放大，手机屏幕朝着他们，说：“明礼刚得了空，正在吃泡面，吃过泡面还要接着审人，今晚是铁定见不了你们了。”

简父哼了声。

“明礼这孩子真辛苦。”简母先是感慨了句，又说，“今天周六，他还要上班？”

“刑警工作都这样，不分周六日。”简意说着，拿着手机快速敲字发给明礼，“要吃饭，不和你说了，我还要接着夸你呢。”

一桶泡面，明礼吃出了万豪酒店贵宾餐的味道。媳妇儿好可爱，想亲，亲不到，好惆怅。

明礼把泡面桶一推，扯一张纸巾在嘴巴上擦了一下，直接去了沈梦西待着的那个审讯室。

沈梦西一见着明礼，像是上课班长喊起立一样，规规矩矩站起来，甚至还鞠了一躬。明礼拉了把椅子，直接坐在她对面，沈梦西这才战战兢兢跟着坐下。

“叫什么名字？”明礼问。

“沈梦西。”唯唯诺诺的一声。

“沈梦西。”明礼确认似的念了遍她的名字，翻着手里的笔录本，“你昨天说郑乐乐不爱笑，是吗？”

“是。”

“为什么这么说？”

“陆警官问我乐乐的缺点是什么，”沈梦西两手交叉紧扣，眼睛盯着桌面，“我想不到她有什么缺点，如果硬说有的话，就是不太爱笑。”

陆警官？要不是看着笔录那页签着陆天枪的大名，明礼还一时没反应过来这个陆警官是谁。

“郑乐乐怎么死的你知道吗？”明礼沉声问。

“段云姐说乐乐是自杀。”

“你觉得呢？”

“我？”沈梦西猛然抬头，看了明礼一眼，被他的眼神吓退，又慌忙低下头，“我不知道，我不知道。”

“不知道？”明礼合上笔录本，手掌重重拍在上面，厉声说，“不知道她怎么死的，你会说她不爱笑？”

明礼这一掌下去，震得桌子晃了三晃，连带着沈梦西的肩膀也跟着抖了抖。

“我真不知道。”沈梦西带着哭腔坚持说。

明礼从文件袋里掏出一张郑乐乐死时的脸部特写照片，伸胳膊过去塞到沈梦西手心里：“你回忆回忆。”

沈梦西只瞧了一眼，就尖叫着把照片扔了出去，脸色发白，身体发抖。

“郑乐乐、段云以及尚小蕊相继从化妆间出去后，你也随后出去，你说是去上洗手间。昨天陆警官给你做笔录时，陆警官记得很清楚，你当时犹豫了下，磕磕巴巴地说你去的是东边的洗手间。”

明礼眼神凌厉，看着她说：“从化妆间出来，要去洗手间必须要穿过一个门洞。据我所知，门洞左边的墙上贴了一张白色A4纸，上面有个向左的箭头，纸上写着‘西’，门洞右边的墙上则是张海报。你们所在的排练楼结构复杂，方位不正，这是你第一次去民族剧院，从机场坐车到剧院停车场，段云就领着你们直接来了化妆间，你没有多余的时间来熟悉剧院结构。这种情况下，一般正常人都会用左右来区分方向。陆警官昨天问你时，你犹豫了下，说你去的是东边的洗手间。犹豫的时候，你在想什么？”

沈梦西瞪大眼看着明礼。

“你当时在回忆门洞墙上左边白纸上的那个‘西’字！”明礼直视着她，“因为你去的就是西边的洗手间，你之所以说去的是东边洗手间，是因为你在西边洗手间附近的楼梯间里碰见了郑乐乐。”

沈梦西握在一起的双手因为紧张用力，指节逐渐发白没有血色。

“据司机交代，从机场到民族剧院这一路，挨着郑乐乐坐的人一直都是你。我们检查郑乐乐的遗物，发现她的文具袋里少了一把美工刀。”

说到这里，明礼站起来，双掌撑在桌上，身体前倾，逼近道：“你有足够的时间和机会偷拿郑乐乐的美工刀，西边洗手间的楼梯里，郑乐乐发生了什么事情，想必你很清楚。”

沈梦西：“我……”

明礼声色俱厉道：“因为郑乐乐不爱笑，所以你在她脸上划了个笑脸。”

“不是我。”沈梦西害怕到放声大哭，“我没有偷拿乐乐的美工刀，我更没有拿刀在她脸上划笑脸，不是我。”

“不是你，会是谁？”明礼坐回椅子上。

沈梦西哭了好一会儿，才断断续续说：“在车上的时候，我看见乐乐偷偷从背包里拿出了一把很小的美工刀装进了口袋里。我当时装作没看见，是因为我听尚小蕊说过，乐乐有个怪癖，喜欢自残。”

“我是去的西边的洗手间，昨天我说了谎，是怕被怀疑。”沈梦西哭道，“我说去洗手间，其实是因为我紧张，想出去走一走。到楼梯间，看到了墙角里坐着的乐乐，我以为她也是因为紧张躲起来了。我叫了她两声，她没有反应，我走过去，才看到她脸上的小丑笑脸。”

沈梦西捂着脸痛哭：“我当时害怕极了，就跑回了化妆间。刚坐了一会儿，尚小蕊过来，又过了一会儿，段云姐和那个记者姐姐一起过来。”

“回来以后，你怎么不帮忙打120叫救护车？”明礼问，“只凭看一眼，你就能确定她已经死了？”

“不是，我伸手过去探了探她的鼻息，她没有了呼吸。我晃了她两下，她头歪在一边，就和死人一样。”

明礼记得他看到郑乐乐时，郑乐乐的脑袋是歪在一边，头发散下来盖住了左半边的脸。沈梦西准确说出郑乐乐脸上的小丑笑脸，加上她刚才的说辞，推敲下来，也无不可。

第三个人拿着郑乐乐的美工刀，在她脸上左右嘴角上各划了一刀后，再拿着美工刀逃离现场。

明礼想了想：“当时楼梯间除了郑乐乐，还有没有其他人？”

“没有，就她一个人。”沈梦西肯定道。

“你离开化妆间的这段时间，有没有见到尚小蕊？”

“没有。”沈梦西口吻坚定。

“也就是说，你刚才说的那些，只是你的一面之词，没人给你做证，郑乐乐脸上的那两刀到底是不是你划上去的。”

“不是我，我刚才说的都是真话。”沈梦西开始新一轮的大哭。

明礼捏眉心，沈梦西的证词和他以前预想的基本一样，笑脸不是她划上去的，她看到过郑乐乐的死状。原本还指望她能看到凶手，但是她坚决说没看到。如果她看到凶手，没有包庇的理由，除非凶手是她认识的什么人。

明礼拿笔在纸上写下“沈梦西家庭及交友情况调查”一行字，问：“压力大时，尚小蕊呢？她一般怎么排解压力？”

“小蕊她……应该和我一样，也是会出去走走。”

“段云知道这些吗？”

“知道。”

“在陌生后台乱走，怎么不害怕被骂？”明礼问。

“实在是紧张。”沈梦西哭声说。

明礼不置可否地略过这个问题，问她：“今年暑假或者暑假之前，郑乐乐有没有什么异常？或者说她身上发生过什么事情？”

沈梦西擦着泪摇头：“我和乐乐不在一个市区，我们平时联系很少，她不太爱说话，没有主动提及过自己的私事。”

“郑乐乐有没有什么害怕的东西？玩具或者动物？”

“我不太清楚。”

“你再好好想想。”

沈梦西没说出个所以然来，由她的说辞上来看，夏天之三组合的关系没有公司宣传的那么好，除了排练和演出，私下里基本没什么联系。

明礼又问了她几个相关的问题，没问出什么有价值的东西，再分别见了段云和尚小蕊。

她们的说辞基本一致，尚小蕊说她溜出去是想放松，就看见段云领着简意去往化妆间方向，她怕被骂，提前溜回了化妆间。段云则是说她给夏天之三在化妆间找好位置后，就接到了简意的电话，她是一路讲着电话离开化妆间直到见到简意为止。

明礼把她们各自的证词整理汇总后，没发现有明显漏洞的地方，更是没有直接证据证明郑乐乐的死和她们当中的谁有关系。她们态度配合良好，也表示如果警方需要，会随时来市局接受调查和问话。没有再押着她们不放的确凿性证据，遂放了她们出去。

明礼本来还想着去找陆天枪和钱进，问问他们那里的调查情况，看了看时间，已经是夜里十一点多。他揉了揉眉心，捞起外套出去，边下楼边给简意发微信：“今晚的夜色真美。”

手机很快进来一条：“呆子。”

明礼唇角翘起，把刚才那句话复制粘贴了一遍发过去：“今晚的夜色真美。”

等他下楼出去，简意也没有回消息。嘿，她又害臊了。

明礼迎着鬼哭狼嚎的夜风去停车场，抬头看了看天，不见一丝月明，更没有什么星星，夜色美个屁。简意没回他，他也不再发，直接驱车离开市局去简意的小区。

我是个有原则的人，说好的对上暗号再说话，对不上暗号我就是闭嘴不说话。

吉普车刚驶出市局大门，手机进来一条消息，他点开——“再美也没媳妇美”。

明礼看着这几个字笑出声，他直接拨号过去。

“媳妇儿，”明礼笑道，“还没睡？”

简意从卧室轻手轻脚溜出来，推开浴室门反锁，小声说：“在等你电话。”

“想我了吗？”明礼放轻声音问。

简意靠着洗手台，左手拿着手机，右手食指蘸着洗手台上的水，指尖来回画着圈圈，翘起小腿慢悠悠晃荡着，唇间吐出一个字：“想。”

简意的声音轻柔，带着点儿羞涩和妩媚。

明礼的心脏剧烈跳动了下。轻轻一个字，他一颗心瞬时就软了。这个字仿佛有魔咒，给这个世界消了音。

明礼喉结滚动：“你再说一遍，我想听。”

“想见你。”简意说。

第八章

明礼恨不得开火箭，想上天。他嘴巴咧到耳朵根：“有多想？”

简意比了个指甲尖尖：“一点点。”

明礼笑：“我不信。”

“爱信不信。”简意压着笑，转移话题问，“案子有新进展了吗？”

“没有，沈梦西说在你去化妆间采访她们以前，她在楼梯间看到了死去的郑乐乐，但是没有看到凶手。”明礼顿了下，继续问道，“你采访沈梦西时，有没有发现她有什么异常？”

“沈梦西在之前刚刚见过郑乐乐？”简意大吃一惊，“她很安静，不怎么说话，但是回答问题的时候，条理还算清晰，没觉得慌乱，至少比尚小蕊正常多了。”

“尚小蕊？”

“尚小蕊一直在不停讲话，该说的不该说的，她一股脑全倒出来。”简意蹙眉，习惯性啃大拇指，“有些人会因为受了强烈刺激，嘴巴不停说话来缓解紧张的情绪，会不会尚小蕊也刚刚知道郑乐乐已经死了？”

“关于郑乐乐的死，沈梦西说她没有告诉任何人。”明礼沉吟道，“尚小蕊也一直坚持说不知道，目前没有直接性证据证明她们和郑乐乐的死有关。法医初步认定郑乐乐是心源性猝死，郑乐乐父母说……”

明礼大致说了遍郑乐乐的情况，驾车驶进简意所在的小区：“媳妇儿，我进小区了，马上到楼下。你待着别动，我上去找你。”

“爸妈在家，你不要上来。”简意稍稍提高音调，慌乱地说道。

“我不进家门，我就在门口看你一眼。”明礼笑着说，“见不着你，睡不着觉。”

简意拿着手机扭头照镜子，理了理有些凌乱的头发。

“我到楼下了，先这样，待会儿我到门口给你发微信。”明礼给了个带响的隔空亲吻，简意羞得脸颊发烫。

不到两分钟，手机里进来一条“宝塔镇河妖”的微信。简意抿嘴笑了下，拿着手机和钥匙蹑手蹑脚去开门，门刚开了一道缝，一只大手伸进来捏了下她的脸。简意探出脑袋，抬眼，撞进明礼亮如星的眼眸里。

明礼一把捞起她，捂进怀里轻声带上门，抱着她往楼梯间走，边走边亲。怕被简父简母听见动静，他一直下了三段台阶才停住。

“‘宝塔镇河妖’下一句暗号是什么？”明礼抱着简意把她抵在墙上，额头碰额头，声线暧昧，“你说来听听。”

简意被他的鼻息撩得浑身痒痒，低声笑：“呆子。”

“你就说前两个字，我想听。”明礼亲她的唇角，声音像央求，“你说说嘛。”

简意禁不住，声如蚊蚋，几不可闻地说：“老公。”

明礼抱着她就亲，亲到一半，察觉到怀里的人不对劲，遂放开她问道：“怎么了？”

简意眼角泛泪花，声音哽咽：“你就是这样，怎么说都不听，今天我爸在沙发底下找出了你的一把刮胡刀。我妈换床单，发现床上铺的东西。你又不是不知道，你给我爸的第一印象是什么，今天他们差点儿要我和你分手。”

“我错了我错了，媳妇儿你别哭啊。”明礼把她捂进怀里，又是亲又是哄，“检查我今晚回去就给你写，明天我开车送叔叔阿姨去机场，我再郑重地向他们道歉。”

简意脸埋进他怀里，渐渐停了抽泣。

“知道媳妇儿功劳最大，你想要什么奖励？”明礼搂她在怀里，下巴搁在她头顶，“就是要天上的星星，我也能给你摘下来一箩筐。”

“我不要奖励。”简意闷声说，“我就是要你心里有愧，欠着我。”

“两码事。”明礼不容抗拒地说，“奖励了你，我照样欠你，欠你一辈子。”

简意揪着他的衣角，在手里来回揉。

“媳妇儿。”明礼柔声叫。

“顾哲。”简意咬住唇角说。

明礼慌忙回头，楼梯间空空荡荡，没一个人影。

简意扯着他被自己揉成一团的衣角，垂着脑袋，鼻音很重：“我联系不上他，又不敢跟爸妈和顾叔叔说。昨天在民族剧院，我记得他说，郑乐乐的死可能是冲着他来的，可是他又不认识郑乐乐，我不知道他是不是惹上了什么事。”

明礼揉简意的脑袋。

“你能不能帮我查一下他在哪里？”简意捞着他的衣服擦了擦鼻子。

明礼：“好，我回去就查。”

“如果，我是说如果，顾哲真惹上了什么事情，你能不能……”简意没再说下去。

你能不能放过他？这句话她说不出口，她也知道即使说出口，明礼也不会答应。警察是他的身份，也是他的职责和使命。他平时就算再不正经，在这种事情上，他不会胡来。

“简意，”明礼圈着怀里的人，轻声安慰道，“如果顾哲真要去做什么出格的事情，我会赶在他前头拦住他。”

简意轻轻“嗯”了声。她刚问的是过去时，明礼说的是将来时。虽然早已知道明礼的答案会是这样，简意的心还是猛地揪了下，害怕哪天突然与他生出一道嫌隙，什么都弥补不了的嫌隙。

“叔叔阿姨明天几点的飞机？”明礼问。

“本来是下午，但是我爸单位突然有事情，临时改签，改到了明天上午十一点的。”简意说。

“我明天过来接你们。”

“好。”

“简意。”明礼紧紧箍她在怀里，太用力，像是要把她揉进骨肉里，声音喑哑，“我们结婚吧。”

声音回荡在空旷的楼梯间，简意没有应声。

在明礼的胳膊快要把她勒断气时，她说：“你想得美。”

第二天早上九点，明礼拎着行李箱跟在简父简母身后，还没走出单元门，就看见楼前停着一辆崭新的迈巴赫。车门上懒散地倚着一身崭新笔挺西服的顾哲，头发丝上染着一层晨光，打眼一瞅，像是个被神眷顾的……天使，不对，是个骚包。

简父简母的身影刚一出现，顾哲站直身体，双手从裤兜里掏出来，秒变回正经“五好孩子”模样，对走在前面的简父简母露齿笑：“简爸、简妈。”

明礼低低骂了声。简意拽着他的胳膊瞪了他一眼，指了指近在咫尺的简父母，示意他管好自己的嘴巴，然后飞快跑去顾哲跟前，小声说：“我跟爸妈说你去外地出差，没说具体哪个城市。”

顾哲点了下头：“够意思。”

“顾哲，我还以为这次看不到你了。听简意说你去出差了，什么时候回来的？这两天打你电话一直打不通，我和你爸都快担心死你了。”简母高兴地连声问。

“你这么着急干什么，不会一个一个问？顾哲刚出差回来，别把他累着。”简父脸上都是笑，明礼从没见过的笑。

“我今早刚回来。”顾哲拉开车门，从里面拿出三个袋子，给简父母和简意一人一个，“这是给你们带的礼物。”

独独漏掉明礼的，全程视明礼如空气。明礼觉得顾哲和简父才是一对真父子。两人像是商量好似的，都有选择性失明症。他这么一个大高个杵在他们跟前，他们愣是看不见。

“顾哲，这个包就是我上次和你妈妈逛街看上的包，一直没有舍得买。”简母摸着手里的包爱不释手。

“顾哲，我正在用的那支毛笔，上面的毛不太好用，我正说要换一个。”简父手里拿着毛笔眉开眼笑。

简意拆开手里袋子：“好可爱的手账本，我采访时正好可以用。”

明礼这才后知后觉，除了在机场花店买了两束花，他好像忘了给未来岳父母买礼物。

“那个，”明礼咳嗽了一声，抬手腕看了看表盘，提醒其乐融融的一家四口，“时间快到了，咱们在车上说吧？”

“车上说车上说。”简母终于搭理了他一次，不过说完这句话，简母拉开顾哲的车门，坐了进去。

简父也跟着拉开右边的后车门，一条腿跨进去的时候，这才突然想起明礼。他朝明礼方向看了看，大声道：“简意，你过来，我们一家四口好久没有在一起好好说话了。”

简意看了看明礼，对简父说道：“我坐明礼的车，咱们一起到机场。”

简父眉头上的川字愈来愈深：“明礼忙，就别耽误他工作了。”

简母也跟着说：“明礼工作要紧。”

明礼刚想说我现在不忙，我就是专程来送你们的，一旁的简意偷偷扯了扯他的衣角，小声说："要不你先回去？我爸妈就是好长时间不见顾哲，有点儿想他。我爸现在对你还是有点儿意见，不过他已经同意了咱俩的事情，就是现在想端一端架子。"

明礼："那行吧，有什么事你和我联系。"

简意小跑到顾哲车前，拉开副驾驶的门坐进去。简父简母和简意都在车里，车外只剩下了顾哲和明礼两个人。顾哲缓缓扭头看了明礼一眼，什么也没说。不知道为什么，明礼就是觉得他好像要跟自己说什么。他撸了下寸头，在心里骂了声，还是大步过去。

"你挡道了。"顾哲懒洋洋说了句，"起开。"

"我只说一句话，你就会滚。"顾哲去拉车门，看了他一眼，"郑乐乐脚边的半夏有几两？"

半夏有几两？当头棒喝，明礼原地愣了一瞬，想要再问顾哲时，迈巴赫载着一家四口擦着他的脚边离去。

明礼掏出手机，边给法医吴砚打电话，边跑到吉普车前拉开车门坐了进去："吴砚，从民族剧院现场带回来的半夏草你有称过吗？有多重？"

"没有称过。"听声音吴砚还没起床。

"现在立刻马上给我去称！"明礼吼了一嗓子。

"今天礼拜天，我不在局里，但是钥匙在我这里。"吴砚挣扎着从被窝里爬起来，"明队，我现在就去。"

明礼撂下手机，方向盘打到底，别着前面一辆车抢在了前头。他瞄了眼后视镜——迈巴赫，一家四口。

抢都抢了，总不能再把车倒回去。明礼硬着头皮探出脑袋，挥了下左胳膊，做了个抱歉的手势。

顾哲来了个唇语："傻瓜。"

简父皱眉不悦："他这人怎么这么愣？"

“可能是有紧急案子。”简意连忙解释道。

简母看着铺了一层干泥的吉普车，说：“明礼看起来还挺……朴素，不乱花钱，一点儿也看不出来是有钱人家的孩子。”

简意吐了下舌头。

“现在这年头兴这个——低调。”顾哲出乎意料帮着说，“反正他不乱花，以后还不都是简意的？”

简父哼了声：“咱们家也不缺钱。”

简母忧心忡忡地问：“顾哲，明礼这个人怎么样？”

顾哲装模作样认真思考了下，态度诚恳地说：“个高体壮，有责任心和使命感，为人坦荡。关键是男女关系简单，没有过往情史，对简意好到没话说。总而言之，就是你们嚷着吵着要给简意找的那种理想型。”

简意偷偷给顾哲竖了竖大拇指，长辈们都说顾哲知分寸，此话一点儿不假。他就算再看明礼不顺眼，在简父简母跟前，他硬是一点儿私人情绪不流露，几乎是三百六十度无死角地把明礼夸上了天。在这方面，明礼快马加鞭一辈子都赶不上。

“我还怕他是找简意随便玩玩。”简母松了口气，“顾哲这样说，我就放心多了。”

简父不以为然：“甭管你们怎么说，我是没瞧上他，要不是他曾经救过简意两回命，我饶不了他。”

顾哲瞥了眼副驾驶位上的简意，简意笑着朝他眨了下眼。顾哲心领神会地点头：“所以说他英勇神武啊。简爸，这方面他随你。”

简父难得缓了缓脸色。

简母把话题引向顾哲：“听你爸说，你现在也有了一个发展对象？什么样的姑娘？我问简意，简意说不知道。”

“哦。”顾哲含糊应了声，正在想措辞，简意的手机响了。

她接通在耳边听了下，转过脸对顾哲说道：“明礼，他说有事问你。”

顾哲本来不想理，但是一想到他如果闲着，就要接受简父简母的盘问，相较之下，明礼这会儿居然不讨人嫌了。顾哲指了下耳机，简意插上耳机，把手机递给他。

顾哲拿着耳机塞进耳朵里：“说。”

“刚称过，半夏草净重一百三十克，差不多二两半。”明礼在电话那头问，“你说半夏几两什么意思？”

“想知道？”顾哲语调平平问。

明礼：“废话。”

“叫哥。”顾哲手把着方向盘，侧脸冲简意笑了下。

“孙子。”明礼声音高了一个度。

“电话外放。”顾哲说谎像喝水。

电话那头立马没了音，过了有半分钟，话筒里传来一个无比憨厚的声音：“哥。”

顾哲无声地笑，在心里骂了句傻：“你说吧，哥听着。”

“我翻了李思录和莫小茹的卷宗，他们死的时候，身边都留有线索。李思录是一两红豆，莫小茹是二两清酒。”明礼一口气说完，“你是不是想说，郑乐乐身边的半夏是三两？三两是一百五十克，现在差二十克，是有人拿走了几枝吗？这三起案件是有什么联系？”

“你们以前请过别的外援顾问吗？”顾哲问。

“请过。”

“多少钱？”

“视情况而定，有免费的，也有高过天的。”

“我的费用要比高过天的那位多十倍。”顾哲慢条斯理地说，“一句话十倍，两句话二十倍，以此类推。”

“行，你说。”

“第一句，”顾哲说，“我问你，从现场带回来的半夏草，你们局里是怎么储藏的？”

“就收在物证箱里，不过我昨天带去了机场问了花店老板几个问题，又完好无损地带了回来。”

“第二句，不冷藏的情况下，水分是会蒸发的，轻了二十克在正常范围内。”

顾哲看起来心情不错，简意支棱着耳朵听。

明礼又问：“这三起案子有什么关系？”

“第三句。”顾哲手指敲着方向盘，皱了下眉，神色略微有些严肃，“我觉得你的当务之急是去把组合里另外两个人找回来。晚一天，等你们局里存的那些半夏重量减轻到一两半时，会有另外一个一两半补进来。”

“另外一个一两半？”明礼立即领会到顾哲话里的意思，尚小蕊和沈梦西有生命危险，“先这样，我会再联系你。”

“嗯嗯。”

明礼挂了电话后，顾哲戴着耳机，时不时“嗯”两声。

简意觉出不对劲，就不信他俩能聊这么久。她伸手过去拿回手机，显示正在播放音乐，顾哲在听歌？

“嗯，马上就到机场，你要和简爸简妈说话吗？”顾哲回头看后排坐着的简父简母，像是在征询他们的意见。

简父摇头，黑着脸说：“还不抓紧时间去查案，磨磨叽叽算怎么回事！没个警察该有的样子！”

“简爸说查案时你要多注意自己的身体，不要受伤。”顾哲再冲简意笑了下，“简意嫌你废话太多，挂了。”

顾哲扯下耳机，若无其事地还给简意。

挂断电话之后，简父母果然忘了先前逮着顾哲对象问的话题，继而把矛头转向明礼，尤其是简父，把明礼从头发丝批到脚指头。在他眼里，明礼就是个一无是处的大混球。

“简爸，话不能这样说。”顾哲一副帮着明礼说好话的样子，“警局查案现在都请顾问，我刚算是赚了他一笔钱，正好可以给我公司的员工发年终奖。”

简意全程“请继续你的表演”的冷漠脸。简父简母开始轮番花式夸顾哲，夸完顾哲，简父再拉明礼出来踩两脚。

一路到机场，送他们进了安检口，简意总算是松了口气：“你这两天去哪儿了？联系不上你，我以为你出事了。”

“我在横店。”顾哲笑，“我演技怎么样？在横店沉淀了两天，浑身都是戏。”

“我说正经的，你到底去哪儿了？”

“就是横店，和李灿在一起。”顾哲浑不在意地笑，“依我对你的了解，你肯定求明礼找我了吧，你要不去问问明礼？”

“你真的和李灿？”简意有点儿不相信。

“反正就瞎玩呗。”顾哲朝接机口看了眼，“你快走，不要往那边看。”

简意心脏一下揪紧：“怎么了？”

顾哲一本正经脸：“因为你有特异功能，盯谁谁死。”

简意无语：“明礼在电话里问你半夏的事情，你怎么知道？”

“不是我知道。”顾哲挑了下眉梢，“是你那个明礼太蠢。”

从机场回来到家这一路，简意硬是没有从顾哲嘴里套出话来，一进家门他就躺沙发上睡，说醒来要喝排骨汤。简意熬了一大锅，把顾哲叫醒两人一起喝了后，还剩下半锅。

“你这是把明礼那份也做出来了吧？”顾哲用筷子敲碗沿，“好人做到底，我开车把你送过去。”

简意忸怩了下，顾哲已经起身：“你有三分钟时间。”

“什么三分钟？”

“找保温盒，盛汤，出门。”顾哲看着时间计算，“我上周收到学校的邀请函，今天下午两点半礼堂有个讲座，我要出席一下。”

“湖大？什么讲座？”简意跑去厨房拿出保温盒，边盛汤边问，“邀请你干什么？”

“我的讲座，学术讲座。”顾哲坐在沙发扶手上笑，“我把这事给忘了，今早舒校长打电话我才想起来这回事。”

“你是不是没准备？那怎么讲，讲什么？”

“直接讲。”

“我想去听。”

“下回吧。”

“还有下回？”

“你可能不知道，”顾哲笑得极其斯文，“我是湖大高薪聘请的客座教授。”

简意就着这个问题问了顾哲一路，一直到市局门口，顾哲的解释总结起来就四个字：钱多人闲。

“下回你上课提前跟我说，我去听你讲课。”简意拎着保温饭盒从车上下来，笑着说，“今天在爸妈面前，谢谢你帮明礼说话。”

顾哲扯着唇角不置可否。车开出去数米远，又徐徐倒回来。顾哲降下车窗，冲简意笑：“不是我要这么说，是简爸简妈想听我这么说。”

简意脸上的笑凝固住，想要再说些什么时，他已经开车离去。

她琢磨着顾哲话里的意思，拎着保温饭盒到明礼办公室门口，透过门缝瞧了眼蹲在椅子上吃泡面的明礼，被他糙出了一层鸡皮疙瘩。为了让他有时间整理自己的形象，简意抬手敲门。

“门没锁。”浑厚的一声。

简意推开门进来，明礼喝着方便面汤抬眼，一下从椅子上栽了下来：“媳妇儿？”

汤水洒了一地，明礼抬脚绕过去：“还好面被我捞完了。”

明礼大跨步过来，上来抱住简意就要亲。

“你别碰我，嘴上都是油。”简意一脸嫌弃地别开脑袋。

明礼抱着她锁上办公室门，再一路抱回到办公桌前，把她往桌上一摁：“你怎么来了？想我了？”

简意举起手里的保温盒：“中午的排骨汤没喝完，顾哲让我给你送过来。”

“顾哲让你送过来的？”明礼接过保温盒放桌上揭开盖看了下，“他没在里面吐口水？”

简意冷脸从桌上跳下来：“不喝拉倒，我走了。”

“喝喝喝，媳妇儿那么疼我，肯定不能够让顾哲磕碜我。”明礼右胳膊箍住简意，伸左手去够桌上的抽纸，扯出来两张擦了几下嘴，隔空把纸团投进墙角的垃圾桶里，确定嘴巴上没有了泡面油，这才抱着简意亲。

“我应该喝完汤再亲媳妇儿的，”明礼亲够了后，松开简意，一脸痴笑，“亲完以后再吃任何东西，都感觉嘴里没味儿。”

简意走到墙角拿工具清理地上的泡面汤，再走回来的时候，余光瞥见明礼把桌上的几张纸塞进抽屉里。直觉那几张纸和顾哲有关。她若无其事地清理着垃圾，随口问：“尚小蕊和沈梦西找到了？她们没事吧？”

“一人一个单间关着，什么都问不出来。”明礼给保温盒腾了个地方，“你别收拾了，待会儿我喊他们过来收拾，你来和我一起喝汤。”

“我喝过了。”简意特意加了句，“喝剩下的。”

明礼嘿嘿笑了声，舀了勺汤喝了口。好喝。

他撂下勺子捧着保温盒，脸埋进去，架势像牲口饮水。简意拿着扫帚坐在对桌的椅子上，双手撑着扫帚把盯着他看，越看越觉得他像个呆子，又帅又呆。

"又偷看我。"明礼嚼着肉抬脸笑。

"今天顾哲夸你来着。"简意把顾哲在爸妈面前夸他的原话一字不漏说了一遍。

明礼惊讶到差点儿把骨头直接吞进喉咙里："他这个人脑子是不是有病？非要装作讨厌我的样子，他不累我都替他累。这么拧巴，肠子被他拧成天津大麻花了吧？"

"他和我爸一样，就是想抻着你，端端架子，其实内心还是欣赏你的。"简意在当中和稀泥，"反正你以后再见到顾哲，你让着他点儿。"

"我什么时候没让过他？"明礼哼声，"每回都是打不还手，骂不还口。"

"是是是，你最好。"简意站起来，探身在明礼脸颊上轻轻啄了下，再坐回椅子上对着他笑。

幸福来得太突然，明礼被吻晕了。

"呆子。"简意看着明礼笑，"呆子，我问你，我昨天说让你查顾哲前两天去了哪里，你查了吗？"

"哦，查了。"明礼把嘴里的肉咽进去，喉结滚动，"那天从剧院出来后他直接回了家，在家里待了不到半个小时，换了身衣服，开车从小区出去，消失在监控范围内，再来就是显示去了横店。"

"真去了横店？"简意蹙眉。

"表面上是这样，或者说他想呈现给别人的动态是这样。"明礼说。

"和李灿在一起？你问李灿了没？她怎么说？"

"我没问。"明礼骂了声，"就她那一根筋，如果顾哲让她这么说，我就是扒了她一层皮，她还是会这样说。"

"嘿，我就想不明白了，顾哲有什么好。"明礼拍了下桌，"难道是因为小时候炸了她一身臭，就对他有情结？"

“顾哲又去哪儿野了？我还有话问他。”明礼自顾自说着，拿出手机。

“你现在别联系他，他正在讲课。他是湖大聘请的物理学教授，今天下午在湖大有个讲座。本来我是要跟他过去听课的，但是他非要我来给你送汤。”简意想了想说，“我觉得他可能是想让我问问你，有关案子的进展。”

“你不来，我也要问他。”明礼嗤声，“啥玩意儿？物理学教授？”

他就是不想和你说话，才让我过来问你。简意默默用手机搜索到湖大官网，首页飘红滚动着“超冷原子高分波 Feshbach 共振研究学术研讨会在湖城大学举行”。她点开，背景图是顾哲的全身照，公告内容一半篇幅介绍顾哲，另一半介绍这次讲座的内容提要。

“我的妈呀。”明礼眯着眼看了会儿，啥玩意儿看不懂，脑瓜仁疼。他拉开抽屉，从里面拿出刚被他收起来的一沓纸，往桌上一摔，“浪费老子时间。”

简意捡起来，几乎全是顾哲这两年在美国读书期间的资料：“你在调查顾哲？”

“不是调查，就是好奇。”明礼再把李思录和莫小茹的卷宗拿出来，“我就是在想，顾哲当时看见郑乐乐，只那么一看，怎么就知道郑乐乐的死是冲着他来的？怎么就知道这三起案子有关联？”

“我从横山回来，在医院醒来那天，顾哲说他有个猜测，可能有点儿眉目，我觉得他那会儿已经知道了些什么。”简意边说边翻看明礼找过来的资料，“等他讲座结束，我去问问他。”

明礼看着简意欲言又止，据汴州那边线人的消息，前几天见顾哲在汴州一带出现过。多半是在查简意被绑架的事情，但是顾哲在汴州出现的时间点，汴州有个背景不干净的人出事了。人会不会是顾哲弄的？

有个明星经纪人掰伤了简意的手腕，顾哲教训了那人；简意断了根肋骨，顾哲远在他国，悄无声息地飞过来把那个齐博闻教训了一通。简意被绑架差点儿死掉，那么大的事儿，顾哲不可能没有动静。郑乐乐的死，他说是冲着他来的，难道是因为他在汴州闹的事？逻辑上说不通。

李思录、莫小茹、郑乐乐，她们之间有什么联系？莫非前两个案子有错误？李思录不是殷文秀所杀，莫小茹也不是自杀？

明礼拧眉，突然感到眉心一软。

简意咬着唇角离开他的眉心，双眼眯起来笑："天天皱眉，以后老了丑死算了。"

明礼心里突然一软，怔怔看着她道："咱们结婚吧。"好怕查到顾哲犯事的证据，简意和他分手，甚至决裂。

简意像是知晓他的心思，说："等案子结了，你再求婚。"

声音软软，语气柔柔，但是明礼听得出来，她态度比以往任何时候都要坚决。

明礼在内心深处叹了口气，翻着顾哲在美国留学的资料。资料中英文混杂，他磕磕巴巴地看完："顾哲真开了个公司？"

"没有，他说开公司就是应付一下家里长辈，不然顾叔叔老是给他找事做。你研究他没用，郑乐乐又不是他杀的。至于这三起案子之间的联系，我待会儿问问他。"简意伸手摸明礼下巴上的胡茬，"尚小蕊和沈梦西什么也没有问出来？"

"哪那么容易就开口，等陆天枪回来，我和他一起去沈梦西家里一趟。"

"陆天枪还在查机场花店的那个送货司机吗？"

"司机已经排除了嫌疑。陆天枪和钱进在沈梦西学校，打听到了一件事情，沈梦西有个同学在学校出事了。据传言，这个学生是因为觉得自己考砸了而愧疚，但是成绩出来后，她的分数一点都不低。"

“你怀疑她的死和沈梦西有关系？”简意吃了一惊。

“她曾经和沈梦西做过一个月的同桌。”明礼沉吟道。

两人就着案子聊了一会儿后，明礼送简意回家，然后联系陆天枪去沈梦西家。

陆天枪拿着手机查电子账单：“老大，你和嫂子能不能晚点结婚啊？我这个月的工资只能够还信用卡，没有多余的钱给你们红包。”

“我借钱给你。”明礼取下来内视镜，瞧了瞧自己的脸，“泡面吃多了，长了两颗痘。拍婚纱照还能把痘修掉，结婚录像镜头磨不掉吧？”

陆天枪斜着眼睛看他：“老大，就您这痘，多喝开水三天就下去了。”

明礼信心十足：“没准两天内就把证领了。”

“嫂子的爸妈同意了？”陆天枪一脸的“谁给你的底气”。

“当然同意，像我这么好的女婿哪里找？搁相亲市场上不到一秒就能被抢走，比双十一秒杀还要快。”

“老大，有个问题你可能没有想过，能沦落到相亲地步的，肯定就没那么受欢迎。”

明礼伸手过来在他脑袋上拍了一下：“一天不打，你就皮痒。”

“老大，你好好开车。”陆天枪蜷在副驾驶位上，“其实我还有个问题，就算嫂子的爸妈同意了，老大，你的爸妈也同意？据我所知，嫂子还没见过公婆两位大人吧。”

“那必须的，只要是我看上的人，”明礼气势如虹，“就这么跟你说，我就算是要和你结婚，他们也不会反对。”

“老大，我异性恋，爱好女。”陆天枪拍着车门，做出要夺门跳车的样子。

“我就是打个比方。”明礼瞪他一眼，“戏过了。”

“我不是演戏，我以为你真看上了我。”陆天枪捂着胸口大喘气，“有多少真话是借着开玩笑的口气说出来的。”

明礼稳稳地把着方向盘：“我今儿心情好，不和你计较。你嫂子说了，这个案子结了就让我求婚。”

“求婚又不是结婚。”陆天枪小声嘀咕了句，“不过，老大，说实在的，咱们现在去沈梦西家，怎么不把嫂子带过来？”

“带她干什么？我们是要去查案。”

“话是这么说，可是，观察表情什么的，这不是嫂子强项嘛？”陆天枪看了看明礼，小心翼翼说，“老大，前两个案子，如果没有嫂子，我们恐怕不会这么快破案……吧？”

“你给我等着，半夏这个案子，我两天内就能破案。”

陆天枪建言献策：“老大，不如让嫂子辞掉工作，来咱们队里上班吧？这样你们不但白天黑夜都能在一起，而且咱们队的破案效率肯定又会上个新台阶。”

明礼认认真真考虑了一会儿，说：“我不想让她天天见死人。”

“可是她当娱记，蹲一个死一个，也没少见吧？”陆天枪接着反驳，“聘她当顾问，不用出外勤，没什么危险。”

“勘查现场不是外勤？”

“现场也是事后现场，再说了，不是有你在吗？”

“其实，你嫂子那个哥哥，抛开其他不说，就挺适合当顾问。你嫂子的那些本事，都是跟着他学来的。”明礼难得夸了一回顾哲。

“你不是嫌他太装蒜？”陆天枪回想着他上次被顾哲鄙视的全过程，“而且，我觉得他很难伺候，不过也有可能是我没有找到他的命门。”

“他不只是装蒜难伺候，他……”明礼皱眉没再说下去，他现在觉得顾哲就是行走在犯罪边缘的危险人物，像走钢丝一样，稍有不慎走偏一步，掉下去就是万丈深渊。

“他现在还没找到工作？”陆天枪问。

“湖大物理学教授，人模狗样。”明礼牙酸，“湖大官网，首页就是他今天的讲座，闪瞎我的眼。”

陆天枪狐疑地掏出手机去搜湖大官网。

明礼吐出一口气：“甭操心他了，你跟我说说，你和钱进去沈梦西学校都调查出什么来了。”

“找了沈梦西初中同学和老师，据他们说，沈梦西签经纪公司以前，成绩挺好，在班里一直是前三，也进过全校前十。后来被经纪公司选中后，排练和演出原因，经常缺课，成绩掉了下去，但也还好，门门都能及格。”陆天枪搜到顾哲的讲座公告，点进去。

“她当初是怎么被经纪公司挑中的？”

“参加了校园歌手大赛，当时有个评委正好是经纪公司的人。”陆天枪突然嗷呜一声，秒变小迷弟，“老大，你大舅哥这么牛，能文能武智勇双全啊！”

“说正经事。”明礼抬手又呼了他一巴掌，“沈梦西那个出事的同学怎么回事？”

“纪芊芊，头悬梁锥刺股类型的学霸，好强敏感，心理素质不太好，中考前那段时间，她父母正在闹离婚，在一定程度上也影响了她的心情。她和沈梦西的交集有两个，初二下学期的那个校园歌手大赛她们两个都有参加，还有就是初三下学期，她们是一个月的同桌。”

“她们关系怎么样？”

“没到闺密的程度，但是比一般同学关系要好。”

明礼想了想，问：“当时歌手大赛的情况是个什么样？她们名次都是什么？挑中沈梦西的那个评委，你有没有联系？”

“沈梦西是冠军，纪芊芊是十佳之一，还得了个最佳上镜奖。要我说现在的风气就不好，最佳上镜奖，整得跟选美大赛似的。”

陆天枪说，“还没有联系评委，有……必要吗？”

“纪芊芊长得很好看？和沈梦西比怎么样？”

“我看了照片，说实话，没有沈梦西好看，不过也有些人不上镜，动态比静态好看，没见到真人，话就不好说。再者说了，每个人的审美也不一样。”

车驶进沈梦西家所在小区，他们顺利找到单元楼。

明礼停好车，说：“你让钱进联系下当时的那个评委，问问他记不记得纪芊芊。”

陆天枪应了声，从车上蹦下来，给钱进打电话。

因为事先和沈梦西父母打过招呼，明礼笼统地说了案件经过，现在警方怀疑有人报复夏天之三，幸存下来的两个成员有可能面临着生命危险，警方上门调查，是想寻找凶手的线索。至于沈梦西，现在被警方保护在一个安全的地方。所以对于他们的到来，沈梦西父母没有排斥，基本是有问必答，但毕竟是自己的孩子，在他们眼里，沈梦西就是个十全十美的孩子，挑不出一点儿毛病。明礼说要看看沈梦西的房间，这才把沈梦西父母关在门外隔离开。

明礼挠了挠耳朵：“我最讨厌黑白不分可着劲儿夸自己孩子的爹妈。”

“自己的孩子是个宝，每个父母都一样。”陆天枪说。

“我父母就不这样。”明礼扫视着沈梦西的房间，“在他们眼里，我就没一点儿好。”

“老大，说句你不爱听的话，在你准岳父母眼里，你也没一点儿好。”陆天枪怕被打，跳着躲到门口。

“在我眼里，你也没一点儿好。”明礼意外地没有骂他，而是盯着满墙的海报皱眉，“沈梦西这是把三夏有史以来所有的海报都贴墙上了吧。”

“亏得她们组合去年才成立，演出活动不多，一个房间够她贴。”

陆天枪跟着说。

“三夏的队长是郑乐乐，一直没变过吧？”明礼摸着下巴问。

“没有，成立以前都是郑乐乐一个人。”陆天枪说。

“你不觉得这些海报奇怪吗？”明礼思忖道，“据我所知，娱乐圈集体合照讲究的就是个排位、C位什么的。按常理来说队长应该在最突出的C位，但是你看这些海报，C位的全都是沈梦西。”

“老大，被你这样一说，好像还真是。”

“你把这些都拍下来，回去后找她们公司找原始海报比对下。”明礼去翻找沈梦西的其他东西。

床铺整洁，书桌整齐，除了学习要用的书外，全是时尚杂志和海报。明礼找到一本同学录，倚着书桌翻。

陆天枪拿着手机给墙上的海报拍照：“老大，我看这海报不像是假的。”

“没说是假的。记得你嫂子说过，同样一个活动，演出方或者公司会做好几个版本的宣传海报，侧重点不一样。”

“那就是说沈梦西只保留了侧重她的海报？”陆天枪说，“小女孩儿有些虚荣，没什么好奇怪的，听说小女生在朋友圈发和闺密的合照，就只记得美颜自己，正常现象。”

“没觉得不正常，毕竟不想当将军的士兵不是好士兵。”明礼说。

陆天枪被一语点醒：“老大，你意思是说，沈梦西一直觊觎郑乐乐队长的身份，所以她杀了郑乐乐想取而代之？”

“是不是她另说，但是纪芊芊的意外，一定和她有关系。”明礼看着同学录上纪芊芊的留言，沉声说。

“最黑暗的日子，有你的陪伴和指引，再痛也不觉得痛——纪芊芊。”

明礼合起同学录：“走，去趟纪芊芊家里。”

“老大，怎么了？”陆天枪不解地问。

“路上再说。”明礼走到门口，回头再看了眼房间，有种不寒而栗的感觉。

从沈梦西家出来，找来纪芊芊家的住址，明礼带着陆天枪直接前往。

陆天枪坐在副驾驶位上，拿着那本同学录来回读着上面那行字：“老大，我看这就是句很普通的话，难道里面还藏着什么玄机？”

“你们上午去学校，有没有打听到纪芊芊有自残行为？”明礼严肃道。

“自残？没……没有。”陆天枪盯着同学录上的那句再痛也不觉得痛，身上一阵疼，“老大，纪芊芊和郑乐乐一样？”

“第一次给段云她们做笔录时，段云和尚小蕊都提到了郑乐乐有伤害自己的行为，唯独沈梦西没有提这件事，而且还是在你一再问她郑乐乐有什么缺点的情况下，她都没有松口说出来。”明礼沉吟道，“第二次审问她时，她才承认她知道郑乐乐的这些行为，她刚开始不说，是潜意识里在回避这件事。”

“这个我懂，可是纪芊芊……”

“钱进电话，你接一下，扬声器外放。”明礼示意陆天枪拿手机。

陆天枪拿起手机滑开接听键，语音外放往明礼方向举了举。

“老大，有新情况。”钱进在电话那头大声说，“找到了当年校园大赛选中沈梦西的那个评委，他说虽然当时沈梦西是冠军，但他看中的是另外一个最上镜的女生。我把纪芊芊的照片发给他，他认了出来，说他看中的就是纪芊芊。”

陆天枪屏息去看明礼。

明礼问：“为什么后来又选中了沈梦西？”

钱进说：“他说纪芊芊给他发了封邮件，态度坚决地拒绝了他的邀约，所以他才退而求其次把橄榄枝抛给了沈梦西。”

“这就说得通了。”明礼说，“你看着沈梦西和尚小蕊，别让她们出什么意外，我待会儿就回局里。”

“是。”钱进挂断电话。

“老大，怎么说得通了？”陆天枪转动脑筋说，“但是我敢肯定的是，沈梦西在这里面搞了鬼，她不知道用了什么办法甚至是威胁，让纪芊芊拒绝了经纪公司的邀约。”

“可能没有威胁，而是她冒充纪芊芊发了那封邮件。”明礼皱眉，“如果证实纪芊芊也有过伤害自己的行为，所有的一切都能串起来，这个案子也就可以结了。”

“凶手是沈梦西？”陆天枪脊梁骨蹿上一股凉意，“就为了当队长？”

明礼笃定说：“她知道凶手是谁。”

车里静了一会儿。

明礼突然问：“你觉得沈梦西和殷文秀像吗？”

“啊？谁？”陆天枪一时没反应过来，“殷文秀？”

“我觉得，我好像知道这三起案子的关联了。”明礼说。

第九章

纪芊芊跳楼身亡那时候，她的父母本来就在闹离婚，在她出事以后，他们夫妻关系彻底破裂，七月初就离了婚。

户籍上的住址房产归属纪芊芊父亲，明礼和陆天枪找上门的时候，纪父正在家里搓麻将，见有警察找上门，吓得差点掀了麻将桌。不出所料，他对纪芊芊生前的事情一概不知。纪父嫌晦气，数月前重新装修了纪芊芊的房间，就连纪芊芊的遗物也一并被清理了出去。

从纪父这里得到纪母的联系方式，她的情况也不比纪父好多少，借口工作忙，并不了解女儿生前的情绪波动变化。但是纪母记得女儿曾经说过，她一个同学因为在校园歌手大赛中获得了冠军，有幸被一家演艺公司挑中，她很羡慕。最后纪母说他们吵架最频繁的那段时间，纪芊芊一直在爷爷奶奶家里住，他们可能会知道一些情况。

明礼又赶往湖城郊区纪芊芊爷爷奶奶家，终于问出了他想要的答案。初三下学期，纪芊芊胳膊上曾经出现过深浅不一的伤痕。

从纪芊芊爷爷奶奶家里出来，已经是傍晚。

陆天枪开车问道："纪芊芊跳楼，她爸妈要负相当一大部分的责任，但是我看他们怎么跟没事人似的？特别是纪芊芊她那个没良心的爸爸！"

明礼靠在车后座上抽烟，没有说话。

“老大，你说如果证实纪芊芊曾经自残过，三夏这个案子就能串起来，我琢磨了一个下午也没琢磨透，怎么就串起来了？”陆天枪问，“纪芊芊确确实实是自己跳的楼，不是他杀。”

明礼吸了一口烟：“待会儿回去问问沈梦西，你就能串起来了。”

“可是你说沈梦西和殷文秀像？”

“不仅是殷文秀，还有莫小茹。”

“啊？”陆天枪猛回头，“不是，怎么又和莫小茹扯上关系了？她们哪里一样了？难道就是因为一两红豆，二两清酒，三两半夏，按两来的？”

“她们身上的特质一样。”明礼重新躺回椅背上，咬着烟阖上眼皮，“累，不想说话。”

陆天枪瞄着后视镜里的明礼，撇了撇嘴，别有用意地说：“老大，你现在的样子越来越像你大舅哥了。”

“咋？”

“装。”

简意拎着饭盒从市局出来，接到搭档韩冲的电话，说公司出了大事，让她速回公司。简意连家都没有回，直接打车去了公司。

公司所在大楼里基本都是各个娱乐报刊和八卦营销公司，乘电梯一路上去，感觉整座楼里的人脸色都不太对。

只言片语里，简意听出来，一夜之间网上好多娱乐八卦营销号被封，听风声，解封之日遥不可及，甚至没有可能。

这两天爸妈在家，加上“夏天之三”的事情，简意请假在家没有上班，也没有上网，不知道这个引爆娱乐圈的消息。她急匆匆地往公司赶，登录各大社交网络平台，果不其然，不单是湖城娱乐周刊的官微，就连张斐然的大V号也一并被注销了。

公司里人心惶惶，三五成群围在一起议论这次封号事件，已经有人在收拾办公桌，公司里气氛低迷。

韩冲见简意过来，愁眉苦脸地跟她说了这次事件，说一夜醒来好多大V号被封了，但那时湖城娱乐周刊还没事，就在他们觉得公司逃过一劫的时候，中午十二点，上头又大规模封了一批号，周刊没有幸免于难。

张斐然刚开过会，给大家无限期放假，看事情有没有回旋的余地，如果公司不能运营，就此倒闭，也绝不拖欠每一个员工的工资。

“也不是咱们周刊独一家，你过来时看到没，整幢楼都是这样。我看这件事九成要歇菜。”韩冲哀叹，“我现在就打印简历找工作去，昨天刚刚刷爆卡给女朋友买了一个包。你说我手怎么这么欠？晚一天买包还能缓上一些日子。这个节奏，让我去喝西北风啊。”

“我们能去投简历的公司大部分都没了，上哪儿找工作去？”简意丧气满满，“我刚刚转正。”

“我觉得你好找工作，你现在名头大，名片一亮，‘娱乐圈的福尔摩斯’，谁不认识你？”韩冲打趣她。

两人聊了一会儿，简意见张斐然办公室门关着，问：“头儿呢？不在公司？”

“开过会就把自己关办公室了，半天没见动静。”韩冲说，“开会的时候头儿脸色都不一样，毕竟是她一个人白手起家把周刊做起来的，现在说没就没了，一点儿征兆都没有。”

“头儿会不会闷出事来？”简意担心地往办公室方向瞧了瞧，“我过去看看。”

“也行吧。”韩冲猛地拍了下她的肩，“你可千万别把头儿给蹲死了啊。”

“乌鸦嘴，你吓死我。”简意脚底板蹿上来一丝凉意，快步走到张斐然办公室门口。门虚掩着，她抬手敲门，“头儿，你在里面吗？

我是简意。”

里面没人应声，简意抬手再敲门时，张斐然在里面说：“你直接进来吧，门没锁。”

简意推开门，看到沙发上完好无缺坐着的张斐然，松了口气，进来关上门。

“你来给我送饭？”张斐然坐在沙发上没动。

简意低头看了下手里的饭盒，晃了晃，有些不好意思地说：“空的。我刚给男朋友送过饭出来，接到韩冲的电话我就直接赶来了公司，刚知道公司的事情。”

“男朋友？”张斐然笑了笑，没提公司，“顾哲？”

“一个警察，李思录案子时认识的。”简意简单解释着走过来，“顾哲是我哥，头儿你又不是不知道？”

“又不是亲哥。”张斐然起身去酒柜前拿了瓶红酒，“你把饭盒放下，去拿两个杯子过来，陪我坐一会儿。”

“好。”简意把空饭盒放在桌上，拿了两个酒杯洗了过来，随张斐然坐在沙发上。

张斐然开红酒给两个杯子各倒了些，递给简意一杯。

半瓶酒下去，简意终于敢开口问她以后的打算。张斐然说她累了，想趁着这个时候出去走一走散散心，大不了从头再来。

简意最佩服张斐然这一点，拿得起放得下。

两人由公司发展聊到娱乐圈，再聊到男人话题上。张斐然渐渐有了醉意，主动提起了顾哲。

简意借着酒劲儿说：“头儿，虽然顾哲是我哥，但我还是想说，家人朋友同事，他每个角色都是个顶个的好，但是唯独男朋友，他不行，太花心。”

张斐然只是笑不说话。

简意接着说：“别人是吃饭长大的，他是泡妞长大的。从小到大，他撩过的各色美女能从这里排到巴黎，这还是我亲眼见过的，我看不见的时候——”

“这是他想让你看见的。”张斐然打断简意，把酒杯里的酒喝完，又倒了一个满杯，说，“我在娱乐圈摸爬滚打这么多年，什么样的男人没见过，唯独顾哲这样的，我是头一回见。”

“我心里清楚，他不喜欢我，他喜欢的人……”张斐然一口喝掉半杯酒，不再言语。

“头儿？”简意放下手里的酒杯过去扶她，“你还好吧？”

“我没醉，我现在比任何时候都清醒。”张斐然甩掉简意伸过来的手，“简意，你是和顾哲从小长到大的人，你怎么不如我一个外人了解他？”

张斐然说：“顾哲如果动起情来，这世上的男人，没一个能比得过他。”

市局。

陆天枪拿着那本同学录和笔录本，跟着明礼走进审讯室。沈梦西像上次一样，来了标准的起立和鞠躬。

“在我跟前，就不要来这一套了。”明礼直接坐在对桌的椅子上，“我不是你的经纪人，在我面前表现得再好，郑乐乐死了，我也没办法让你当队长的。”

沈梦西愣住，震惊之中，忘记坐下。

“坐下吧，难不成让我们仰视着你？”陆天枪阴沉着脸拍了下桌子。

沈梦西瑟缩了一下，战战兢兢地坐下。

“纪芊芊，认识吧？”明礼看了眼陆天枪。

陆天枪立即把同学录翻开，翻到纪芊芊留言的页面，正面递到她面前。

“最黑暗的日子，有你的陪伴和指引，再痛也不觉得痛。”明礼厉声念了一遍纪芊芊的留言，双目如鹰般看着她，“陪伴和指引，痛苦不觉得痛，你教给了她什么？”

“与我无关，”沈梦西又开始哭，“她的事与我无关！”

“不是你推她的，是你指引她的！”明礼声色俱厉，“你教会了她自己伤害自己，美其名曰用来舒缓压力。”

陆天枪头皮一麻，扭头看明礼。

“你教会了几个人？纪芊芊、郑乐乐，还有谁？”明礼猛然抓住她的手腕捋开她的衣袖，白嫩光滑的胳膊上没一丝伤痕，“你自己呢？”

沈梦西哭着往回拽胳膊，奈何明礼手劲儿太大，直到手腕扼出一圈红，感觉就要脱臼时，明礼这才松开。

“疼痛的感觉怎么样？”明礼看着她说，“你看着纪芊芊和郑乐乐身上的割伤时，你身上疼不疼？”

“我不知道，不是我。”沈梦西哭着来来回回重复着这句话。

“不知道？你不记得没关系，互联网有记忆。你冒充纪芊芊给评委发邮件推掉邀约，只能删除你这边的邮件，删不了评委那边的。”

沈梦西突然停止了哭泣，她睁着泪眼看着明礼，停了有十多秒，再次放声大哭，像是在宣泄某种压抑很久的情绪。

陆天枪再次崇拜地看着自己老大，根据沈梦西的反应，显而易见，当初给评委发邮件的人不是纪芊芊而是沈梦西。

“初二下学期的校园歌手大赛，你得了冠军，纪芊芊只是十佳之一，但是评委偏偏选中了她。这个消息被你偶然间知道，你这个冠军不服气，于是在纪芊芊不知情的情况下，以她的名义给评委发了封邮件，严词拒绝了评委恳请她签约演艺公司的邀约，然后你取而代之。”

“纪芊芊父母感情不和，一直在闹离婚，她心情受影响变得很差。

初三下学期，你和她做了一个月的同桌，了解了她的这种情况。纪芊芊羡慕你签了演艺公司，多次向你表露她也想签演艺公司的想法，甚至已经开始给各大演艺公司投简历，其中就包括你所在的公司。你害怕当初的事情败露，利用她信任你的心理，引导她，最后一步步地把她逼死！”

沈梦西一直哭着否认。

“段云说过不止一次，你比郑乐乐优秀，但是公司还是把队长给了郑乐乐。”明礼步步紧逼，“你不甘心，你想当队长，于是你用同样的方式，引导郑乐乐。”

明礼拿起陆天枪面前的笔录本，翻到其中一页说：“上次给你做笔录时，你说你看到了郑乐乐死在楼梯间，脸上有两道划痕。除了我们警方人员和郑乐乐父母，只有你一个人知道郑乐乐脸上有划痕，而且你还准确描述出了她脸上划痕的样子。你同样知道郑乐乐文具袋里有美工刀，从机场到民族剧院的整个路途中，你完全有机会拿到她的美工刀。综上所述，关于郑乐乐的死，你有作案时间，作案动机，以及在场证明。”明礼一锤定音。

沈梦西听到明礼认定她是杀害郑乐乐的凶手，停止了哭泣，声嘶力竭地喊：“不是我，我只是看见了——”

“你看见了什么？”明礼凝视着她。

“我看见……我看见尚小蕊在郑乐乐脸上划了两刀。”沈梦西捂着脸哭着说。

明礼和陆天枪对视了一眼，俱是一惊。

明礼厉声道：“你不要随便诬陷人！”

“我没有，就是她。”沈梦西哭道，“我一直没有说，是因为尚小蕊知道纪芊芊的事情，她威胁我，如果我说出去，她就把纪芊芊的事情告诉警察。”

据沈梦西交代，当时歌手大赛结束，她是冠军，同班的纪芊芊获得十佳校园歌手的称号。当晚颁奖结束在后台，她听到其中一个评委打电话——

演艺公司最近想要推出一个少女团，目前已确定了两个成员，还差最后一个。评委在电话里说他看中了两个，一个是这次校园大赛的冠军，另外一个是纪芊芊，他个人比较看好纪芊芊。

签约演艺公司，走进娱乐圈，甚至和自己的偶像并肩站在电视上，沈梦西以往不敢想象的生活就要实现——只要没有纪芊芊。沈梦西找到当时参赛的报名表，篡改了纪芊芊的电话号码，记住了她报名表上的邮箱。果不其然第二天就收到了演艺公司的电话，让她邮箱确认，下周去公司试镜。

沈梦西挂断电话后，第一时间找到纪芊芊，装作请教她数学题，和她聊天继而顺理成章拿到她的手机，登录她的QQ邮箱，以纪芊芊的名义，态度坚决地回绝了演艺公司的试镜邀约。做完这一切后，她删除了来往邮件。

沈梦西当时去试镜时，演艺公司负责试镜的人问她纪芊芊怎么没有来，她说纪芊芊一心扑在学习上，不想进演艺圈耽误学业。公司觉得沈梦西综合条件不错，关键是态度端正很有上进心，和少女团里的另外两个成员性格各不相同，利于公司以后写通稿做宣传，于是就没有再去联系纪芊芊。

沈梦西就这样加入了该少女团，正式取名夏天之三。

学校一次月考排座次，沈梦西和纪芊芊恰巧成了同桌。如明礼所说，纪芊芊毫不掩饰对沈梦西的羡慕，并多次表示自己也想要进娱乐圈，甚至私下联系了沈梦西所在的公司。沈梦西感到了恐慌，害怕当初的事情败露，她在公司难以立足，那段时间她寝食难安，夜里时常做噩梦，梦见她站在舞台中央，被纪芊芊当着千万观众的面揭穿她当初的行径。

一次偶然机会，沈梦西了解到一款据说是可以引导人的神秘游戏。纪芊芊当时因父母闹离婚吵架的事情，情绪异常低落，作为同桌的沈梦西察觉到她的异样，数度挣扎后，给她介绍了这款游戏，也就有了后来的事。

沈梦西没了后顾之忧，一心想要在娱乐圈中出人头地，她给自己定了一系列的目标，第一步就是坐上夏天之三的队长之位。今年暑假的一次排练中，她敏锐地察觉到郑乐乐的情绪不对，于是如法炮制，向她推荐介绍了那款游戏。

民族剧院音乐节的前一天，段云把她们安排在化妆间后离开，郑乐乐跟着也离开了，尚小蕊紧接其后，沈梦西最后一个出来。她来到挨着西侧洗手间的楼梯间，正好看到尚小蕊拿着美工刀在郑乐乐脸上划，她当时受到惊吓慌忙往楼下跑，被尚小蕊看到。

尚小蕊说郑乐乐已经死了，她只是在乐乐的脸上泄愤。沈梦西不听，尚小蕊说她知道纪芊芊的事情，如果沈梦西敢说出去，她就把纪芊芊的事情告诉警察……

简意从公司出来，心里不是太好受。

张斐然说她和顾哲从小长到大，居然还不如一个外人了解他。

仔细想想，这么多年来，尤其是顾哲去美国留学这两年，她忙于毕业和找工作实习，一直没有真正关心过他，更谈不上了解。

简意拎着空饭盒站在街头给顾哲打电话，接通后，电话那头声音很嘈杂，像是一堆人在吃饭。顾哲漫不经心“喂”了声。

简意脚尖踢着路边一个凹槽，握着手机叫了声：“哥。”

“你等下。”上一刻还漫不经心不在状态的顾哲，在听到简意的一声“哥”后，秒变回正经。他拿着手机走到一个安静的地方，略有些紧张地问：“简意，怎么了？”

简意手机贴着耳朵，感觉到他的紧张，怕他担心，连忙说：“没事，今天周刊被封号，看样子是起不来了，我刚和头儿聊了会儿。”

"就是又失业了呗。"顾哲松了口气，声音懒洋洋，"以后没什么大事别叫我哥。"

简意说："心情不太好，想找你说说话。"

"找你的傻明礼聊闲天去吧，别耽误我享受众星捧月的欢愉。"

"今天的讲座顺利吗？"

"相当顺利，正给我开庆功宴。"顾哲轻笑道，紧接着一声轻佻的口哨，以及远处软腻腻的女音，听得不太真切。

"你在和谁说话？"简意皱眉问。

"美女二十六号。"顾哲笑。

"什么号？"

"今晚新认识的美女，刚排到二十六号，凑够九十九个我就回去。"顾哲收起笑，"没事我挂了，把校长撂下不礼貌。"

简意："等等，我还有话问你。"

"半夏的事吗？明天中午我有空，我去找你吃饭，吃饭的时候再聊。"顾哲说，"失业了你就先好好歇两天，你闲不住急着要上班的话，我明天就能给你塞一堆工作。先这样，挂了。"

刚挂断电话，简意手机就进来一条消息——顾哲给她发了个转账红包。

金额一万，并附上留言：失业保障金。

是简意月工资的两倍多。

简意给他发消息："我还有钱。"

顾哲一直没有回她，简意心里暖烘烘的，心情一下好不少。这还不是亲哥，感觉如果顾哲是亲哥，真能把她宠上天。

张斐然说顾哲一旦动了情，这世上的男人没一个能比得过他。

简意琢磨着这句话，认真比较了他和明礼，没分出个高低来。直到她打车回家洗澡换了身衣服，又简单收拾了几件随身物品来到明礼家，苦等了两个小时依旧没等来他一个消息时，简意觉得，身为男朋友，明礼远远比不过顾哲。

男人最了解男人，所以顾哲不喜欢他是有原因的。是他喊她过来的，结果放她鸽子又晾她到凌晨，虽然知道他在忙案子，但还是生了一肚子闷气。

生气归生气，简意还是特地熬了一碗银耳莲子羹，装在保温盒里出门去市局。

明礼从审讯室出来，手里拿着文件边看边往办公室方向走，路过楼梯口时没抬头，直接走了过去。他耳朵一向尖，指甲划墙的声音听得他脑壳疼。他倒退着回来，这才看见楼梯口的简意："哎哟，我的媳妇儿。"

简意手里拎着饭盒，倚墙垂头不看他不说话。

明礼大跨步过来，两手抱起她原地转了三圈，再把她抵到墙上亲，亲完发现她的情绪不高，想了想，用她最喜欢的胡茬扎她脸。

"粥要洒出来了。"简意推他。

"什么粥？"明礼松开她，瞅见她手里拎着的保温饭盒，"我刚以为你拎了个炸弹来炸我。"

"银耳莲子粥，怕你饿，给你当宵夜。"

"我不饿。"明礼很实诚地说，"刚吃了宵夜。"

简意拎着饭盒扭头就走。

"哎哎哎，媳妇儿。"明礼撵上她，把她往胳膊下一夹，大步往办公室走，"看见你又饿了。"

一路碰到好几个加班的小警员，明礼视若无睹，把简意抱进办公室，反锁门，往沙发椅上一按，笑着打开饭盒："我真的还能再吃个十来碗。"

简意绷着脸不理他，明礼抱着饭盒往嘴里扒拉喝粥，声音震天响。

"我给你发消息，你一直没回我。"简意实在受不了，终于开口说。

“我一直在忙，没顾上看手机。”明礼放下饭盒，怕简意嫌弃，他先扯了张抽纸擦了下嘴，这才弯腰亲了她的嘴。

“刚吃过就不要吃了，别撑着。”简意红着脸打掉他的手重新盖上饭盒，“我现在过来是不是耽误你查案了？”

“不耽误，刚结束一轮问话。”明礼捏了捏她的脸，“等尚小蕊撑不住时再去问她第二轮，顺利的话，明天就能结案。”

“郑乐乐是尚小蕊杀害的？”简意惊讶。

“沈梦西看见尚小蕊在郑乐乐脸上划了两刀，尚小蕊虽然承认了那两刀，但是她一口咬定，在她脸上划的时候郑乐乐已经死了。”

“尚小蕊为什么要在郑乐乐脸上划两刀？”

“她说是纯粹看不惯她，理由显然不充分。”明礼摸了下眉骨，“找出真正的理由，这个案子就能结了。”

简意沉默了一会儿，从沙发上站起来，走上前抱住他的腰，脸埋进他怀里，闷闷地说：“我今天失业了。”

“啥玩意儿？失业？”明礼蒙了好一会儿才反应过来，下意识脱口而出，“这是好事啊。”

简意拧他腰上的肉。

明礼继而眉开眼笑：“湖城市起码要消停个十天半月，娱乐圈岂不是要敲锣打鼓欢送你？”

简意双脚踩在他鞋面上，踮起脚尖咬他下巴。

明礼乐意让她咬，眯眼笑得很高兴：“媳妇儿，反正这案马上就结了，你今天刚说的案子结了就让我求婚，这段时间安心筹备婚礼，准备做新娘吧。”

“你想得美。”简意说，“我要上班挣钱。”

“你男人我有钱。”明礼从裤兜里掏出钱包，抽出工资卡塞到她手里，“我给你发工资。”

“谁要你的钱？你都不问问我为什么失业。”简意拿着工资卡，说道。

“为什么失业？难道不是经常把人给蹲死，你们头儿把你开除的？”明礼笑着揉她的脑袋。

“我们头儿可好了，她才不会开除我。再说还有顾哲这层关系在，开除谁也不会开除我。”简意拿着工资卡在嘴角咬了下，“今天顾哲给我转了一万块钱，美其名曰失业保障金。”

“这又不是金子，你咬什么咬？”明礼一把抽走她手里的工资卡，装进钱包里。

“我工资卡里的钱可能还不到一万，平时都花了。”明礼瞧了眼简意，不好意思地撸了把寸头，“你等会儿。”

明礼拿着一串钥匙把所有抽屉都打开，全部倒在桌上，一堆零碎中，他扒拉出一张黑色卡片：“哎呀，藏得可够严实的。”

明礼拿起那张黑卡，在裤子上擦了擦上面的灰，塞给简意，豪气十足：“随便刷，没上限。”

“全球限量的黑卡？”简意习惯性咬卡角，“这么有钱？”

“我没用过。”明礼把桌上的零碎全扒拉回抽屉里，端着抽屉往办公桌里塞。

“只给卡不给密码的，都是在耍流氓。”简意笑着把黑卡扔回桌上。

“没密码啊，我的媳妇儿。”

简意拿着明礼的钱包又把黑卡塞回去了：“土豪，我们还是做朋友吧。”

“你什么意思？”明礼一下急了，“你不打算和我结婚吗？”

简意晃了晃手里的钱包，故意问：“只有结婚才能刷你的卡？”

明礼瞪着她看了好半天，最终低声说：“也不是，恋爱期间也可以。”

“呆子。”简意坐在椅子上，双肘支在办公桌上，手里拿着明礼的钱包来回翻着，兴致缺缺，“我跟你说，女人一旦闲起来会很可怕的。”

“你不和我结婚才可怕。”明礼揉她的脑袋，“不忙着找工作，你先回家睡觉，等案子结了我再好好陪你。”

“我还不困，吃过晚饭睡了两个小时。”简意垂着脑袋声音低低的，“我想在这里等你，反正我明天又不用早起去上班。”

明礼：“估计会很晚，怕你顶不住。”

简意：“现在进行到哪一步？尚小蕊都说了些什么？兴许我能帮上忙。”

“媳妇儿，”明礼眯着眼睛意味深长地看着她，“你是想让我早点儿破案，然后跟你求婚吧，就这么等不及？嗯？”

“是。”简意拖着长调给了他一个白眼。

“尚小蕊现在坚持说她在民族剧院楼梯间见到郑乐乐的时候，郑乐乐已经死了。”明礼秒回到案子上，恨不得现在就能破案，“根据沈梦西的交代，我们追查到了那个游戏群，发现郑乐乐死前，群主没有给她下发任务。而且根据尸检报告，她也不是自杀。”

简意翻着笔录和资料：“郑乐乐今年暑假的时候开始害怕毛茸茸的玩偶和小动物，尤其是猫。沈梦西也说她发现郑乐乐的情绪低落是在暑假时，沈梦西只知道郑乐乐从暑假开始心情抑郁，但是她不知道具体原因。我觉得暑假的时候，郑乐乐身上肯定发生了一件什么大事，而且现在看来，这件事应该和尚小蕊有关。沈梦西和尚小蕊是湖城本地人，但是郑乐乐不是湖城人，如果暑假时她们要在一起的话，那就是排练和演出的时候了。”

“这个是从公司要回来的今年暑假前后，夏天之三所有活动的安排时间表。”明礼从文件夹里拿出一张表格递给简意，欣赏地揉她脑袋，“媳妇儿真棒。”

“你不也是早想到这一点？时间表都要回来了。”简意接过时间表说了句。

明礼看了她一会儿问道："你这些本事都是跟着顾哲学的？"

简意点了下头："近朱者赤。"

"顾哲又不当警察，他学这些东西做什么？"

"我以前跟你说过，他不是专门学来的。他是从小对这些东西敏感，自然而然就知道得多。当然，还有一个说法，是天赋。"

明礼若有所思道："你说今天要问问他这三起案子的关联，他怎么说？"

"他今天忙，他说明天去我那里吃午饭，午饭的时候再跟我说。"简意抬头看明礼，"你也知道了其中的关联？"

"我只是猜测。"明礼说，"不过他说得对，杀害郑乐乐的凶手另有其人，而且是和组合有关的人，很有可能就是尚小蕊，她知道郑乐乐害怕毛茸茸的东西。"

"你是说，郑乐乐离开化妆间后，尚小蕊紧随其后，拿了一个毛茸茸的东西吓死了郑乐乐，然后把东西丢掉，再在她脸上划了两刀？"简意蹙眉，"可是时间上来不及吧，沈梦西没有看到尚小蕊手里有东西，尚小蕊用的美工刀还是从郑乐乐身上搜出来的。"

明礼："如果是蓄意谋杀的话，也不是没有可能。"

"她年龄还小，心智没那么成熟，要不你诈诈她？就说沈梦西看到了她害死郑乐乐的全过程？说不定她不经吓，就自己主动说出来了。"

"你也说了，她年龄小。"明礼吐出一口气，"她猴精着呢。"

"你诈过她了？"

明礼耸肩。

"那我再给你加把料。"简意用笔在时间表上圈了一个时间，拿手机搜索夏天之三相应的活动宣传，"还好她们组合不火，活动不多安排不密集，暑假前后统共也就两次商演。上网找几张她和郑乐乐的照片，然后把她们拼在一起，就说已经找到了目击证人看到尚小蕊和郑乐乐在一起。”

“你是想找出发生在郑乐乐身上的事情？”明礼眼眸亮了亮。

“就诈她一下，她肯定知道。”简意浏览着相关宣传新闻，“坪山，她们当时去的是坪山，一个商场开业，邀请了几组明星过去站台，其中包括夏天之三。倒是有一张她们穿寻常衣服的照片，但是比较难抠图，我的技术不知道能不能行。”

“技术组有人值班，我让他们去做这些工作。坪山，我觉得这个地名很熟悉。”明礼坐在办公桌上翻尚小蕊的档案资料，腾的一下从桌上站起来，“尚小蕊小学时曾经在坪山借读过一年。”

凌晨两点半，明礼从审讯室出来回到办公室，简意小小一团缩在沙发上睡得正香。他脱下外套走过去裹住她，抱着她走出办公室下楼回家。

简意迷迷糊糊醒来，搂住他的脖子在他脸颊上亲了下：“尚小蕊都说了？”

明礼把她裹严实：“嗯，顺利的话，明天就能把凶手逮回来。”

“尚小蕊不是凶手？”简意彻底清醒，“你放我下来，我自己走。”

“你又不沉。”明礼箍住她不撒手，低头在她额头上亲了口。

“我这样不舒服。”简意料想他肯定不会撒手，于是打着商量说，“你背我，一路走回家。”

“我也没打算开车。”明礼顺从地放下她，双手撑在膝盖上弯腰，等简意爬上来，他再直起身稳稳往前走。

“凶手是谁？”简意趴在他背上问。

“尚小蕊也不知道凶手是谁，她以为郑乐乐是吃了安眠药或者什么药。她确定郑乐乐已经死了后，才从郑乐乐身上找到美工刀在她脸上划了个小丑微笑的标志。”明礼有些沉重地说，“尚小蕊之所以这么做，是因为一个人。”

“尚小蕊在坪山时认识的人？”简意思索道。

“是，她的同学，确切地说是她的校友，他们不在一个班级。尚小蕊刚转学到坪山时，人生地不熟，不会说当地方言，只会说普通话，在班里算是个异类，加上她父母都不是坪山本地人，所以她在班里被孤立受欺负。”明礼叹了口气，“现在学生欺负人的方法大同小异，都是跟网上学来的。”

简意沉默了一会儿说：“那个校友站出来帮助过她。”

“那个校友是比她高一个年级的男生，章亚荣。”明礼接着说，“后来尚小蕊跟着父母回到湖城，章亚荣一直留在坪山读书，他们就断了联系。今年暑假夏天之三去坪山商演，活动结束后，尚小蕊和郑乐乐一起在商场附近逛街，被一个街头小丑扮相的人吸引，她们看了一会儿小丑的表演。小丑就是章亚荣，他在做暑期工，发传单、扮小丑、变戏法、变魔术之类的工作。章亚荣认出了尚小蕊，表演结束后，主动过去自我介绍，尚小蕊自然记得他，于是他们三个很快相熟。当晚章亚荣有个魔术表演，邀请尚小蕊和郑乐乐观看，并主动说可以请她们两个做助手。表演前，章亚荣和她们走过流程，第一轮助手是尚小蕊，配合很好，没有出差错。第二轮郑乐乐做助手时，在其中一个环节，她玩兴大起，没按照章亚荣事先教给她的步骤走。”

明礼默了默，喝了口迎面扑过来的寒风，说：“由于郑乐乐的操作失误，章亚荣被道具切断了一只手。”

简意圈在明礼脖子上的胳膊紧了紧，声音有些抖：“手……接回来了吗？”

明礼：“没有，被机器搅碎，接不回去了。”

“公司不知道这个事情？章亚荣没有找郑乐乐赔偿？”简意惊讶，“毕竟这么大的事情。”

“章亚荣本身也是个未成年的孩子，他也不懂那么多。”明礼又加了句，“他是个孤儿，家里没了长辈，没人替他出头。郑乐乐和尚小蕊当时吓怕了，没敢告诉公司，她们把身上所有的钱都给了章亚荣，但是他的手回不来了。”

简意：“所以郑乐乐情绪突然大变。”

“郑乐乐当时往道具里放的是一只黑色的仿真猫玩偶，章亚荣的手连同那个玩具都被切断搅碎。”明礼沉痛道，“这个就是郑乐乐的刺激源。”

“章亚荣为了报复，回来杀害了郑乐乐？”

“尚小蕊不知道郑乐乐的死因，她也不知道章亚荣是否来湖城。她之所以在郑乐乐脸上划了个小丑微笑的记号，她觉得是给章亚荣解气报仇。尚小蕊如果知道章亚荣在音乐节的前两天已经来了湖城，她就不会把章亚荣供出来，更不会多此一举在郑乐乐脸上划两刀。”

“已经确定章亚荣在音乐节前两天到了湖城？”

“嗯，铁路系统有章亚荣的出入记录，他现在已经回了坪山，明天把他带回来，这个案子从头到尾就会清楚。”

“如果凶手真是章亚荣。”简意趴在明礼背上，心情低落，“如果尚小蕊知道，正因为她的这两刀才暴露出来的章亚荣，不知道她会怎么想。”

明礼背着简意上楼，一步步沉稳有力。

“会给她介绍心理医生。”明礼说。

第二天一大早，明礼去市局，简意一觉睡到自然醒，发现已经是上午十点半。惦记着顾哲会去家里吃午饭，她赶紧从床上爬起来洗漱后出去买了一堆菜，拎着菜打车回自己的住处，马不停蹄开始洗菜做饭，努力消除着在明礼家过了一夜的气息。总觉得被顾哲这个家长抓到她在外过夜，是件极其羞耻的事情。

最后一个菜做好时，顾哲才睡眼惺忪地出现在简意家门口。简意开门刚松了一口气，顾哲就揉着眼说："你原来在家，我早上八点来砸你家门都没把你砸醒。"

简意拿着锅铲"啊"了声。

顾哲看着她忽然笑了："傻吧，我刚起床。"

简意面红耳赤。

"你可能忘了，我手机连着你家门口的监控。"顾哲散漫地坐在饭桌前，声音像唱歌，"大家都是成年人。"

简意涨红着脸举着锅铲敲了下他的手："先洗手再吃饭。"

顾哲不情不愿站地起来跟她去厨房洗手："我的手是被你的锅铲拍脏的，你可能不知道我这一双手值多少钱。"

"你别跟我提手，我有心理阴影。"简意边炒菜边把章亚荣的事情说给了顾哲。

顾哲没有表态，只是吵着肚子饿要吃饭。

所有饭菜摆上桌，两个人刚坐下来要开吃，明礼直接拿钥匙开门进屋："我没来晚吧？"

顾哲"啧"了声，眼皮都懒得抬一下。

简意摆筷子："我们刚要开始吃，你去洗手。"

"饿死我了。"明礼直接伸手抓了块肉塞进嘴里，右脚钩过来一张椅子大咧咧坐下。

顾哲看着他抓肉的手，油腻腻黏糊糊的，忍着恶心喝了口水。

明礼右手在裤子上抓了把，蹭了蹭上面的油，然后从裤兜里掏出一个红色绒盒撂在了桌上。

求婚？简意眼睛盯着绒盒，略有些惊悚，总感觉如果明礼敢这样求婚，下一刻顾哲就会把面前一盆酸菜鱼扣在明礼头上。

饭桌上的空气瞬间凝固。顾哲看绒盒，简意看酸菜鱼，明礼看简意。

“你往哪儿看呢？戒指没藏鱼里。”明礼伸手捏了把简意的脸，再斜了对桌的顾哲一眼。又不是给你的，你瞅啥瞅。只听“咔嗒”一声绒盒打开，他从里面提溜出来一串珍珠项链，要多俗有多俗的那种大颗白色珍珠。

顾哲抖了下睫毛：“扶老奶奶过马路给的奖赏吗？”

明礼刚要拿着这串珍珠往简意脖子上挂，听到顾哲这样说，挺了挺胸膛：“很贵的。”

“嗯。”顾哲面无表情地点头，“扶了个有钱的老奶奶。”

“嘿，我说，你这人怎么不识货？”明礼再转头对着简意嘿嘿笑，不由分说扯着项链挂在简意脖子上，上下打量了一番，“真好看。”

简意低头看着脖子里的一串珍珠，丑得不忍直视。

“老奶奶家的大闺女。”顾哲看着简意，又加了句，“亲闺女，一般少奶奶的珠子没这么大没这么圆。”

明礼瞪眼：“你什么意思？”

“夸你。”顾哲给自己舀了勺鱼汤，慢悠悠说，“你的眼光在湖城是独一份的好。”

“那是，”明礼只当听不出他话里的讽刺，顺着他的话故意堵他，“所以才看上了简意。”

简意扯了扯脖子上的珍珠，满脸的一言难尽：“你是说我和这串珍珠很配？”

顾哲：“你别扯了，你这个动作像是尼姑在念经。”

简意默默缩回手。

“配，相当配。”明礼主动忽略掉顾哲刚才那句话，伸手捏简意的脸，“媳妇儿的脸和珍珠一样，又圆又嫩又滑，手感很好。”

简意低头再看了眼脖子上的珍珠：“我的脸没这么圆！”

“我就是打个比方。”明礼再捏了下简意的脸，拿起桌上的筷子扒饭，“过来的时候看到有个珠宝店开业，顺手买的。本来想买戒指，但是里面的戒指不好看还便宜。今天就能结案，咱们说好的，结案后就求婚，求婚总得有个戒指吧。要不吃过饭你和我一起去各大金店逛逛戒指？”

简意嘴里的汤差点儿喷出来：“章亚荣找到了？”

明礼：“找到了，最迟今天晚上就能带回局里。”

“找到章亚荣案子就结了吗？”顾哲喝了一口汤，慢条斯理道。

明礼警惕地看了他一眼：“你知道什么？”

“你不是也知道？”顾哲反问。

“老子不知道。”明礼放下筷子，盯着他挑开了问，“你说这三起案子有关联，有什么关联？你怎么知道有关联？”

简意伸腿过去，在饭桌下踢了踢明礼的脚。顾哲生平最讨厌被警察这样质问。

“简意从横山安全回来时，我有了个大概的猜想。”顾哲出乎的意料没有生气，他放下勺子，慢腾腾地拿起餐巾纸对折了一下，在嘴巴上轻轻沾了沾放回桌上，再端起水杯喝了两口，这才说，“后来通过我自己的方式验证了这个猜想。”

“什么猜想？”明礼问。

“有人在做实验。李思录是第一个被选中的目标，殷文秀是第一个实验对象。”顾哲说。

“你认识他。”明礼肯定道。

顾哲不置可否耸了下肩。

“你刚来湖城的第一天，李思录死了。郑乐乐死的时候，你就在楼上。”明礼觉得有什么东西在呼之欲出，他直视着顾哲，“他也认识你。”

“你不如说我们是同一个人。”顾哲平静地说。

明礼盯着他不动：“你去过汴州。”

顾哲抬眼，目光如刀。气氛骤变。

简意抬手刚要去扯明礼，顾哲突然起身，飞影一样朝门口跑过去。简意一秒没有停留地跟着跑出去，明礼紧随其后。简意闪身出去，迅疾拽着门把想要把他反锁在家里。明礼力气大，单手搭着门框就能把她带飞。

“简意。”明礼哑声。

简意红着眼角看了他一眼，蓦地松开双手，转身奔向楼梯口。因为在门口给顾哲多争取了十多秒，她跑下去的时候，顾哲已经跑出去了两个楼层。

简意住在十五层，她刚跑到十三层的时候，明礼就追了过来。明礼的脚步声像催命，一下下揪着她的心脏。她咬着牙，狠狠拉了下脖子上的珍珠项链，项链绳断。她边跑边把绳上的珍珠全部捋下来，然后回身，全部撒在台阶上。

明礼没再紧跟上来。简意一口气跑出楼门，远远看见顾哲气定神闲地倚在迈巴赫的车门上。她跑过去：“快走，我当你的人质。”

顾哲抬手腕：“十五层，二分零八秒，你的求生速度不错。”

简意扶着车门弯腰大口喘气，不解地抬头看顾哲。

顾哲面色不改，额前的碎发还是干的，显然不是刚经历过生死时速一连跑十五层的样子。

顾哲挑着眉毛笑：“十二层，你回头撒珍珠的时候，我坐电梯下来了。”

“顾哲。”简意抹了把脸上的汗，“我们不走吗？”

“是我自己要走，下午的航班去巴黎，我代表湖大物理系出席一个学术会议。”顾哲看着刚从单元门跑出来的明礼，“还有一个更慢的，我看他摔了不止一个跟头。”

简意回头。明礼看到他们，没有再过来，而是就地蹲在了门前。

“顾哲？”简意背靠着车身，强撑着自己发软的双腿，不至于跪在地上。

“你为什么跟着我跑出来？”顾哲看着她，笑容淡淡的，“做我的人质？”

“我……不知道，我没想那么多。”

“没想那么多。”顾哲脸上始终挂着抹疏淡的笑，“你觉得我是那个幕后主使？”

“不是。”简意立刻否定。

“或者换句话说，你觉得我犯了什么必逃不可的罪行？”

简意怔住。

顾哲双手抄在裤兜里，正面朝向她，说：“你不是想知道我心里想的是什么吗？来，你好好看看我，我现在想的是什么，我为什么突然跑出来，你看看我。”

“顾哲，”简意抬脸，“你怎么了？”

“我让你看看我。”顾哲固执道，“我现在想的是什么。”

他脸上笑容疏淡，眼睛清澈如星空——星空里暗涌浮动，压抑着对她的失望。

“顾哲，”简意喉咙干涩，咽了咽唾液，喉头一阵疼，“我刚才跟着你跑出来的时候，真的什么都没想，就是出于本能地想维护你。”

顾哲问：“你为什么选择明礼做你的男朋友？”

“因为他……他说喜欢我，跟我表白过。”简意咬着嘴唇努力使自己不要哭出来，“他跟我表白以前，亲过我。”

顾哲看着她，突然一笑：“就因为他先动手耍了流氓？”

“顾哲。”

顾哲拉开车门，弯腰从里面拿了一瓶矿泉水递给她，再抬手摸了下她的头：“好了，我要先回家收拾行李。”

“顾哲，我……”简意把矿泉水瓶攥得嘎吱响。

“我知道。”顾哲抬腿跨进车里，笑着说，“你出于本能想维护我，是因为我是你哥，我是你的亲人。我想我也一样。”

分不清亲情和爱情的人，一直都是我。

顾哲坐进车里，关上车门启动引擎。他降下车窗冲简意笑：“简意，想要什么礼物你说，等我回来还能赶上你们的订婚宴。明礼这个人除了傻点儿，其他都挺好。”

简意上前一步双手搭在车窗上，眼睛闪躲不敢看他：“顾哲，对不起。”

“你能跑出两分零八秒已经是极限了，如果不是撒珍珠，你能跑进两分钟。”顾哲释然地笑，“你现在该做的，是好好想想怎么跟明礼解释。”

简意听他语气平和轻松，这才敢把目光移在他脸上。

顾哲又说：“我之所以猜到是有幕后主使在做试验，是因为绑架你的人说，只有你死了，明礼这个警察才能好好查案，继续为人民服务。他们当时找的试验对象是身为警察的明礼。”

“明礼是试验对象？”虽然有预想过，但是听到顾哲亲口说，简意还是觉得不寒而栗。

“之所以中途突然启动第二种方案，放了你一条生路，”顾哲顿了下，“是因为这个人刚刚知道了你在录像里叫的那个哥，是我。”

“幕后主使真的认识你？”

“他直接跳过明礼选了夏天之三，我想可能是看见我给老爷子买了包半夏的药材。专门挑在机场这个地方，是想和我打招呼吧。”顾哲淡然一笑，“最近两天他应该不会有下一步动作。明礼是警察，抓人要讲究证据，那个人做事不会留下证据。”

“顾哲，你会不会有危险？”简意紧张地问。

“不会。”顾哲缓缓升起车窗，“他还没玩够。”

简意还要再说什么，顾哲已启动车离去。望着车尾消失在午后的日光里，她在原地站了一会儿，转过身，单元门前空荡荡的，明礼不知何时已经离开。头一回，简意的心口像是缺了个洞。有风穿过，凉彻心肺。

简意沿着原路返回，一步一个台阶爬楼梯，每抬起脚要落下时，总有种一脚踏空的感觉。脑袋放空憋着一股劲儿，闷头爬到十二层，台阶干净得看不到一颗珍珠。她趴在扶梯上，顺着台阶往上看。明礼坐在最高一层台阶上，身边静静躺着一把珍珠。

简意抿了抿干涩的嘴唇，手搭着扶梯继续往上爬，一直走到明礼跟前。自始至终，明礼没有抬头看她一眼。简意在他跟前站了一会儿，挨着他坐下。

两分钟过去，两人谁都没有开口说话，空气令人窒息。

简意咬了咬唇角，像个做错事的小学生，探出左手去拽他的衣袖。指尖刚碰到他的袖口，明礼突然起身，一言不发地走到楼梯口，拉开安全门走了出去。安全门合上的声音虽然很小，还是震得她的心肝跟着颤了颤。

第一次认真考虑她和明礼之间的这段感情，简意想，明礼大抵和她一样，需要时间来思考。

顾哲满怀失望地离开，她自责内疚，但是丝毫不担心他会不会不再回来，会不会和她有隔阂——他是家人，一定会再回来。再回来时，也必然不会和她有隔阂。而明礼，如果他想离开，可以随时离开。他还会不会回来，她不知道。

简意的脸埋在双膝上，不想感觉时间的流逝，直到身后的安全门再次响起，她被揪紧的心脏突然急速跳动，时间才重归现实。她保持着脸埋膝盖的动作不动，移开眼角，瞄到了明礼的一只裤腿，扁了一下嘴。

明礼一身烟味，稍微弯腰伸手拎起她，在她屁股上摸了把："不知道地上凉？屁股都冻透了。"

明礼自己却坐下来，把她抱到自己大腿上，胳膊有力地圈她在怀里。简意侧了下身体，转脸埋在他宽厚的胸膛里，哭出声。

“你厉害了，我还没骂你，你倒先哭上了。”明礼伸手盖在她脸上，大手轻轻抹她脸上的泪，“我又不是没在楼梯里撵过你，我什么样的速度你会不知道？就算是滑到摔了一跤，如果我想，早追上你了。”

“我以为你不理我了。”简意抽着气哭道。

“缺心眼。”明礼声音放柔，“我就是出去抽根烟，怕呛着你。”

“我刚拽你，你没理我。”简意呜咽着说，“你走的时候又不说话。”

“你什么时候拽我了？我怎么不知道？”明礼双手碰着她的脸，不嫌弃她脸上的泪水鼻涕，低头亲了过来，“我要知道你拽我，我就忍住，不出去抽烟了。”

简意差点儿被他吻断气。明礼唇舌离开，眸色深沉地凝视了她一会儿，从裤兜里掏出一颗薄荷糖，剥开塞进她嘴巴里，再捏了捏她的脸：“小甜心，媳妇儿。”

简意含着薄荷糖，扁了扁嘴。

“顾哲这孙子。”明礼把她拢在怀里，说，“诓老子差点儿跑断腿。”

“幕后主使不是顾哲。”简意窝在他怀里，揪起他的衣襟在手心里拧成一团，“他刚怪我不信任他。”

“还不是他自己作的。”明礼不觉提高音调，“他早晚被自己作死。”

“你刚真摔着了？”简意去摸他的腰，“摔着哪里了？”

“没摔着腰，你男人厉害着呢。”明礼捉住她的小手，撩开衣服把她的手拽进去，紧贴着自己腰部结实的肉慢慢游走，“就是这破珍珠太圆溜，比钢珠儿都滑溜。”

“明礼。”简意软软叫了声。

“下回给你买那种细的铂金项链。今天店员本来有给我推荐一条那种项链，但是我瞅着细不溜秋，太寒酸，就没要。”明礼拍了下大腿，咧嘴笑道，“特地选了这串最大颗最敞亮的珍珠项链。”

“下回我和你一起去挑，”简意在他脸上啄了下，“这串珍珠项链实在是难看。”

“明天就去买，顺便去量下尺寸订制一对戒指。”明礼抓起脚边的珍珠塞进口袋里，打横抱起简意踩着台阶往楼上走，“先回家吃饭，下午还要去局里。”

简意钩住他的脖子，在他耳边问：“你刚出去时在想什么？”

“我在想，你可真是缺心眼，上来的时候有电梯不坐非要爬楼。”明礼抬起膝盖顶了下她的臀肉，笑道，“所以我就在猜，你肯定是想以此为借口，让我给你捏腿。”

“明礼，我是真的喜欢你。”简意双眼蒙上一层水雾。

“我知道。”明礼道。

傍晚时分，章亚荣被带到市局。

明礼把章亚荣来往湖城的车票记录和他出入民族剧院的监控画面摔在他面前，一轮审讯下来，章亚荣就承认了他在音乐节前一天跟踪并见到了郑乐乐。

章亚荣面容憔悴，眼窝深陷，眼睛里包裹着的都是仇恨，和他尚显稚嫩的脸格格不入。在证据面前，他开始讲与本案无关的琐碎小事，从童年讲起。第一次被爸妈打是因为掏了树上的鸟蛋，第一次被老师罚是因为背不出课文……

他思维很跳跃，叙事年份跨度很大，无论如何，前面的回忆还算温馨平和，他讲述的时候，甚至还带着点儿笑。情绪第一次出现剧烈波动，是他讲到了尚小蕊。

帮助尚小蕊摆脱同学的欺负，本来是件很正义，值得称赞的事，但是在章亚荣的叙述里，这是他一切痛苦的根源——如果他不帮尚小蕊，就不会和她认识，不和她认识，就不会认识郑乐乐，进而不会断一只手。章亚荣把这一切归因于尚小蕊在那一年转学到了坪山，他更是坦言，如果警察没有找到他，他下一步就是找尚小蕊算账。

明礼坐在他面前，心底一层层变凉。与其说沈梦西和殷文秀很像，不如说是章亚荣和殷文秀相似，现在的章亚荣几乎是当初殷文秀的翻版。

殷文秀把奶奶的死，把一切痛苦的根源归因于李思录当年去了她们学校支教代课，章亚荣则归因于尚小蕊当年转学到了他们学校。他们另外的一个共同点——都是孤儿。还有莫小茹，同样是孤儿。只是莫小茹已死，再也没机会听她来讲述心路历程。

“郑乐乐是怎么死的？”明礼看着章亚荣，一脸凝重地问。

“我听尚小蕊说这次音乐节对她们组合很重要，能不能火起来，成败在此一举。她们把我的手切断，还想要前程？”章亚荣笑容可怖。

“我问了她行程安排，然后提前混进了剧院里。我本来是想晚上动手的，但是郑乐乐想提早送死。她捧着一束草出来，我就把她叫到了楼梯间。她不是爱玩猫吗？我就拿了一只黑猫玩偶，当着她的面……”章亚荣笑出了泪，“谁知道她连叫都没有叫一声，瞪着一双可恶的眼睛一头栽倒在地上。听说人死的时候，眼珠里会留有死前一幕的影像，我就把她拖到墙角，但是听到走廊里有脚步声，我把她的眼睛合上后就立马走了。”

“你为什么要送给她三两半夏？”明礼的笔尖点在笔录本上，问。

“什么？”章亚荣擦了擦笑出来的泪，“她就是被吓死的。警察叔叔，不是说吓死人不偿命吗？”

“法律的问题自然会有人向你普及。”明礼厉声道，“郑乐乐手里的那捧草，名字叫半夏。你为什么要送她一捧半夏？有人教你？那人是谁？”

“我不知道，不是我送的。”章亚荣疑惑里带着侥幸，“警察叔叔，郑乐乐的死和那捧草有关？是不是就和我没关系了？”

明礼直视着他：“只要你说出来是谁教的你，用这种方式来吓死郑乐乐，法院会给你适当减轻罪责的，这个我可以跟你保证。”

章亚荣皱着眉想了很久，很诚实地说：“我不能随便扯一个无辜的人进来，这件事没人教我。”

“你再好好想想。”明礼倒给他一杯热水。

章亚荣握着水杯沉默了好久，说：“其实我也没想到郑乐乐会死，我就是想吓吓她，这样她第二天就不能正常上台表演，这个组合铁定就火不起来。她毁了我的前程，我也想毁了她的前程。我拿了只黑猫玩偶，是因为当初我在变戏法的时候，她拿了只黑猫玩偶故意丢进道具里，导致我的手被切下来，我就是想以牙还牙。”

明礼问：“这件事情发生后，你身边有没有出现过陌生人？不管是以什么方式接近你，和你说了什么话，就连街头卖包子的也算。”

“那可就多了去了，我记不住都有谁。”章亚荣说。

“你仔细想想，有没有给你印象深刻的人？”明礼想起机场监控画面里出现捧着半夏的那只手，“一个男人，年龄大概在二十到四十岁之间。”

一个晚上过去，章亚荣始终没有想起来。明礼整理好笔录，在想着明天要去监狱探望一趟殷文秀。

第十章

当晚，湖畔别苑——李灿家。

李灿做了一个小时的瑜伽，身上出了一层薄汗。她想要泡个热水澡，去浴室拧开开关往浴缸里放水，赤脚去卧室拿浴袍。她推开卧室门，顾哲一脸笑地倚在门口。

李灿捂着胸口，吁出一口气：“你爬窗进来的？”

顾哲笑了下，问：“家里除了你，还有什么人？”

“就只有你我。”李灿看着他同样笑，“怎么？想要劫财？”

“想要和你一起做坏事。”顾哲转身走到沙发前坐下。他解开西服纽扣，腹部的白色衬衫被血水浸湿。顾哲微蹙着眉缓缓靠在沙发靠背上。

李灿平稳下心绪，利落地关严门窗，拉上窗帘，调亮大灯，这才看清他黑色西服外套上渗出来的都是血。

“给我找把镊子和酒精，”顾哲面色因失血而显得苍白，他抬眸看着李灿，唇边荡出一丝笑，“我要处理伤口。”

李灿什么也没有问，没有问他为什么受枪伤，为什么来找她，为什么不去医院，为什么不报警。她跑到书房储物柜里拎了药箱过来，跪在地上打开药箱：“没有麻药，你要忍着点儿。”

“没有打中骨头，不深。”顾哲解衬衫，“我可以自己来。”

“你不用解衬衫。”李灿拿着一把小剪刀，麻利剪开血染的衬衫，有条不紊地从药箱里捡起一把镊子擦酒精消毒，“我妈以前是医生，教过我基本的急救知识。我看过她做手术。”

“真的？没把人治死吧？”顾哲扯着唇角笑了下。

李灿瞪了他一眼。

“你家里这些工具都有？”

“有。”李灿镇定道，“止血药，抗生素，吊针盐水袋，什么都有。”

她把镊子消好毒，从药箱里拿出一卷纱布，手指顿了下，丢开这卷纱布，连同毛巾一起扒拉到一旁，再用盖子盖住。做好这一切，她若无其事地伸手拿起沙发上的一个胸贴，塞到顾哲手里：“家里没有咬塞，一时半会儿找不到合适来咬的东西，你凑合着咬住这个吧，忍一忍。”

顾哲眼角耷拉，把她刚才的小动作尽收眼底。他没有挑破，顺从地拿起胸贴，故意放在鼻子前嗅了嗅，暧昧地笑：“刚换下来的，没有洗。”

“这种时候，就不要挑挑拣拣了。”李灿一脸的淡定。

“哎，你们明家是不是有耍流氓的基因？”顾哲语气上扬。

李灿简单清理了下他腹部上的血，找到伤口位置，右手拿着镊子放到伤口边缘，抬眼看他：“我要开始了。”

顾哲只是看着她笑。

李灿伸左手去夺他手里的东西：“咬掉半截舌头，你还怎么去找美女搭讪？”

顾哲稍稍抬手错开她，眯了眯眼，虚弱地说：“我有话要说。”

李灿只一个字：“说。”

“我后天要正常出现在巴黎，有个报告是我来做。”顾哲缓了缓，补充道，“不能正常离境，因为我本人现在正在飞巴黎的航班上。”

“好。”李灿握了下他的手，毫不犹豫道，“我要去巴黎看一个时装秀，明天走，包机。”

顾哲唇色发白：“有钱人。”

“比你想象的更有钱，我说是包机，其实就是我家的飞机。”李灿抬手拭去他额上的一层薄汗，笑了下，“你是看了我的朋友圈，知道我明天要去巴黎，才来找我的吧。”

顾哲疲乏地眨了眨眼，长长的睫毛垂下来，刮了下李灿的心尖。

“放心，我这条朋友圈只对你一人可见。”李灿看进他眼里，“我和明礼一年也联系不了几回，他不知道我要去巴黎，不会来找我。”

顾哲眼眸深沉，危险气息浓重：“你在帮助我潜逃。”

“你啊。”李灿停下手上的动作，“就是个蔫坏的人，骨子里坏透了。”

顾哲抬了下眼眸。李灿目光定在他眼眸里，她抬起手，葱白的手指在他左胸口轻轻点了点：“但是你这里没坏，比我见过的所有男人都要好。”

“比明礼还要好？”音节顺着唇齿流淌出来。

“比他好。”李灿保持跪地仰脸的姿势，神情认真，“你眼睛纯粹得像个雪地里的孩子，没人能比得过你。”

顾哲缩了下瞳孔，聚起眼里的光投在她脸上。须臾，他吐出两个字：“神经。”

李灿眨着眼，露出两排贝齿。

“开始吧。”顾哲卷起胸贴，张开嘴咬住，抬了抬下巴。

“我会很快，你要忍着点儿。”李灿攥着镊子，快准狠地戳进他伤口里，“还好，没有伤到动脉，撑一天死不了，到了巴黎我给你找个医生。”

腹部的肉被火烧火燎地烤，清晰的疼痛感以最快的速度传遍全身。顾哲咬着胸贴，两腮鼓起，密汗顺着脸颊淌到脖颈里。他两手抓着沙发垫，手背青筋骇人地暴起，硬是没哼一声。

李灿为了分散他的注意力，一边用镊子剥离着肉，一边和他说话："我刚说你比明礼好，你知不知道你比他好在哪里？你比他的好，我可以说上三天三夜。

"我先从肤浅的来，首先你审美比他好，给你们同样的钱，让你们去商场给女人买衣服，明礼买来的肯定是店里的大妈装，而且是店长推荐最贵的镇店之宝。给他的钱不够用，他自己偷偷垫钱也要买下来，闪瞎眼的贵和俗。

"而你买来的，则会是整个商场最独特的那一件，店长藏着掖着的非卖品。没准到最后店长还会白送给你，或者买一送一，送的是她本人，但是你呢，收了衣服转头就把店长给卖了。

"同样遇到人贩子，明礼把人贩子揍得满地找牙，对着人贩子念一串法律条文，然后铐到警局。如果是你，你能不动声色把人贩子卖到深山老林里，以防他逃跑，走之前你还会把人贩子的一条腿打折……"

顾哲视线下垂，落在李灿身上。她额头光洁细滑，因为素颜，眉目比平时要淡上几分，少了些傲气和凌厉，却比以往任何时候都要坚定，像是有股力量，不自觉牵引着他的目光。

她始终跪在地上，没有一丝慌乱，俨然一个训练有素的医生。手腕极细，像是一握就会折，手背迸出两条青筋，似两道力量的源泉，固住整只手，手指颤都不颤一下。手上动作利落干脆，语速却很缓慢。说话的时候，红唇微启，唇间流淌出来的像是山间溪水，云中小曲，冲洗着他的伤口。她不说话的时候，唇线绷直，令人无端生出一种信任感。

顾哲垂眸看着她，某个瞬间，有种不想再折腾的念头。

"顾哲。"李灿突然抬眼，与他视线撞在一起，"顾哲你个混蛋。"

李灿右手用力，顾哲眉头紧皱，终于闷闷哼出今晚第一声。血流不止，李灿没有一丝停顿，有条不紊地消毒止血缠绷带。

顾哲吐出嘴里的胸贴，胸贴侧边和下边的防滑硅胶条被他咬烂。他吁出一口长长的气，磨了下牙，嘴角抽出一丝笑，说：“得亏不全是硅胶，差点儿吞进肚子里。”

李灿面不改色：“我身上戴的是全硅胶材质的，你要不要试试？”

“下次试。”顾哲眼皮渐重，气若游丝，“我要睡一会儿。”

“你就靠着沙发眯一会儿，好了我叫你。”

“李灿，”顾哲勉强撑了下眼皮，“谢谢。”

李灿包扎着他的伤口笑道：“你这是第一次跟女人说谢谢吗？”

“不是。”顾哲阖上眼皮，头枕着沙发靠背，“天天说。”

“你啊。”李灿轻轻摇了摇头，剪开纱布打好最后一个结，“我做这些，不是为了让你谢我。”

顾哲蹙着眉，似闻未闻，轻轻哼了声。

李灿看了他一会儿，这才从地上缓缓站起来，揉了揉酸疼的膝盖，拿着血衣去浴室。水顺着浴室门缝往外淌，李灿这才想起，顾哲来时她刚开了水龙头往浴缸里放水。她光脚走进浴室，踩着水去关水龙头。许是地板湿滑，她手还未够到开关，整个人一下栽倒在浴缸旁。

李灿骂了声，双手扒着浴缸沿想要站起来，这才发现双腿绵软无力，像两根熟面条，伸直，却站不住脚。不仅仅是腿，就连双手也不听使唤。十指僵硬，以一种诡异的弧度弯曲着，抖个不停。

李灿背靠着浴缸坐在地上，水龙头的水哗哗地流，血衣浸泡在地板上的水里，眨眼工夫染红一片，满浴室都是血水。血水颜色由深至浅，时刻提醒着她，沙发上还有一个失血过多不知道会不会昏厥休克的顾哲。

双手依旧抖个不停，李灿抹了把脸，满手的泪。她深吸了口气，咬着嘴唇掰着手指活动指关节。两分钟过去，一切徒劳。她想了想，就着坐地的姿势，扭着腰向后把双手泡进浴缸里。浴缸里的热水刺激着手上的血管和青筋，双手被泡开，渐渐恢复知觉。

她爬进浴缸里，热水浸泡着酸软的双腿。李灿往下缩了缩身体，脸埋进温热的水里。在水下憋了一分钟气，她从浴缸里冒出头，大口喘气。

“顾哲你个大混蛋，我早晚弄死你。”声音里带着哭腔。

全身血液回流，四肢有了知觉和力度。李灿关掉水龙头，一身湿衣从浴缸里出来，光脚一路去了器材室，找出输血器具搬到卧室。

顾哲蹙眉阖眼面无血色地靠在沙发上。

“顾哲？”李灿轻轻叫了声。

顾哲没有应声，眼皮纹丝不动。李灿盯着他的脸，当着他的面脱掉身上的湿衣服，拿了件浴袍套在身上。

“你可真是命大。”李灿调整着输血器，低声自言自语地说，“幸好，我是O型血，不但可以输给你，我还知道怎么输，才不会把你给输死。”

“顾哲你个混蛋，你的命可真是好。”李灿继续自言自语，“如果我妈知道教会我这些，我有一天会用来干这种事，她会……”

模糊中，顾哲感觉身体逐渐回暖，耳边好像有谁在唱摇篮曲。

两个小时后，顾哲醒来，李灿刚收拾好面前的一团凌乱，正在低头系紧腰上松掉的浴袍带。顾哲伸手扯住她的浴袍袖口，把她拽到沙发上。

李灿扭头笑：“混蛋，你醒了？”

顾哲的手指沿着她的袖口，寻到她的手腕一把攥住——白皙的手背上有几个带血的针眼。

顾哲指腹轻轻摩挲着她手背上的针眼：“你们明家人真有种。”

明礼和简意一起去看守所探望殷文秀。

殷文秀和简意虽然只有一面之缘，但还是一眼就认出了简意。

她自嘲地一笑："你是警察？"

简意有点儿不好意思地解释："不是，我是娱乐周刊的记者，负责跟拍李思录。"

"跟拍李思录的记者？"殷文秀不解，"你怎么会找到我？你拍到了我和李思录？"

"没有。我第一个发现的李思录，当时报了警，我看到李思录车里的红豆。"简意坦诚道，"我有个同学家乡盛产红豆，他的家乡在云州。我做过李思录的功课，知道他刚出道时去云州支教了一周并且资助了当地一个学生，依靠强大的互联网，找到了你。"

殷文秀不可置信地看着简意。

明礼面容深沉："殷文秀，你好好想想，你为什么非要在李思录身上留一两红豆？"

"红豆是李思录还给我的，但不是我当初送给他的，所以我没有拿走。"殷文秀似乎有些恍然，"如果我知道你们会顺着红豆找到我，我当时就会把红豆拿走。"

"我是想问。"明礼拧眉沉吟道，"为什么非要是一两红豆？准确到一两。"

"我当时说了，我奶奶坟头的那棵红豆树，第一年结了正好一两。"殷文秀讷讷地说。

"自从你认识李思录后，这几年来，你有没有接触过除同学以外的什么人。"明礼想了想又说，"同学也算，给你印象比较深刻的人，或者是和你走得比较近的人。"

殷文秀抠着指甲盖，疑惑道："我不是太明白你的意思。"

"你是个聪明人，这样跟你说吧，你现在是羁押候审，接下来的审判刑罚要看你的表现。"明礼开诚布公道，"所以，在杀害李思录前，有没有人接触过你？"

殷文秀相当聪慧，她立即明白了明礼的意思："我想想。"

五六分钟后，她摇了摇头，眼睛里刚刚燃起的希望被绝望代替。

简意看着她，说：“你有没有参加心理辅导相关的活动？或者是找过心理咨询师？”

“没有。”殷文秀十分肯定地说，“心理咨询是给心理有病的人开设的，我心理没病，我一直都知道我想要的是什么，只不过在弄死李思录的时候，是我冲动了。再说，我也没钱去找什么心理咨询师，我的钱都是在李思录面前低三下四求来的。”

“可以是免费的心理咨询。”简意在旁边补充说，“网上论坛也算，不局限于心理咨询。我知道网上有专门供网友发泄的匿名论坛，你有没有留过言，或者是浏览过？”

“我只相信我自己。”殷文秀想了半晌，“我不知道什么专门发泄的论坛，但是我曾经在一个八卦论坛上编造过李思录的黑料。”

明礼立刻拿起笔：“哪个论坛？什么帖子？”

“湖城最大的那个娱乐八卦论坛。”殷文秀抬脸看简意，“就是你上次去我们宿舍，我说的李思录用矿泉水泡澡的那个八卦。”

简意点了下头，胳膊肘撞了下明礼，压低声音说：“我知道这个帖子，和那个一百零八式在同一个娱乐版块。”

明礼停下笔，扭脸看着她笑得不怀好意。简意红着耳尖别开脸，问殷文秀：“除了这个帖子，还有其他的吗？”

殷文秀：“没有。”

明礼又问了她一些问题，最后说：“你如果想起来什么，请务必及时联系我们。”

“好。”殷文秀看着明礼和简意的小互动，内心羡慕不已。

当初在地下停车场的车里，如果没有冲动，该有多好。

“顾哲说殷文秀是第一个被挑中的试验对象。”简意窝在沙发里，“因为是第一个，殷文秀又恰巧在李思录身边撒了一两红豆。莫小茹因为李思录的丑闻找到我，她自杀的时候在身边放了二两清酒。之所以放二两清酒，一是她想留下线索追查肖广平，二来，我想可能是模仿李思录的案子。”

“有人把一两红豆的事情告诉过莫小茹，引导她留下二两清酒。”明礼拿着一个削好的苹果走过来一屁股陷在沙发上，把简意捞在怀里，顺便把苹果塞到她嘴里，“但是莫小茹已死，是谁向她透露的红豆这个细节，无从查起。”

“至于三两半夏。”简意咬掉一口苹果，手指捏着这块苹果递到了明礼嘴巴里，“极有可能是这个人亲自送过来的。”

“所以才会有一两红豆，二两清酒，三两半夏。”明礼紧锁眉头，“如果不及时找到他，接下来就会出现个四两什么。”

“顾哲说这个人最近应该不会有下一步动作，听他话的意思，那个人有可能已经离开了湖城。”

“顾哲这小子正在干什么？”

“他在巴黎有个学术研讨会。”简意把剩下的苹果都塞到明礼嘴里，顺便在他身上蹭了下手，“人前叫哥，人后叫小子，看你的屄样。”

明礼咬了一口苹果，嚼着苹果嗤了声：“你就等着吧，他早晚得给我叫哥。”

“你是说李灿？”简意浏览着网上最新八卦，热搜第一是李灿在巴黎看时装秀的现场照，“李灿现在也在巴黎。”

“出息。”明礼骂了声，“准是奔着顾哲去的。”

“奇怪。”简意翻看着照片喃喃说，“李灿从没有联系过我。”

“她连我这个表哥都不联系，会联系你这个表嫂？”明礼几口啃完苹果，手一抬，苹果核准确无误地投进茶几旁的垃圾桶里。他双手在裤腿上摸了摸，开始捏简意的脸玩。

“我不是这个意思。”听到“表嫂”这个词，简意耳朵尖红了一层，小声说，“我意思是说，从小到大，凡是和顾哲有瓜葛的女孩都会主动找我，打探消息或者是讨好我，想让我在顾哲面前说她们几句好话。”

“屁。”明礼不屑道，“又不是和你谈恋爱，讨好你有什么用，擒贼还讲究个先擒王来着。”

简意：好像也不是没有道理。

“所以我就说，顾哲这孙子肯定得折在李灿手上。我们明家的人看上了谁，向来是直球出手。喜欢就上，别的都是在废话。”明礼定定地看着她，“你不就是想让你男人得到顾哲的肯定吗？好，老子非当着顾哲那小子的面向你求婚不可！”

巴黎古董拍卖宴会大厅。

李灿刚花大价钱拍来一条项链，潦草应付过一帮闲杂人等，她在预定的席位前坐下，抿了一小口红酒，余光瞥向大厅一角的顾哲。

顾哲白天的学术报告很顺利，晚上和几个有古董收藏爱好的同行一起来这里鉴赏拍卖的古董。

李灿得知消息后，强行“预约”了一个贵宾席。

宴会开始至今，顾哲无视她的存在，像是在有意避开她。

李灿知趣地没有和他来个“巧遇”。反正你夜里还不是会来找我换药？

就抻吧，看谁抻得过谁。

顾哲西装革履，懒懒倚着展示台，正在和一个身穿蓝色礼服的男人谈笑风生。

李灿多瞄了两眼，亚洲面孔，二三十岁，普通长相。

李灿紧了下手上的红色皮手套，观看时装秀的时候，无数个高倍清晰摄像头对着她，手背上的针眼还是遮住的好。

她整好手套，一抬眼，瞥见身穿蓝色礼服的人握着拳头，抡在顾哲的小腹上。

不偏不倚，正巧抡在他受伤的部位。

李灿的心怦怦急速跳个不停。

蓝色礼服始终面带着笑，两人状态明显是在打闹，而且他抡拳的样子，不像是动真格。

但是李灿知道，他刚刚绝对用了十成的力度。

她见识过明礼出拳的样子，见识过拍戏时武术导演的指导动作，晓得那个人用的是寸劲。

顾哲装模作样捂了下腹部，一脸淡定地继续和蓝色礼服说笑。

李灿深吸一口气，活动了下皮手套里的手指，当机立断给自己倒了杯红酒。

她调整好面部表情，端着红酒站起来，踩着十厘米的细高跟，款款向顾哲走去。

顾哲眼尾扫过来，制止意味明显。

李灿主意已定，无视顾哲的警告，一路端着酒杯过来，时不时和冒出来的生面孔点头打招呼。

她走路自带气场，一颦一笑间，风情万种，在这个遍布西方面孔身材的宴会大厅，她的出现无疑是一道清新的风景，西方人眼里的东方女神。

以至于这一路走来，不少男人端着酒杯迎上来想要和她攀谈，李灿光是打发他们就耗了不少时间。

李灿心急，眼角瞥见有两三个人即将路过顾哲所在的那个角落，她加快脚步走过去，却被最左边一个膀大腰圆的男人撞个趔趄。

李灿尖叫了声，晃着手里的酒杯向后退了几步，十厘米的细高跟准确无误地踩在那位身穿蓝色礼服的人的脚面上。

软料羊皮豆豆鞋，主打轻薄软。

李灿踩上去的时候，甚至还单脚立了下，全身重量往鞋面上的细高跟移。

顾哲抽了下嘴角。

撞到李灿的膀大腰圆男扶起她，一番道歉后，几人离去，李灿把空酒杯放在展示台上，真诚地向蓝色礼服道歉。

她这一套动作下来酣畅淋漓，异常逼真。

顾哲挑了挑眉梢，这怕是她演艺生涯中，演技最为出色的一回。

美女道歉，又是同胞，蓝色礼服不太好迁怒。

他保持着绅士笑，双手扶了下李灿的腰："华人？"

"中国人。"李灿站直，瞥了眼他鞋面上凹陷的一个大坑，后悔今晚没穿那双带铁钉的高跟鞋。

"借支笔。"李灿挑着杏眼斜了眼蓝色礼服，从容地打开手拿包，从里面拿出一沓支票，"法郎还是人民币？说个数。"

顾哲眸底压着笑，李灿简直就是女版明礼。

蓝色礼服笑道："被美女踩一脚，是我的荣幸。"

李灿王之蔑视："能收到我的支票，更是你的荣幸。"

蓝色礼服一时怔住。

李灿转而看向顾哲："有笔吗？帅哥。"

顾哲左肘支在展示台上，右手从西服内兜里掏出一支钢笔，语气轻松："巴黎市长今天刚给的纪念品，送给你。"

"是你？"李灿装作刚刚认出他的样子，"你来拍卖行拍什么？"

"拍你。"顾哲难得痞笑了下，转而向蓝色礼服介绍，"我妹妹男朋友的表妹。"

李灿正在脑子里绕这个拗口的介绍，蓝色礼服却伸出手来。

他稍弓了下腰："李小姐，幸会。"

李灿心里一惊，努力克制着面部表情，保持着扑克脸，抬手轻轻碰了下他的手指："你认识我？"

"我认识顾哲。"蓝色礼服笑着说，"他介绍得很清楚。"

李灿脊背绷直，一口气吸到肺里，寒意瞬时遍布四肢，真正意识到自己刚才的贸然举动极有可能会给顾哲带来无尽的危险。

“FBI 顾问，魏朋。”顾哲面部自然，向李灿介绍道。

“备选顾问。”魏朋笑着纠正，“不比顾哲，现在是正儿八经的大学教授。”

李灿不寒而栗。好在今天妆容厚，她保持着刚才的架势，傲气不能垮：“魏先生的面相才像教授。”

“哦？”魏朋饶有兴致地看着她。

李灿没搭理他，脸转向顾哲：“你是教授？大学教授？”

这是法国，不是美国，再演也给不了你奥斯卡小金人。

顾哲睨着她：“之一。”

“什么之一？”李灿这次是真的不知道。

“大学教授，是我的工作之一。”顾哲目光有些散漫，“譬如鉴定古董，也是我的工作之一。”

李灿这回终于明白，顾哲给了她个正当的带他离开这里的理由。

“你今天是来给这位魏先生鉴定古董的？”李灿不给魏朋插话的机会，“我刚拍了一条项链，你一定要帮我鉴定下。”

“你确实该买项链了。”顾哲视线落在她脖颈上。

李灿垂下视线，今天这身衣服并不适合戴项链，她脖颈一干二净，很清爽。

“你们明家人的眼光实在堪忧，”顾哲又说，“你那个表哥，前两天买了条珍珠项链向简意求婚，珍珠个头得有你的眼珠那么大。”

李灿一脸了然的表情。

“你妹妹要结婚了？”被晾在一旁的魏朋看着他们，笑得让人捉摸不透。

顾哲点了下头，嘴角噙笑：“托你的福。”

魏朋：“应该的。”

“最近有回国的打算吗？”顾哲问。

“我现在比你闲散，你邀请我，我就回。”魏朋说。

顾哲：“好，一定邀请。”

李灿总觉得他们话里有话，她想不了那么多，一心挂念着顾哲的伤，正想要开口强行把顾哲拖走，要他帮忙鉴定她刚拍来的项链，听到魏朋忽然问：“李小姐今天是一个人来？”

“我有男伴。”李灿朝贵宾席望去，席位上一个欧洲面孔的男模隔空向她放电，李灿凹着造型回了他一个媚眼，再看向魏朋，魅惑地笑，“不过我可以随时换。”

魏朋被挑起兴致。

李灿转向顾哲，上前挽住顾哲的胳膊，说：“我选择杀熟。”

顾哲单手抄着裤兜，任由她挽着自己的胳膊。

李灿用手拿包点了下展示台上的支票，瞟了眼魏朋：“这个你收好。”

魏朋眼里的内容复杂起来，他视线从李灿脸上移到顾哲脸上，爽朗笑道：“凡是你的东西，我都不和你抢。”

李灿终于把顾哲顺利带出拍卖行，一关上车门，她示意司机升起车内隔屏，弯腰过来伸手去解他的西服纽扣。

“不要耍流氓啊，表妹。”顾哲蹙眉靠在椅背上，眼里透着疲惫，“咱们是有亲戚关系的。”

李灿双手不停地挨个去解他的纽扣，声音柔顺：“是，哥。”

顾哲起了一身鸡皮疙瘩，他抬手盖在她脸上，把她的脑袋从跟前拨走：“你让我想起你那个傻表哥了。”

“你的……”李灿还没来得及说出“伤”字，就见顾哲做了个噤声的手势，又指了指耳朵。

李灿脸上写满问号。

顾哲曲起手指，弹了下她的手背，李灿会意地摊开手掌。顾哲伸食指，在她掌心写字。他指尖沁凉，触在她的手心，每划下一个笔画，李灿就感觉有根羽毛在拨她的心尖。

李灿的少女之心不受控制地上蹿下跳，直到他写完最后一个笔画，她的心脏卡在嗓子眼，再也落不下来。

监听。车里有人安装了监听？是魏朋？

“回你的位置，老实坐好。”顾哲一脸的不耐烦。

李灿默不作声，规规矩矩坐下来。

顾哲解开最后一颗纽扣，垂眸看了眼腹部，紧皱着眉心把西服纽扣一颗颗系好。

饶是他穿着黑色衬衫，只瞥了一眼，李灿还是能清晰地看到小腹左侧的血，伤口被魏朋的拳头抡出血。

李灿忧心如焚，又不敢轻易开口说话。好在拍卖行离她的住处不算太远，终于煎熬到下车，她咬着牙说：“魏朋是吧，他不是中国籍？我就不信他家人没一个在国内！”

顾哲：“怎么？”

李灿狠狠说：“我要炸了他家！”

顾哲瞥她一眼：“你车里的监听设备不是他装的。”

“不是他？”李灿震惊，“那是谁？”

“我。”顾哲淡淡地说。

“你？”李灿看着他，大脑像陀螺一样转圈，“你是故意让魏朋窃听吗？”

“不是。”

“给谁听？”

“给你。”

李灿眼珠快要瞪出来：“那你刚在车上为什么不让我说话？”

顾哲捏了下眉心，说：“我实在是不想听你说话。”

如果他不是有伤在身，李灿觉得自己能把他炸飞。

好，你受伤，且让着你。

李灿请来的医生已经等在家里。给伤口换药包扎好，李灿送走医生，回来看见顾哲正准备躺下，她赶紧过去给他盖被子。

顾哲用力猛地拉了下被子，被角从李灿手里滑出来，她摔了个屁股蹲儿。

李灿就地坐着，忍了忍，昂头看着他问：“魏朋是谁？”

顾哲：“你刚踩了他一脚的那个人。”

“我当然知道！”李灿深吸一口气，尽量心平气和，“他是做什么的？”

“年纪轻轻，就得了健忘症。”顾哲啧了声，语气无奈地说，“他是备选顾问。”

李灿重重点头，一副“我不和伤残人士计较”的大度神情，皮笑肉不笑地问：“他和你什么关系？难道他也参加了今天的学术研讨会？”

“朋友，今天偶然碰见。”

“朋友会把你的伤口打出血？”

“你可能对‘朋友’二字有什么误解。”顾哲挑了下眼尾，“也是，你这样的人根本不会有朋友。”

李灿笑道：“彼此彼此。”

顾哲蹙眉，满脸疲倦：“我很累，呼吸一下都费劲，你就不要在这里分享我的空气了。”

“我问你最后一个问题，”李灿看着他的脸，“在宴会大厅，我去找你，是不是给你增添麻烦了？”

“是。”顾哲微皱着眉，吐出一个字。

“什么麻烦？有生命危险吗？”

“再受伤的麻烦。”

“我不知道。”李灿嘴唇哆嗦了下，声音里尽是恐惧，“对不起。”

顾哲不看她，抬手指向门口：“你，出去。”

李灿咬着嘴唇看了他一会儿。屋里没有铺地毯，她还没来得及换鞋。怕鞋跟声响太大吵到他，她脱下高跟鞋，一手拎着鞋，一手按着地板从地上站起来，光脚悄无声息地走出房间，轻轻掩上房门。

顾哲皱眉抽气，捂着腹部的伤口，缓缓躺回床上。明家人的智商实在是……堪忧。

李灿换上便服卸了妆，坐在客厅沙发上研究健康食谱。

她翻了几页，眼泪开始啪嗒啪嗒往下掉，手机拿了又扔，扔了又拿，几次三番想要给明礼打电话，但是怕他这个脾气不分青红皂白就把顾哲抓起来。

纸巾用掉半盒，她的眼泪才勉强止住。隐约听到身后有声响，她赶紧拿起沙发上的食谱挡住脸，想了想觉得不妥，她又从众多食谱中扒拉出剧本翻开。

顾哲走过来给自己倒了杯热水，瞥了眼沙发前一地的纸巾，戏谑说：“家里来男人了？”

“没……没啊。”李灿低头抽了下鼻子，不明所以地说，“就我一个人。”

“那你还……挺废纸。”顾哲端起水杯喝了一口。

李灿余光瞥见地上的纸巾，这才反应过来他刚才什么意思，耳朵红了一红。

她把剧本翻得哗啦啦地响：“我在看剧本，剧本太感人，我入了戏。”

“不信。”顾哲说。

“我真的在看剧本！”李灿急着辩解，从脸前拿开剧本和他辩解，“我刚接的一部电影，虐心苦情大戏。”

一双眼睛红肿，小巧的鼻头像是在红色染料盘里蘸了蘸，模样居然有那么点儿楚楚可怜。

“你演虐心苦情戏还怕虐不到观众？”顾哲面容淡淡地说，“观众去看你的电影，对他们来说，本身就是件很虐的事情。”

李灿抿了抿唇，没有说话。

顾哲倚着餐桌喝完剩下的水，放下水杯，一脸笃定道：“我想我知道你们明家的家训是什么。”

“我不信。”李灿看着他，又抽了下鼻子，“我家和明礼家的不一样，我爸妈从没对外说过。”

“还需要说？”顾哲踱过去，坐在沙发上，捡起那支已经送给她的钢笔，在她剧本背面写了几个字，然后倒着拿给她看，“是这个吧。”

语气十分肯定。

李灿盘腿坐在沙发上，几乎把脖子扭了个一百八十度，这才看清他写的几个字是：术业有专攻。

李灿从鼻子里哼出一声：“不是。”

“知道我为什么要你倒着看吗？”顾哲丢下剧本，脸上写满轻蔑，“你们明家人，完完全全反着来。”

李灿一脸蒙：“你什么意思？”

“你，演技差，干点儿什么不好，非要去演戏。还有你那个表哥，”顾哲手指敲了敲自己的脑袋，“他脑子不好使，非要去当刑警。”

“术业有专攻，你们明家，攻的是自身短板。”顾哲扶额叹了声，“也是不容易。”

李灿默默接受着他的嘲讽。你受伤，你说了算，你说啥就是啥。

她拿着那支钢笔摩挲了几个来回，问：“这支笔真送给我？”

顾哲心不在焉地“哦”了声。

“真是巴黎市长给的？”

“入场口一个大箩筐，参会者人手一支。”顾哲作势站起来，“我饿了，出去吃饭。”

“不用，我在家给你做，你刚做完手术饮食要注意。”李灿抱着食谱去厨房，“本来是想要给你订营养餐，但是怕那个魏朋知道，还是自己在家做来得安全。”

顾哲没有制止，任由她去了厨房。

李灿做好饭从厨房出来，才发现顾哲不见了。

她蜷在沙发里一直等到凌晨三点半，顾哲一身黑衣从外面进来，她腾一下从沙发上跳下来蹿过去，一脸紧张地检查他的身体：“有没有受伤？”

喉咙是哑的，鼻音浓重。

“没有。”顾哲换鞋解开外套，借着灯光看着她浮肿的双眼，“你又在研究剧本？”

“不是。”李灿接过他脱下来的外套，确定他真没有再受伤后，这才松了口气。

“你怕了？”顾哲倚着门板，眸光深邃盯着她。

“我在担心你的安危。”李灿抬脸迎上他审视的目光。

顾哲移开视线，往客厅内走：“还有饭吗？我饿了。”

“怎么不饿死你？”李灿嘴上这样说，还是去厨房热菜。

一直等顾哲吃得差不多的时候，她酝酿着说：“你下次出去，可以提前跟我说，我就不用再这样等你。”

“哦。”顾哲慢吞吞喝了口汤。

“你不怕我报警？或者联系明礼？”李灿托腮看着他，脸上都是自信，“看来我是你最信任的人。”

“并不。”顾哲抬头看了她一眼，漫不经心地说，“我在你家里装了监控，直接连接我的手机。你手机里有一款病毒软件，你一旦向明礼通风报信，你和他的手机都会在第一时间感染病毒。”

李灿敛起脸上的笑意，半信半疑。

顾哲：“不信你可以试试。”

“我信。”李灿撑着气场。

须臾，李灿问：“你不让我和明礼联系，是不是怕他胡来扰乱你的计划？”

“他是警察，我当然要躲着他。”顾哲神秘莫测地笑着说。

李灿看了他一会儿：“接下来你要做什么？”

顾哲：“看秀。”

三天后，李灿随顾哲平安返回到湖城。

李灿说她每次出国回来，都要去湖城一家胡辣汤店里买一碗胡辣汤来调理胃口，这回也不例外。她忽悠了半天，把这家胡辣汤店吹到天上地上独一家，非要顾哲陪着她一起去。

“有些小吃摊，店主是要往汤里加罂粟壳的。”顾哲一本正经。

李灿幽幽地说：“我买来一份，你验验看有没有毒。”

一大早醒来，明礼虽然很想带她去喝热乎的刚出锅的胡辣汤，但是看着媳妇儿钻在暖烘烘的被窝里熟睡的小模样，他舍不得叫醒她，于是自己一人悄没声息地起床，简单洗漱下，捞了件外套边穿边哼哼着小曲下楼。

去牛老二胡辣汤店的路上，他还在队群里发了条语音消息：“都别吃饭了，我给你们买胡辣汤和牛肉饼。”

群里瞬时被刷屏，消息一条接着一条。

明礼一路在群里聊着赶到胡辣汤店，车还没停稳，他就看见了店门口立着顾哲。

顾哲貌似也看见了他，不知跟店老板说了什么，正在炸油条的店老板在围裙上擦了擦手走进店里。

明礼摔车门下车。

李灿从店里走出来，瞅见来势汹汹的明礼，一下慌了神。她快走几步过来，急着解释："我没跟他联系过。"

顾哲嘴角噙笑看着明礼，没说话。

明礼手伸进裤兜里，大跨步过来，径直走到顾哲跟前："别来无恙啊。"

顾哲盯着他裤兜里的手，挑眉梢："你是要掏手铐？"

明礼保持着手抄裤兜的姿势，说话不绕弯子，径直道："前段时间汴州死了个人，有人发现你在那里出现过。你说要去巴黎的当天晚上，湖城西区也有动静。"

顾哲："所以？"

"汴州死者的身边，我们找到了凶器，上面有你的指纹。"明礼眼神凌厉看着他。

"你是不是还要说，你同样找到了证据，上面也有我的指纹。"顾哲笑了下，"左手上的指纹？"

明礼右裤兜里的手动了下。顾哲看着明礼，突然抬左手，向旁边滚烫的油锅里伸去。

"顾哲！"李灿尖叫着扑过来拦他。她整个人几乎栽进油锅里，明礼想要阻拦已经来不及。千钧一发时刻，顾哲的左手在油面上反转，一把揪住李灿的衣领向后一抡，掼她在墙上。

顾哲单手拎起她，手掌向上，把她悬空抵在墙上。他面部狰狞，目露凶光，声音从未有过的低沉："你想干什么？"

"顾哲，"李灿眼角流出两行泪，"真不是我联系的明礼。我拦你，是因为我相信你。"

顾哲额角青筋暴突，一双眼睛血红，早晨的日光铺在背上，他的耳朵在晨光中显得很薄，几近透明。

"顾哲，"李灿面部因焦急和呼吸不畅渐渐发红，但是她目光始终坚毅地看着他的双眼，"我信你，是信你这个人。"

顾哲手掌拎着她锁骨附近，她说话的时候，他能清晰地感受到她喉咙声带的颤动，一个字一个字地震在他手心，传到他死寂多年的内心深处。

把自己毁灭给众人看，等人来相信，一直以为没有人会来的。顾哲突然觉得自己幼稚得可笑，拗着一股劲儿，只为了等一个人真心实意亲口说我信你。

顾哲看着她的眼睛，面部神经如春风破冰，一层层缓和。手指跟着松动，渐渐松开她的脖颈。李灿双脚终于落地，倚着墙大口喘气。顾哲转身，背懒懒倚着墙，从裤兜里摸出一盒烟，烟盒向下倒了倒。

明礼一直站在油锅旁警惕地看着他刚才失心疯的全过程。顾哲叼着烟看了他一眼，他上前，右手从裤兜里拿出一只打火机撂给顾哲。

顾哲接过打火机，拢手点着烟吸了口，再把打火机撂给他，嘴角带着讥诮："好玩吗？"

明礼直直立着，扯出右裤兜的里衬，右裤兜里只有半包烟和一个打火机。

"我知道。"顾哲抽了口烟，语气平静地说，"你不如说你们找到的刀具上有枚指纹，怀疑是我的。"

明礼沉着气，问："你什么意思？"

"因为你根本不可能有我的指纹，家门、车门的报警系统没有跟我反馈有人企图靠近过，如果是在简意家。"顾哲捉摸不透笑了下，"你觉得简意会让你提取到我的指纹？"

明礼绷着脸瞄了眼翻滚的油锅。

"兴你诈我，不许我诈你？"顾哲把烟塞回嘴里，"无聊，想和你玩玩。"

明礼想一把抓起他，把他摁进油锅里，让你玩！

"不要把手伸到不该伸的地方，小心烫着。"顾哲嘲讽道，"什么汴州大佬，你先管好你的湖城吧。”

明礼活动了下手腕，想要和他打架。活了三十年就没见过这号人。

“看着你在这费劲我实在头疼。”顾哲看着他，“我可以直接告诉你，你说的汴州大佬不是我杀的，他不配我动手。”

明礼又活动了手腕。

“警察同志，抓人要讲究证据啊。”顾哲闲闲地抽了几口烟，拿着剩下半截烟摁灭在墙上，向左侧走了几步，规规矩矩丢进墙角的垃圾箱里，整个一五好市民形象。

明礼气到肺要爆炸。

顾哲整了下西服外套，向街口走去。路过明礼身边的时候，他顿住脚步：“我不在的这几天，你还在原地打转？”

“我查了你在美国的资料，一干二净。”明礼从牙缝里挤字，“你所有同学老师的资料我也都翻了个遍，虽然比不上你干净，但没发现有人和这三个案子有关联。”

“所以你这几天一直在查那些身份不干净的人？”顾哲耸了下肩，“放错重点了啊，你要查的是比我还干净的人。”

明礼怔了怔，舌尖滚出一口戾气：“你知道是谁，为什么不直接说？”

“因为现在还不是你该知道的时候。”顾哲往前走了两步，又倒回来，语气多了几分严肃，“我马上就能拿到证据，这个节骨眼上，你不要跳出来蹦跶。”

“你？”

“你是不是刨过别人祖坟？”顾哲双手抄进裤兜里，斜眼瞥他。

“刨祖坟这么缺德的事我不干。”明礼正气凛然道。

顾哲接着上句话，淡淡说：“结果你刨出来个千年僵尸，僵尸跳出来，吃掉了你的脑子。”

明礼捋袖子。

“我还是给你个提示吧。”顾哲望天叹气，“我在美国时期的资料之所以这么干净，是有人给我消了档。你觉得什么人会闲着没事消别人的档？”

“你是？”明礼有种被人打了一闷棍的感觉，脑袋都是蒙的，“被选中的……”

我还是被神选中的孩子呢。顾哲看着他点了下头，明礼跟着他点了点头。

顾哲说：“我现在可以肯定，你刨出来的那个千年僵尸没有吃掉你的脑子。因为它扒开了你的脑袋，看了一眼，失望地走了。”你压根就没有脑子。

明礼尚在震惊中，没工夫搭理他的嘲讽，又问：“你是……国际刑警？”

“不止。不过后来觉得无聊，退了。”顾哲轻描淡写说了句，双手抄裤兜向街口的轿车走去。

明礼看着他笔挺的背影，擦了擦脑门并不存在的汗。

李灿拎着两碗胡辣汤敲开车窗，手肘支在车窗沿上凹造型：“我的胃金贵，你没验毒，我不敢下嘴。”

顾哲掀起眼睑，轻笑：“神经。”

李灿仰着下巴，白皙的锁骨上是几道清晰的红色指印：“没你神经。”

顾哲睫毛轻轻颤了颤：“上来吧，我要去你家换药。”

第十一章

李灿手法娴熟地给顾哲换药包扎，顾哲垂下视线，伸手覆在她锁骨处，指肚轻轻摸了摸上面的红痕。李灿身形顿住，没有抬头。半分钟后，她翘起唇角，手指牵着纱布在他小腹上打了个心形结。

“现在是不是该轮到我问你？”李灿抬眸看他，“我和简意，谁比较好？”

“简意是亲人。”顾哲手指在那里弹了下，笑，“你是女人。”

顾哲没有说，如果今早在店门口站在他们身边的人是简意，在他把手伸进油锅的瞬间，简意去拦的，不会是他。她会去拦明礼，以便给他留出时间来“销毁证据”。

肠子拧了九九八十一个弯，被眼前这个女人找到了死结。

“你擅长解结吗？”顾哲捻了捻他小腹上的心形结，笑着问。

“相当擅长。”李灿笑靥如花。

“你慢着点儿解，这样才好玩。”

“依你。”

顾哲看了她一会儿，套上衣服，说：“我要出去一趟，如果明天晚上过了十二点我还没有回来，你去找明礼。”

李灿脑中刚舒缓了不过两分钟的那根弦又被猛地拽起。

顾哲从口袋里拿出一个花生粒形状的金属盒，放到她掌心："把这个给他。"

"这是什么？"李灿的手颤个不停。

"里面是个芯片，你不要擅自打开。"顾哲说，"一旦开启，里面的数据会在三十秒内自动销毁。"

顾哲走后，李灿坐立不安，晚上过了八点，顾哲依旧没有回来。

李灿决定不再等下去，拿着芯片去找明礼。从顾哲受伤开始，她把这几天所知道的事情全部告诉了明礼，明礼吼着嗓子把李灿骂个半死。

骂李灿的时候，他还要抽空去安慰简意，简直不能好好骂人。

陆天枪看着在两种画风中不断切换的老大，觉得自己都要得精神分裂了。

"老大，"陆天枪眨巴眼睛，"技术组说一切准备就绪，问什么时候查看芯片。"

"准备好了不早说，还等什么等？"明礼吼道。

陆天枪冤枉叫唤："我也得能插上嘴啊。"

明礼心急如焚，一手牵起简意往技术组走。

陆天枪连忙跑开："老大，你省着点儿力气，待会儿还要你去找大舅哥。"

明礼窝着一肚子火，又不能揍李灿，他本想撵上陆天枪骂他一顿来撒火，但是低头瞧见怀里的简意，他立马没了脾气。

"媳妇儿，"明礼亲了下简意泛红的眼睛，"会没事的。"

你那个哥厉害着呢。等把他找回来，非要扯着他的肠子揍得他满地找牙不可。逞什么能，电影看多了吧，这年头还兴个人英雄主义？老子又不跟你抢头功！

"明队。"组长高绍见明礼进来，动了下鼠标。

"不用紧张。"明礼安抚他道，"你天天跟这玩意儿打交道，这是你的看家本领，我信你。"

高绍吐气：“这个芯片不复杂，只把内容读取出来就行。”

“开始吧。”明礼温暖的大手握住简意发凉的小手，沉声说。

技术组空前紧张，全员注意力集中在高绍面前的电脑上。芯片读取不难，难的是争取时间，好在高绍操作一切顺利，程序自毁以前，全部读取解密成功。

魏朋的详细资料和一个地理位置坐标。

资料底部有个“孤阴不生，独阳不长”名称的数据表，李思录、殷文秀、莫小茹……这三起案子相关所有人的名字、关系、性格、生长环境和心理变化成因指数……都一一记录在档，俨然一个详尽的犯案步骤。

这是顾哲模仿魏朋制作出来的“试验项目”，他要去拿的证据，想来就是这份实验项目的原件。

当晚十一点，湖城与白城交界的一个废弃化工厂。地下配电室积水过膝，电线满地。

顾哲两脚分开蹬在走廊两边的墙壁上，扯着衬衣撕掉两块布条，缠在左右两个手掌上。他仰脸看着头顶的管道，提着气纵身一跃，双手牢牢搭在管道上。

走廊尽头的房间是配电室，走廊约十米长，顾哲需要去配电室切断电源，留给他的时间已经不多。他能想到切断电源，魏朋必然也知道他会这么想。以魏朋的能力，破解陷阱最短只需五分钟，他识破陷阱后的第一件事就是来配电室堵他。

全凭臂力往前移，如若在以往，十米的距离对他来说轻而易举，但是他现在不仅小腹的伤疼痛难忍，刚在打斗过程中，他左肩膀还中了魏朋一刀。才移了三米远，顾哲左臂酸疼，左手差点儿握不住管道。伤口撕裂开，顾哲额头冒汗，清晰感觉到腹部隐隐的疼。

五米远，后背的汗已黏湿贴身的衣服。七米远，左臂麻木到几乎没有知觉，左手打滑从管道上脱落，身体摇摇欲坠吊在管道上，鞋底几乎是擦着水面而过。好在腿够长，摇晃的时候，脚蹬着了墙面。

顾哲撑着墙喘了口气，耳朵灵敏地捕捉到楼梯口的脚步声。他深吸一口气，左手重新攀上管道，以最快的速度前移到走廊尽头的配电室踹开窗户，脚面勾着窗棂，全身重心转移，成功跃到了窗台上。顺利进入配电室切断电源，毁掉电箱和发电机，全身已被汗浸湿透。

顾哲不敢在原地过多停留，他屏息辨了辨声响，打算从配电室的天窗爬出来。他刚从天窗探身出来，就被一个人堵截住。刀口顶在他腰上的同时，他手里的匕首抵在了这个人的咽喉上。

“你大爷。”低低的一声，吹进他耳朵里。他腰上的东西随之移开。

顾哲把匕首转了个面，几乎是咬牙切齿：“你大爷。”

明礼抓着他的胳膊，把他从天窗里拽出来。

“还不到十二点。”顾哲压着声音。

声音低到微不可闻，明礼还是听得出来里面极力压抑着的愤怒。

都这个时候了还在逞能？我再不来你的小命就报销在这里了，我的大舅哥。

“你一个人？”顾哲又问。

“要不然给你弄支部队？”明礼咬后槽牙，按着肚子里的火，“我先来，警察随后就到。”

明礼扫了眼顾哲身上的伤，问：“东西拿到了？”

“拿到我早走了，还会在这里等着被电死？”顾哲忍着疼，“他马上就会过来，先去对面楼里躲一躲。”

“来不及了。”明礼给顾哲打了个手势，拖着他上楼。

两人刚跑上二楼，就听到后方传来一阵笑声。笑声过后，魏朋扯着变调了的长音叫：“顾哲，我的朋友顾哲。今晚的游戏好玩吗？我知道你最喜欢玩了，今晚好玩吗？合不合你的胃口？你不满意咱们再重新来一遍，顾哲顾哲。”

一片漆黑中，明礼看见顾哲前胸上一个红点。

“我数一二三了喔。”

砰——

明礼一个纵身扑过来：“还没开始数数呢，这人说话怎么不算数？”

两人从平台上落下来，顾哲脊背砸在木桩上。

两人以一种难堪的姿势抱在一起。世界静了三秒。顾哲忍着肩背上的刺痛推了推明礼，明礼拧眉吠了声。

“你们明家人，”顾哲吐出一口血，“一个比一个有种。”

“老子穿防弹背心了，没打着。”明礼从他身上爬下来。

顾哲抬手擦了把嘴角的血：“废话，我也穿了！”

“你怎么净招惹这些人？”明礼扶起地上的顾哲。

“所以，现在把你招来了。”顾哲拧着脖子，反手摸了把肩胛骨。

“骨头断了？”明礼和他说话的时候，大脑会有个预警，自动屏蔽他话里的嘲讽，“这样，下回你在我上面，我肉厚耐摔。”

“没有下一回。”顾哲想把明礼的脖子拧了。

“好好好，什么都你说了算。”明礼不管他愿不愿意，拖着顾哲的手腕就往仓库里跑，“你受了伤，先找个地方歇着，我出去和他正面杠。”

“你不给我留把枪？”顾哲眼睛盯着他手里的枪。

“不合规矩。”明礼警惕地看着仓库口，补充道，“这是在国内，普通公民不能随便开枪，到时候你麻烦。他不就一个人？我一个人对付他绰绰有余。”

“他手里有更厉害的。”关键时候，尤其是要和一根筋的明礼说话，顾哲从来不绕弯子，他好心提醒道，“魏朋作战经验不比你差。”

“知道，我看了他的资料。但现在我们是短距离对峙。”明礼底气十足，“今晚就让你开开眼。”

顾哲从口袋里掏出一个玻璃小圆瓶，一个打火机和一小块硫黄，盘腿坐着专注手上动作：“你有的他也有。”

明礼瞄了他一眼：“你在干什么？”

“显而易见，制造炸弹。顺手捡来的东西，不是蓄意，正当防卫范畴。”

“厉害……”明礼噤声。

仓库门口传来几声变态的笑。明礼向顾哲使了个眼色，拿着枪闪身到他对角一堵砖墙后面。

魏朋的声音忽近忽远：“尿成这样，这不是我认识的顾哲，居然还找来了帮手，和帮手在这里做缩头乌龟。”

顾哲不为所动。声音飘忽不定，明礼盯着门窗，不敢轻易动手。

“明礼，明礼。”魏朋吹了串口哨，“顾哲，明礼不也是你的试验对象吗？哦，看来他自己还不知道。”

明礼去看顾哲，黑暗里看不清他的脸，但是可以辨得出来他制造炸弹的手没有丝毫慌乱，给人一种莫名奇异的信任感。魏朋这是典型的挑拨离间——你以为我会信？

“你要拿他来做实验，好，我把他让给你。简意管你叫哥，好，我给了她一条命。”魏朋继续，“你的东西，我从来不抢，但是你为什么要来抢我的东西？”

仓库门打开一条缝，门前投射过来一道黑影。

顾哲看了眼仓库门的方向，想要提醒明礼不要开枪，明礼朝他做了个放心的手势。这种拙劣的伎俩，也就能骗骗小孩，早在明礼穿开裆裤的时候就用烂了。

不知魏朋用了什么方法，他在说话的时候，从声音上来听，他本人就是在仓库门口：“在学校的时候，我本来一直是全专业第一，你一个学物理的，跑来我们电子工程来做什么？抢走原本属于我的一切荣誉！这就算了。通过层层严格筛选，我以唯一一个亚洲人的身份进入最终考核阶段，一只脚踏进了大门，突然天降了一个你。

你不是最讨厌警察吗？我就是为了避开你才去当警察的啊！

“你不但做了警察，还去做了国际刑警，耍我玩呢！”魏朋开始歇斯底里，“我视若珍宝求而不得的东西，你从天而降在我面前把这些东西糟蹋个遍，糟蹋完擦擦鞋底就走。你说你只是玩玩，好，我陪你玩！

“你不是天才吗？你不是每件事动动手指就能做到极致吗？犯罪试验你怎么不做下去？半途而废哈哈……你做不下来的东西，我魏朋就能做下去。

“你说得对，每个人都有想杀人的瞬间，他们之所以没有杀人，只是缺少一个引爆这一念头的契机。他们缺什么，我就给什么。”

魏朋说这些的时候，顾哲已经制好了一个简易炸弹，威力炸不死人，不过可以在墙上炸开一个出口。

明礼听魏朋说了这些，加上顾哲留在芯片里的资料和数据表，他基本知道了整件事的来龙去脉，突然有那么点儿同情这个魏朋。

顾哲不费吹灰之力，各方面压制勤学苦读、脚踏实地的特优生魏朋，魏朋调整心态自认倒霉去考取警察，本以为可以避开顾哲。没想到不知什么原因，最讨厌当警察的顾哲却被破格录取。这还不算完，顾哲纯粹就是体验一下，体验完就走，魏朋心态彻底崩溃。

顾哲有可能是玩性大起，也有可能只是随口那么一说，反正不论他出于什么心理，提出了“犯罪试验”这一构建“宏图”。

顾哲虽然变态，但是他知分寸，知道什么是适可而止，所以他早已丢弃了这个“试验”。但是魏朋这个傻子不知道，或者是他知道，但是此时他心理已经极度扭曲，迫切需要在某件事情上打压超过顾哲，因此，他拾取了顾哲丢弃的这个“试验”，自己来亲自实施。

在黑暗中待的时间久，明礼的眼睛早已适应了这样的光线，他背靠着砖墙，看了眼结束自制炸弹，现在正在安静地给自己包扎肩头伤口的顾哲，有种毛骨悚然的感觉。太变态了这个人，怪不得魏朋要来灭了他。

真要归咎起来，魏朋犯罪的一切源头，可不就是这个顾哲？

顾哲老老实实在物理学专业待着，不要串课，他心态也不至于爆炸。所以，今晚魏朋是豁出命来想要置顾哲于死地。

顾哲，你早晚得把自己作死。

顾哲用衬衫布条包扎好肩上的伤口，抬脸向明礼这个方向看来。明礼情不自禁打了个哆嗦。顾哲朝他做了个 OK 的手势，黑暗中，明礼好像看到他朝自己笑了下。

大舅哥，我受不了你的笑容，被你笑一下，我会连着做三个晚上噩梦的！明礼定了定心神，迅速给自己重新做了心理建设，把一脑子的糨糊给搅匀。

仓库门外响起脚步声。明礼效仿魏朋，脱下手套丢过去，魏朋被骗了。仓库门大开，迟迟不见魏朋的身影。其实这样对峙下去，等警察过来包围这里，魏朋就算是有个直升机，也是插翅难逃。但是如果他“识时务者为俊杰”，这个时候跑掉，想要再捉住他，难度极大。

明礼和顾哲都想到这一点，他们打暗号交流，明礼掩护，顾哲扔炸弹。

顾哲跳下集装箱，向仓库门口方向迂回。听到魏朋的回击后，他奋力把炸弹扔过去。

轰声大作，墙面连同着仓库门一起被炸掉。借着这股火势，顾哲和明礼一起跑上楼。

“你掩护我，我引他出来。”顾哲边上楼边说，“我要去对面楼里。”

“你怎么过去？”明礼踹开顶楼平台上的门。

“跳过去。”顾哲说，“这里的厂房楼间距都不宽，到对面不到三米。”

“不行。”明礼果断拒绝，“他疯，你也跟着他疯？先不说你一身的伤，这是六楼，你跳不过去摔下来就是个死。要跳也是我跳。”

“你跳？你以为他是瞎子，认不出来那是你。”顾哲蹲在地上系鞋带，“我了解他，他现在肯定还在仓库大门口没有进来。我跳楼，他会跟我玩这一局，认赌服输。”

明礼知道拦不住他，于是问：“你有几成的把握？”

“十成。”顾哲系好鞋带，活动了下脚腕，“前提是他打不着我。”

明礼观察着地形：“好，你只管跳，我不会让他打中你。”

顾哲扭了扭脖子，向楼边走过去。

“我沿着楼梯往下走，去找最佳据点。你跳过去以后原地待着别动，或者找个藏身的地方，剩下的交给我。”明礼严肃道。

“是，警察同志。”顾哲话音里带着点儿漫不经心。

“顾哲。”明礼叫了声，“你最好给我跳过去，跳不过去摔下来我就把你喂野狗。”

顾哲没有理他，而是径直来到平台边，拖着长调朝着夜幕下的废墟喊了声：“嘿，我的朋友。”

没人回应他。

“咱们再来玩一把，怎么样？”顾哲继续，声音里甚至带着笑，“你最擅长的是什么来着？哦，狙击。”

明礼深深看了他一眼，脚步沉稳下楼。顾哲的笑声如影随形，飘荡在废墟上空。

“朋友啊，我说你和谁比不好，非要和我比。”顾哲语调散漫，嘲讽里带着不屑和散漫，“比就比吧，拿你的长处来和我的短处比，比得过算你赢，比不过咱再来一局。”顾哲故意拿话激他。

“我想到一个更好玩刺激的，看到对面那幢楼了没？我跳，你打我，比一比咱俩谁更快。”

在明礼听来，顾哲的笑声比魏朋的更为变态，听得心里直发毛。他吁出一口气，深知顾哲这一跳，等于是把命交给了自己。

三楼平台开阔，各种抽水管道盘根错节，管道后方有个圆柱形的水塔，水塔正对着两幢楼的间距。这是个最佳的视野。但是魏朋不可能不知道，顾哲在跳的时候，明礼会瞅准时机让他开不了这一枪。如果他不想被明礼打中，就不会选择这里。除了这里，魏朋会去哪里？

明礼绕到水塔斜后方，调动全身细胞，边找寻魏朋可能藏身的地方，边时刻注意着顾哲所在的方向。

“我要跳了喔。”顾哲飘忽的声音刺破夜空传来，“我喊一二三。”

明礼脊背登时冒出一层冷汗，身上所有感官达到前所未有的灵敏状态。

“一……”

“一”字刚喊了半声，一道黑影从楼间跃出来，在空中划出一个完美的弧线。

“砰”的一声，黑影从空中坠下。

明礼双腿一软，手撑在管道上。

“朋友，我是个守规矩的人，我说喊三声，就喊三声。不像你，脑子总是想着作弊投机取巧、歪门邪道的东西，不好。”顾哲蔫坏的声音再次传来。

刚才的黑影只是件外套，明礼松了一口气。这一下，明礼就辨认出来魏朋藏身之处——水塔。

魏朋冒着被明礼击中的危险也要占据最佳的点，鱼死网破，他今晚是铁了心要把顾哲置于死地。

明礼悄无声息闪身在一个砖柱子后，可以清晰地看到魏朋半截身体，正趴在水塔右侧的管道上。明礼和顾哲在的这幢楼位于水塔左侧，水塔和管道挡住了魏朋上半身。明礼沿着抽水管道匍匐过去，计划从后方袭击魏朋。

顾哲开始重新查数，查到二的时候，明礼这个角度刚好能看见魏朋的手。魏朋似乎有所察觉，他把手往里缩了缩。

明礼在心里骂了声，老子倒要看看你打哪个。只有几秒钟的时间，他迅速向前移动，动静不小，有意引魏朋和他正面对决，如果魏朋不和他杠而是往回缩着躲起来，他事先架好的角度就会偏离。

魏朋一动不动。

顾哲喊：“三。”

明礼开枪，子弹不偏不倚，打中魏朋扣扳机的手指。魏朋疼痛难忍，哀号了声。

顾哲跳。明礼抢先魏朋开了第二枪，魏朋依旧顽强地瞄准夜空中的那道弧线。弧线没有受到影响，稳稳当当落在对面楼顶上。

明礼松了口气，瞄准正在杀猪般号叫的魏朋，就在魏朋从管道上掉下去的时候，冲着明礼的方向开了一枪。子弹打在管道上，管道崩裂，有几块碎片打进他臂肉里。明礼骂了声，攀上另一根管道，发现魏朋已经从地上站起来，跑进了对面楼里。这是又找顾哲去了。

明礼有种自己白送命都没人要的失落感，他顺着水塔爬下来紧跟其后进入楼里，想都不用想，从一楼直接奔向顶楼。果然，魏朋和顾哲都在楼顶，场面上来看，已经经历了一番打斗。

顾哲见明礼上来，不给明礼反应时间，他飞身踹着门板朝着魏朋压过去。魏朋把门板打成了蜂窝，明礼对准魏朋，在他手腕和腿上各补了一枪。

门板砸落震起一地的碎屑，魏朋应声跪在地上。明礼过去踢走魏朋前面的枪，扭住魏朋的双手反铐在背上：“你挺有种啊。”

顾哲擦了把嘴角的血，走过来蹲在魏朋面前浅笑：“好玩吗？”

魏朋双眼血红，一口血水喷在顾哲脸上。顾哲不闹不怒，依旧保持着淡淡的笑容，抬起手，两根手指并拢，就着外面一层衣服，狠狠按在他的伤口处。

魏朋脸色煞白，凄厉惨叫。

“知道你为什么弄不死我吗？因为你还不够变态。”顾哲问，“试验项目名单在哪儿？”

魏朋疼得快要昏死过去，只有出的气没有进的气。他恶狠狠地瞪着顾哲，就是不说话。

“你怎么就不明白？”顾哲语速不紧不慢，“你豁出性命学来的东西，只是我无聊拿来玩玩打发时间的消遣。”

魏朋瞳孔剧烈收缩着，勾着唇角似有若无地笑了下。

顾哲盯着看了会儿，抽手起身，从裤兜里掏出一包餐巾纸，闲淡地擦了擦手，再擦了擦脸，对明礼说：“东西在他胃里，他吃了进去。”

魏朋像是被抽走了筋髓，栽倒在地上蠕动。

顾哲看了眼地上的魏朋，说：“这就是咱们两个人的区别，不管什么东西，你都是一股脑吃进去，而我，则是记在脑子里。”

“我放了你……妹妹……一条命。”魏朋喘着气，似乎是在求饶。

“你放了她，不是在给我面子，是因为你怕我。”顾哲说，“如果你没有放了她，我一时半会儿还想不到你。”

此起彼伏的警笛声由远及近，划破长空。

魏朋攒着最后一股劲儿说：“李思录、肖广平、郑乐乐，哪个人不该死？但是能够逃脱法律制裁，活得逍遥自在。道德谴责，道德谴责有个屁用！谴责一下他们犯下的罪行就可以抹平吗？而且杀他们的人又不是我，我没有错。”

“我们要遵纪守法啊，朋友。”顾哲重新在他面前蹲下，声音放低说，“你的试验失败……”

后面顾哲再说了什么，明礼支棱着耳朵什么也没听见。

顾哲浅笑着站起来，手捂着腹部往楼下走：“你有叫救护车吧？这里交给你，我先下去找医生。”

“你能行吗？”明礼看向他。

顾哲：“死不了。”

地上的魏朋像被打了一剂猛药，突然蹿起来，明礼本能往顾哲的方向挡了一挡。魏朋狂笑着向反方向跑过去，明礼跑过去追，刚跨出去两步，前面的魏朋一脚踏空，直直坠了下去。

医生给顾哲伤口做了紧急处理后，他拿着一根烟点上。

明礼走过来，两个胳膊肘向后撑在车身上："今晚真够猛的。"

"魏朋的尸体收拾好了？"顾哲问。

"基本完事，要先运回局里，他们在做现场痕检。"明礼扭头看顾哲，"你走的时候，跟他说了什么？"

顾哲脸上没什么情绪："我说，我还没玩够，你可千万别死。"

明礼分辨着他脸上的表情，最后得出来一个结论："你就是个变态。"

"承让。"

"你不去医院？"

"我要去你家的医院，当一回贵族。"

"你这号人物，在哪儿都是贵族。"

一切采集妥当，明礼开车载着顾哲去医院。

凌晨四点半，天空有些黛青色。顾哲坐在副驾驶位上，一言不发。

明礼瞥了他一眼，说："其实你不用真跳的，我当时已经找到了魏朋，完全可以制伏住他。"

顾哲靠在椅背上，抬手按了按眉头："浑身痒痒，想跳。"

明礼："我发现你这个人很欠啊，你伤好了后咱们打一架吧，往死里打的那种。"

"不打。"顾哲懒洋洋地说，"我打不过你，你不光枪法好，身手也好。"

明礼没听出来他这是在夸自己。

"我说真的。"顾哲诚恳道。

"你还是别夸我了，我听了心里瘆得慌。"明礼咬了下后槽牙。

顾哲侧脸看着明礼，不察地笑了笑，说："如果我说，我临走前对魏朋说的那句话不是我刚才告诉你的，而是别的，你猜是什么。"

"什么？"明礼随口问。

"我对他说，"顾哲眯眼看着远处压迫感十足的地平线，懒懒散散地说，"试验项目，我故意半途而废，就是为了等你接替我来做啊。"

明礼脊背嗖一下蹿上一股寒意，他刹车，转头看顾哲。

顾哲一脸平静。

足足两分钟，令人窒息的静寂。

明礼凝视着顾哲，笑："你又诓我。"

"人就是这么奇怪。"顾哲侧脸过来，睨了明礼一眼，说了句令人捉摸不透的话，"只选择自己相信的。"

明礼笃定地说道："我信你。"

顾哲笑笑没说话。

吉普车继续前行。

"你这个人，除了变态和作，其他没什么毛病。"明礼拧着的眉头渐渐舒展开，"案子终于结了，我明天要向简意求婚。"

顾哲轻哼了声。明礼想起简意，嘴角几乎要扯到耳朵根。

不知过了多久，车身一个颠簸，差点儿把他紧张的小心脏颠出来，一个百爪挠心的念头突然蹿出来。

顾哲冒死也要跳楼，浑身痒？魏朋突然发狂跳楼，如果没有一脚踩空，他完全可以追上魏朋阻拦住他。魏朋踏空的地方是块腐蚀了的木板，虽然痕检说没有人为破坏的迹象，但是如果这个人是……顾哲。

顾哲到底对魏朋说了什么？

我还没玩够，你可千万别死。

试验项目之所以半途而废，就是为了等你来接替我做。

这两句话，哪句会让魏朋突然发狂求死？顾哲想让魏朋死？

"其实查不查出来，你心里都会是个结。"顾哲突然说。

“啊？”明礼降下车窗，夜风灌进来，车里寒气逼人。顾哲头枕着椅背，嘴里的烟头被风吹灭，掉落了他一身的灰。

“如果我不跳，”顾哲闭着眼睛说，“魏朋就会把枪转向你。”

明礼额角青筋跳了跳。

顾哲接着说：“那你明天还求什么婚？”

法医从魏朋的胃里取出来那份名单，上面的人男男女女，年龄不一，职业不同，遍及全国。每个人都多多少少曾经做过一些法律制裁不了的“缺德事”，警察挨个找到这些人，成立心理辅导小组为他们疏导心理。

刑警队难得清闲，队员们忙前忙后策划明礼的求婚仪式。

如果不是陆天枪突然蹦跶出来阻拦住，他真敢当场来个单膝下跪，拽着简意的手把戒指直接套到她手指上，然后扛起媳妇儿回家拿户口本去民政局领证。

但是队员们说求婚是大事，女人最在意这个，不能随便，要有仪式感。

明礼就纳了闷了，都是单膝下跪，都有戒指，怎么搁他这是随便，搁别人那就是仪式感？简直岂有此理，欺负一心想结婚的老实人。

无论如何，这个婚必须今天求！

这天陆天枪以李思录案子的名义把简意喊到局里，明礼则兴冲冲跑去医院提溜顾哲，强迫他围观自己求婚。

顾哲正半躺在床上输液，吊瓶里还剩二指深的药。

明礼走过去，盯着吊瓶瞧了会儿，手痒痒地摸上去，指腹摸着滚珠：“这也太慢了，急死个人。”

顾哲从平板电脑上抬起脸，一个眼神杀过来。

“我没碰。”明礼的手从滚珠上瞬移开，移到自己脑袋上撸了把寸头，嘿嘿笑着说，“简意在局里等着我去求婚，怕时间来不及。”

顾哲拿眼上下打量了他两个来回，没有说话。

明礼低头瞧了瞧自己这一身打扮：“我就是要回家先换衣服，换好衣服直接去局里求婚。求婚只有这一次，你作为简意的娘家人，必须在场。”

“等着吧。”顾哲低下头，继续单手操作游戏。

“等什么？”明礼猴急到不行。

“药滴完。”慢慢的一声。

明礼急得要死，求婚这个节骨眼上，他不敢惹怒这位大舅哥，想去把给顾哲扎针输液的护士拖出来吼一通。为什么不早点扎针！

明礼去了一趟洗手间，洗手照镜子的时候，发现自己胡子有点儿长，他找了把刮胡刀刮好脸，回到病房的时候药还没滴完，严重怀疑顾哲往吊瓶里偷偷加了药。

他在顾哲床前来回转，转了第八个圈时，顾哲扣下平板电脑，皱眉按额角：“我头晕。”

明礼一副“你又想出什么幺蛾子”的表情看着他。

顾哲按了下床头的呼叫器：“我让护士拔针，你去衣柜里把我的衣服拿出来。”

明礼感激涕零。

拔掉针换好衣服，他把吉普车开成了赛车，一路狂飙到家里。刚进家门没多久，陆天枪满头大汗跑过来，进门就喊：“老大，你怎么这么慢？再慢嫂子就走了。”

“嘿哟。”陆天枪瞧见客厅沙发上坐着的顾哲，自来熟道，“哥，你出院了？”

顾哲好像心情不错，没有骂他，正常回答道：“没有，晚上还要回去。”

“你是专门来看老大求婚的吧？”陆天枪一屁股坐在沙发上，“这个求婚仪式，我们策划了一周。”

顾哲："你们？"

"我和队里其他同事，我们一起想的，气球礼花什么都有。"陆天枪拍着胸脯说，"保证热闹。"

顾哲斜了眼陆天枪，以他们的眼光，怕是俗不可耐。

"有礼炮？"顾哲按着眼皮试探着问。

"有有有，啥都有。"陆天枪兴奋地来回比划，"还买了一大盘鞭炮，那个长啊，从市局办公大楼楼顶拖到地面上，要多气派有多气派。"

顾哲满脸的一言难尽，不知道的还以为这是村里娶媳妇儿。

陆天枪解释道："放鞭炮是局长批准了的。"

明礼身着一身看起来就是天下第一贵的高档西服从卧室走出来，手里拎了几条颜色不一的领带："哪条领带配这身衣服？"

"红的红的红的！"陆天枪扯着嗓子连喊三遍，"红色喜庆。"

"我也觉得红色好看。"明礼揪出来那条大红色的领带就要往脖子里套。

顾哲："你怎么不在左胸上的口袋里插枝红玫瑰？"

"不是买红玫瑰了？待会儿去给我揪一枝过来。"明礼朝陆天枪喊，"揪两枝吧，我见电影里的男的嘴里还要咬一枝。"

顾哲手按在眼皮上，不想看见他。

陆天枪说："老大，玫瑰上有刺，扎嘴。"

明礼："大老爷们扎一下怎么了？"

"你是没事儿，我嫂子怎么办？"陆天枪自以为考虑得很周全，"给嫂子戴上戒指以后，你肯定是要亲嫂子的呀。你一嘴血怎么亲？"

"你说得也是。"明礼想了想说，"那你把玫瑰上的刺先去掉。"

陆天枪一拍大腿："得咧。"

顾哲被眼前这两位逗笑了，他按着额角说："如果我没记错，简意今天素颜，穿的也是平常的衣服。你穿成这样，合适吗？"

明礼一脸呆滞："怎么不合适？"

陆天枪盯着明礼看了会儿，若有所思："确实不合适，老大，你光顾着自己捯饬，这样显得你特有心机。"

明礼骂了声："是你们说，要有仪式感，要有惊喜，要庄重。"

"是这样说没错。"陆天枪赶紧给自己开脱，"但是庄重不一定就是西服领带啊，我们的意思是，你要穿得精神点儿，别致点儿，有意义点儿。总之就是嫂子喜欢什么样，你就穿成什么样。"

陆天枪一连三个点，猛地点醒了明礼。简意喜欢的，有纪念意义的。不就是那啥……警服。有一次，简意见他穿着警服从办公室出来，当时她眼睛都直了。

明礼一把扯下领带，瞥了眼沙发上的顾哲：不让我穿西服，原来是你穿着西服，怕我把你比下去。

"你，换身衣服。"明礼看着顾哲说，"又不是你求婚，穿那么齐整干什么？"

顾哲："我就穿了这一身衣服来。"

明礼："那把外套脱下来。"

顾哲扯了扯衣领："我里面是病号服。"

陆天枪插嘴道："病号服不吉利。"

"我有衣服可以借给你。"明礼寸步不让。

"不穿。"顾哲拒绝得很干脆。

明礼扶着门框，眼睛定定地看着顾哲："哥。"

明礼赶在顾哲开口前："就这么决定了，我去给你拿衣服。"

五分钟后，明礼一身笔挺整齐的警服从卧室出来，喜滋滋地等待着客厅里的两个人夸奖，但是显然，客厅里的两个人眼睛都不在他身上，而是在他手上——军绿大衣。

"就这一件合适的。"明礼摸着良心说，"你凑合穿吧。"

队员们的电话一个挨着一个来，说一切准备就绪，就差新郎官了，明礼再不去，新娘就跑了。

“走走走。”明礼把军绿大衣撂在顾哲身上，“没时间了。”

陆天枪叮嘱：“老大，戒指带着了吧，求婚戒指。”

明礼拍口袋：“这个不能忘。”

顾哲拎着军绿大衣起身，默默套在了身上，挺……暖和。

“暖和吧。”明礼瞧了他一眼，又对陆天枪说，“待会儿你们拍照录像。”

陆天枪嘀咕：“不是说好了让顾哥哥拍照吗？嫂子也说过，他以前得过摄影大奖。”

明礼：“他有伤在身，别累着。”让他拍照？我让他穿成这样，他能拍我点儿啥好？怕是从头到尾连个正脸都不会有。

陆天枪看着身穿军绿大衣的顾哲，挠了挠头说：“我怎么觉得，军大衣会引领今年的时尚潮流？”

明礼睇了眼顾哲的背影，沉默了。

市局大厅里，简意被队员们围住嘘寒问暖，怕她无聊，他们还很贴心地送上饮料矿泉水花生瓜子八宝粥。简意看到这些东西，只想来一句，你们各位把腿让一让。

“老大来了。”有人喊了声。

刚才还把简意围得密不透风的人群，呼啦一下自动让开一条道。明礼手捧一大束红玫瑰，警服笔挺，一脸庄重地大跨步过来。

简意心跳剧烈加速，她放下水杯从椅子上缓缓站起来，手心出了一层汗，此时此刻只有一个念头——今天涂了指甲油，刚才被队员们围着心烦意乱，自己郁闷抠指甲玩，貌似抠掉了好几块指甲。左手还是右手？

默默祈祷明礼忘记拿戒指，但是简意转念又一想，以明礼的性格，就算把戒指弄丢，他也会现场拽着一枝玫瑰，把玫瑰圈成个圈强制套在她手指上。

简意两只手交叉着，脑子里一团糨糊，僵在原地。

明礼大步来到她跟前，看着她局促不安的样子，实在没忍住，俯身在她脸上亲了下，声音放低，柔声说：“媳妇儿，我要求婚了。”

明礼心潮澎湃，单膝下跪，清了清嗓子，大声说：“简意，我爱你，我要和你结婚！”

简单、粗暴、直接。

正在想他会说些什么感动誓词的简意，此时此刻的内心无法用言语来形容。明礼仰脸，深情凝视着简意，在等她说愿意。

陆天枪在旁边干着急，想提醒老大，你都没问嫂子愿不愿意。顾哲倚着一根柱子望过来，心想千万不要来个拍手鼓掌。得，他怕什么来什么。

陆天枪见老大这样干跪着也不是个办法，于是他带头鼓掌：“答应他！答应他！答应他！”

一呼百应，一群小伙子为这场爱情鼓起了掌，声音响彻整个市局大院：“答应他！答应他！答应他！”无限循环的复读机。

简意头上飞过一群乌鸦，她咬住唇角，伸手接过明礼手里的红玫瑰，脸色绯红小声说：“你起来。”戒指回家再戴。

明礼保持着单膝下跪的姿势，拽过她的左手，拿着戒指就往上套。不断闪烁的镁光灯，手机、录像机、摄像机对准她的手一通拍，简意想找个洞钻进去。

明礼给她戴上戒指后，攥着她的手，给各种摄像机留下拍照的时间。八克拉的大钻戒，让你们照个够！

“起来啦。”简意催他。

明礼觉得他们都照得差不多了，这才从地上起来，捧住简意的脸来了个法式热吻。

在震天响的鼓掌声和欢呼声中，礼花气球满天飞。钱进拿着打火机跑出去点鞭炮。顾哲一脸冷漠地从军大衣破烂的衣兜里揪出两团棉花，在手心揉了揉，塞进耳朵里。

鞭炮声响了足足有半个小时，与此同时，两条红色的条幅从市局办公大楼垂下来。

——祝贺刑警队队长明礼求婚成功！

——愿你们百年好合早生贵子！

明礼载着简意去了一家炸酱面馆。吃过两人第一次见面时的炸酱面后，明礼拉着简意去散步。他故意走在人行道内侧，和简意叙述往事："你还记得咱们第二次见面的情景吗？也是这样的夜，你被一辆车追着跑，我在路边一把抓住你来了个英雄救……"

"美"字还没说完，旁边马路后面冲过来一辆车。明礼眼疾手快一把拎起简意，简意吓得魂都没了。

肇事车在前方徐徐停下，陆天枪从车窗里探出头来，扯着嗓子大声喊："老大，我车技怎么样？你们有没有找回当时的感觉？"

明礼朝他挥手："滚。"

简意被明礼拎在手里，好一会儿才平抚心绪："你故意的？"

"刚才有没有为我心跳？"明礼拎着她不放，眼里带着期盼。

"呆子。"简意弯起眼睛笑，"你先放我下来，我告诉你。"

明礼依言放她下来。

简意仰脸看着他，认真地说："你什么都不用做，什么都不用说，只看着我，我就会心跳加速。"

"老婆。"明礼深深看着她问，"如果那天穿警服，会不会更加心跳加速？"

"会。"简意说。

"那我以后天天穿。"明礼的吻落在她眼睛上。

番外

明礼休假和简意一起去度了个婚前小蜜月，顺便说服简意去刑警队做实习顾问。其实是警局上下都相中了顾哲，奈何请不动，只得从简意下手。

明礼这样说："先工作一段时间，不喜欢可以再换。"

早在失业当天，明礼就提出来聘她当刑警队顾问，简意这段时间确实认真考虑过这份工作，自我感觉还算感兴趣，但是心里没有底，怕担当不起顾问这个重任。

明礼为了增强她的信心，把她夸上了天，最后说，你要实在把握不住，不是有个现成的顾哲？怕什么？

简意觉得他说得不无道理，这才松了口。

"以后白天黑夜都能和你在一起，想想就高兴。"明礼把单反装在三脚架上调好镜头，扛起简意就往海里跑。

简意倒挂在明礼肩膀上，双手捶他后背，大声叫："停停停！头纱掉了！"

明礼扑通跳进海里："没关系，咱再来一次。"

拍了一整天的婚纱照，明礼依旧没过瘾，自己弄来个摄像机非要再照几张。沙滩上倒是有路人想要帮忙，但是都被明礼谢绝，他搂着简意说自己动手折腾才有意思，简意陪着他闹腾到天黑透才算完事。

晚上回到酒店，明礼把照片一股脑全发在朋友圈里，评论里瞬时吐槽一片。

“哪里请的摄影师？五毛钱水平。”

“网上九块九秒杀的婚纱照套装？老大，你怎么关键时刻变这么抠门了？”

“看起来像是土匪抢媳妇。”

明礼怀抱着简意站在落地窗前，把手机塞到她手里：“媳妇儿，帮我撑回去。”

简意拉着评论看了一遍：“谁让你自己乱照，不管。”

“不用你想词。”明礼亲她的耳朵尖，“我念，你打字。”

简意耳朵痒到不行，偏脑袋笑着躲他：“那你念呀。”

明礼笑道：“你们有见过脸上笑开花的被抢的小媳妇？你们嫂子巴不得天天被我这样抢。”

蜜月归来，马上就是元旦，刑警队的一帮人去明礼家，吵着闹着要过节吃饺子。

明礼挨个骂了他们一顿，溜进厨房从背后抱住正在煮饺子的简意，脸埋进她脖颈里：“老婆，辛苦了。”

简意搅着锅里的饺子，弯眼笑：“你又不是不知道，饺子全是他们包的，我就负责把饺子煮熟。”

“那也辛苦。”明礼在她脸颊上吧唧了口，“顾哲在湖城吗？把他叫来吧，反正饺子这么多也吃不完。”

简意：“已经叫了，这会儿应该到了。”

顾哲很有礼貌地拿了瓶珍藏多年的红酒登门，结果被刑警队这帮人鄙视到不行。

“我们都是喝这个，过瘾。”钱进一口咬开啤酒瓶盖，“红酒是女人喝的玩意儿。”

陆天枪见顾哲蹙了下眉，他自认为打圆场道：“顾哥哥拿的红酒是给嫂子喝的，我们男人要么喝白的，要么喝啤的。”

黄克给顾哲剥了个蒜头撂过来：“饺子配酒越喝越有，饺子配蒜才是过元旦。”

大过节的，不想和他们吵，顾哲全程礼貌微笑，必要的时候，他还会说：“谢谢。”

明礼斜眼看着被队员们不断呛声的顾哲，心里那个乐呵，想当场给他们每个人发一个大红包。

饭后，明礼边和他们打牌边畅想年后的婚礼，队员们个个积极踊跃，争先恐后地给婚礼出谋划策。

顾哲按着眼皮走开，再听下去会打人。

简意端着一盘切好的水果过来，和顾哲闲聊了几句家里的情况，最后问：“你有和李灿联系过吗？”

顾哲不置可否地笑了下，他把嘴里的水果全咽进肚子里，点了根烟叼上。

烟至半截，他说：“以前是想跟除你以外的其他女人玩，现在是只想和她一个人玩。”

（全文完）